KB077269

두 영국 여인과 대륙

에디션 D 시리즈
10

두 영국 여인과 대륙

LES DEUX ANGLAISES ET LE CONTINENT

———

앙리 피에르 로셰 지음 · 장소미 옮김

뮤리엘과 앤을
추억하며

클로드
(1899~1955)

뮤리엘이 클로드에게

1901년 8월 14일

세상의 모든 여자에겐 자신만을 위해 태어난 남자, 즉 정해진 배필이 있다고 생각해요. 한 여자가 더불어 평화롭고 보람되고 심지어 즐겁게 살아갈 수 있는 남자는 여럿 있을 수 있어요. 하지만 완벽한 남편이 될 수 있는 남자는 오직 하나뿐이죠.

그 남자는 죽었을 수도 있고 평생 한 번도 만나지 못했거나 다른 여자와 결혼했을 수도 있어요. 그렇다면 그 여자는 결혼하지 않는 것이 나아요.

모든 남자에겐 자신만을 위해 태어난 단 한 사람의 여자, 정해진 배필이 있어요.

앤과 나, 우리는 어릴 적부터 그렇게 생각해왔죠.

난 아마 결혼하지 않을 것 같아요. 난 해야 할 일이 있고, 그 일은 혼자서 더 잘 완수할 수 있거든요. 하지만 신께서 **내** 남자를 만나게 해주신다면, 그 사람과 결혼할 거예요.

뮤리엘

차례

1부   삼총사

2부   뮤리엘의 거절

1부

삼총사

만남

클로드의 일기

1899년 부활절, 투렌

아이들에게 둘러싸여 그네에 앉아 있었다. 그네 줄을 잡지 않은 채였는데, 아이들 중 하나가 더 어린 꼬마들을 밀어주느라 의자에 매달린 줄을 세차게 당겼고, 그 바람에 내가 뒤로 넘겨졌다. '강철 장딴지'라는 별명에 부끄럽고 싶지 않았기에 아무렇지 않게 벌떡 일어나려다가 양 무릎이 파열되었다. 나는 극심한 고통 속에 땅바닥에 뒹굴었다. 고통이 잦아들자 걷기 위해 안간힘을 다했다. 다음 날, 무릎이 멜론처럼 물컹거리며 더는 구부러지지 않았다.

의사가 선언했다. "인대가 파열됐어요. 6주간 누워 있어야 합니다. 평생 무릎이 약할 수 있어요."

내 허영심이 벌을 받았다. 가진 것 중 괜찮은 걸 손

상시키다니. 나는 불구가 되어 파리로 돌아왔고, 병상에 누워 과도한 독서에 빠져들었다.

1899년 5월 15일

프랑스인 친구들이 문병을 왔다. 어느 날, 목발을 짚고 클레르 여사(내 어머니)의 거실을 지나던 중, 클레르 여사한테 얘기를 들은 적이 있는 젊은 영국인 여자를 보았다. 그녀가 마음에 들었다. 나는 목례를 보낸 뒤 망설였다. 여자의 진솔한 웃음이 내 발길을 붙들었다. 여자에게 다가가 내 소개를 했다. 여자는 나의 프랑스 여자 친구들보다 덜 예쁘고 덜 활달했지만, 예민하고 의연하고 책임감이 강해 보였다. 클레르 여사가 들어와 우리에게 언어 수업을 교환하면 어떻겠냐고 제안했다. 앤 브라운은 나와 동갑인 열아홉 살이었다. 코안경을 걸쳤는데, 맨 처음 안경을 벗었을 때 정숙하고 매력적인 나체를 본 듯한 기분이었다.

나는 학교와 작업실에서 멀어진 채, 한 달 이상을 누워 있었다. 앤 브라운이 정기적으로 찾아왔다. 우리는 한 번은 영어로, 한 번은 프랑스어로 대화했다. 그녀가 내게 그녀의 조국에 대한 호기심을 불러일으켰다. 내게는 도무지 이해할 수 없는 모순으로 가득한 나라. 국민 개인들의 겸손과 국가의 오만, 순응주의와 셰익스피어, 성경과 위스키가 그러하다.

앤 브라운은 매번 지난번에 끊겼던 지점에서 대화를 재개했다. 그녀는 내 침대에서 두 발자국 떨어진 곳에 앉았고 절대 가까이 다가오는 법이 없었다.

어느 날, 네 살배기 소녀가 우리의 대화를 중단시켰다. 소녀가 내게 자기 인형을 건네면서 이 딸아이의 못된 짓을 일러바쳤다. 나는 인형의 자그마한 치마를 들추어 엉덩이 같지도 않은 작은 엉덩이를 찰싹 때렸다.

앤 브라운이 얼굴을 붉히며 평정심을 잃었다. 그리고 바로 그날 저녁, 클레르 여사에게 그런 행동은 대상이 설사 인형일지라도 영국에서는 신사라면 절대 하지 않을 짓이라고 말했다.

앤에겐 소질 있는 분야가 있다. 바로 조각. 그녀는 조각에 온 힘을 쏟아부었다. 이곳에 왔을 때 그녀는 순백의 상태였고 유럽 대륙의 예술에 대해 아무것도 몰랐다.

그녀가 말했다.

"영국 그림에 대해 아세요?"

"조금요. 번존스, 터너. 와츠의 〈희망〉, 눈을 가린 소녀가 지구 위에 앉아 리라의 마지막 현의 떨림을 듣는 모습을 그린……"

"세상에! 내가 제일 좋아하는 그림이에요."

6월 25일

앤 브라운은 오래 버틴 끝에, 나처럼 로댕이 조각한 〈발자크〉에 빠져들었다. 다른 여자들(나는 그들을 사랑했다) 이후, 앤 브라운이 나와 오페라 코미크 극장에 두 번 동행했다. 우리는 구스타브 샤르팡티에의 오페라 「루이스」를 감상했다.

앤은 오페라 속의 루이스와 쥘리앵이 결혼하지 않은 채 동거한 것을 유감스러워했다. 내가 그들로서는 서로를 포기하거나, 무리수를 두거나 둘 중 하나였다고 말하자 앤이 대답했다. "확신이 없는 상황에선, 자신을 희생해야 해요. 쥘리앵은 루이스가 성인이 될 때까지 기다려야 했어요." 내가 말했다. "몇 사람쯤은 법을 위반하는 것도 나쁘지 않아요." "그럴지도요, 하지만 그러려면 자신을 희생할 각오가 돼 있어야 해요."

나는 앤에게 쥘 라포르그의 『전설적인 도덕』을 읽어주었다. 그녀가 말했다.

"내가 당신 나라에 온 건, 이 나라와 이 나라의 예술에 대해 알기 위해서였어요. 두 나라를 비교하고 싶다면 당신도 우리나라에 와봐야 해요. 그땐 내가 당신을 안내하죠. 거긴 사람들이 여기보다 덜 활달하고 덜 개방적이지만, 나름의 분별과 자유분방함이 있어요."

"예를 든다면요?"

앤은 인척과 학교 친구들의 몇몇 재미있는 예를 들었다. 그녀와 함께 그녀의 나라에 가고 싶어졌다.

클레르 여사는 우리의 우정을 호의 어린 눈길로 바라보았다. 극장이며 저녁 만찬에 앤을 대동하기도 했고, 앤의 어머니 미시즈 브라운에게 매주 편지로 딸의 소식을 전했다.

나는 앤에게 연애 감정 없이 순수한 호감을 표현했다. 그녀가 말했다.

"나는 평범한 영국 여자예요. 당신이 우리 언니 뮤리엘을 만나봐야 해요. 나보다 두 살 많고 나의 롤모델이죠. 어릴 땐 머리 색깔 때문에 '미나리아재비'라고 불리기도 했고, 미소 때문에 '햇살'이라고 불리기도 했어요. 나보다 더 명랑하고, 또 더 현명해요. 어려서부터 상이란 상은 모조리 휩쓸었고, 응시하는 시험마다 합격했죠. 셰익스피어 희곡 연출을 맡았을 땐 직접 오필리어 역할을 하기도 했어요. 우리 마을에서 뮤리엘 언니가 못 이룰 일이란 없죠. 우리 자매는 닮지 않았어요. 나한텐 조각이 전부거든요. 언니가 그립군요. 언니와 당신과 함께 셋이서 대화하면 좋겠어요."

앤이 뮤리엘이 열세 살이었을 때의 초상화를 보여주었다. 둥그스름한 얼굴에 젊은 선지자의 분위기가 배어났다. 입술은 엄격했으며 눈썹은 선명했고 시선엔 의무감과 유머가 뒤섞여 있었다.

　인상적이었다. 나는 물었다.

　"지금은 어떤가요?"

　앤이 대답했다.

　"직접 와서 확인하세요!"

　클레르 여사와 나는 점차 브라운 가족과 함께 웨일스에서 여름휴가를 보내게 되었다.

뮤리엘과 앤과 클로드

클로드의 일기

1899년 8월, 웨일스

바다 한가운데 삐죽 솟은 풀이 무성한 작은 산, 구불구불한 하구의 해안, 골프장, 뜨문뜨문 서 있는 집들.

앤 혼자서 클레르 여사와 나를 맞았다.

그날 아침, 우리가 묵던 빌라의 주인 플린트 씨가 작은 보트를 도둑맞았다. 사건을 담당한 경찰이 그에게 고소장에 서명해달라고 요청했다.

플린트 씨가 말했다. "도둑이 아마 나보다 더 보트가 필요한 사람일 거요. 고소는 생략하겠소."

감탄스러웠다. 나와 같이 톨스토이적이지만, 나보다는 신을 더 잘 섬기는 플린트 씨와 대화 시간을 가졌다.

"플린트 씨의 태도는 우리나라에서도 예외적이에요." 앤이 지적하더니 덧붙였다. "내일 저녁에 뮤리엘 언니를 만나게 될 거예요."

다음 날 점심 때, 클레르 여사와 나는 미시즈 브라운과 앤의 두 남동생 알렉스와 찰스를 만났다. 두 소년한테서 영국인 특유의 철벽같은 경계심이 느껴졌다. 앤이 동생들에게 우리에 대해 이야기했다. 하지만 그건 누나의 의견일 뿐이고, 판단은 스스로 해야 하는 법! 미리 들뜰 필요는 없다.

수단의 파쇼다를 두고 벌어진 영국과 프랑스 간의 영토 분쟁 및 영불 전쟁의 위협이 불과 얼마 전의 일이다. 두 소년의 태도에서 그것이 보였다.

앤이 아연한 낯빛으로 나타나서 선언했다. "언니가 눈이 아파요. 오늘 저녁에 만나긴 하겠지만, 아직 쳐다보진 마세요."

저녁 식사 때 뮤리엘이 나타났다. 앤보다 키가 조금 작고 젊은 시절의 클레르 여사처럼 은은한 금발에, 초록색 타프타 천과 솜으로 눈을 가리고 있었다. 눈의 통증 때문인지 어떤 적극적인 행동도 취하지 않았다. 간간이 접시를 보기 위해 손가락으로 눈을 가린 천을 들추는 정도라고 할까. 목소리는 힘이 없고 허스키했으며, 자세는 매우 곧았고, 손은 크고 하얗고 부드러워 보였다.

첫 며칠은 집안 분위기가 냉랭했다. 각자 자신의 할

바를 오차 없이 수행했고, 미시즈 브라운이 집 전체를 진두지휘했다.

어느 날 저녁, 앤이 내게 청했다. "저녁 식사 후에 당신의 도움이 필요한데, 시간 괜찮나요?" "물론입니다!"

약속한 시간이 되자 앤이 천천히 집에서 나갔다. 그러다 갑자기 쏜살같이 내달리며 내게 외쳤다. "날 잡아봐요!"

나는 무릎 상태도 잊은 채 그녀의 말을 따랐다.

우리는 작은 해안에 이르렀다. 앤이 보트에 뛰어올랐다. "보트를 빌렸어요. 이걸로 하구를 건너요."

달이 환했다. 물살은 높았고, 강은 드넓었다. 우리는 각자 노를 저었다. 그녀가 앞자리였다. 마침내 노가 모래에 닿았다. 앤이 에스파드릴을 신은 발로 물속에 첨벙 뛰어들었다. 우리는 보트를 뭍으로 끌어 올렸다. 그녀가 도시의 불빛을 향해 걷다가 문득 걸음을 멈추더니 말했다. "실은 당신이 도울 일 따위는 없어요. 그저 파리에서처럼 단둘이 얘기하고 싶었죠. 당신한테 할 말이 있는데, 어떻게 말을 꺼내야 할지 모르겠군요."

"천천히 생각하세요, 방법이 떠오르겠죠."

앤이 낮은 바위에 앉으며 말했다.

"말하자면 내 계획이 빗나갔어요. 우리의 두 어머니들은 서로를 존경하고 사이좋게 지내고 있어요. 동생들은 노상 총이나 낚싯대를 들고 강물 속이나 해안에 가 있고, 당신과 나, 우리는 그림을 시작할 거고요, 만사형통이에요.

문제는 뮤리엘 언니죠. 눈을 망쳐버렸거든요. 언니 학교 교수가 언니한텐 신 같은 존재인 다윈에 관한 학술 논문을 준비 중인데, 그걸 돕느라 엄마 모르게 새벽까지 어찌나 눈을 혹사했던지.

엄마는 언니가 당신과 먼저 상의해야 했고 아무것도 숨기지 말았어야 했다지만, 언니한텐 사명감이 모든 것의 우위에 있거든요. 언니도 눈을 혹사한 것이 사실이고 그게 자기 책임이라는 걸 인정해요. 그러면서도 자신의 한계를 알기 위해서는 위험을 감수해야 하는 거라고, 모든 걸 엄마와 상의할 수는 없는 법이라고 맞섰죠."

내가 말했다.

"대단한 사람이로군요!"

"엄마도 언니가 뭔가 숨기고 있다며 물러서지 않았죠. 그래서 결론적으로 현재 우리 집 상황이 엉망진창이란 얘기예요. 내가 당신과 당신 어머니를 이곳에 초대했을 때는 이런 무의미한 시간을 보내게 하려던 것이 아니었는데. 이게 다 언니가 우리 가족의 구심점이기 때문이에요. 집안의 동력인 언니가 엉망이 되어버렸으니. 본인도 그런 자신이 못마땅하고, 그걸 아는 나는 또 나대로 마음이 무겁고요. 당신한테 이런 저간의 사정을 설명하려고 오늘 밤 둘이서만 집을 빠져나온 거예요. 어머니께도 말씀 전해주세요, 부탁할게요."

"그러죠."

"그리고…… 그리고……"

앤이 말을 꺼낸 채 차마 끝맺지 못했다. 침묵이 흘렀다.

앤의 손을 잡을까 말까 갈등이 생겼다. 머릿속에서 앤이 이렇게 말하는 상상의 목소리가 아득하게 울렸다. '그리고…… 어서 키스해줘요.'

나는 스스로의 경박함을 자책한 뒤, 말했다.

"당연히 우리 모두 뮤리엘의 사고에 마음이 아프죠. 아직 뮤리엘에 대해 잘은 모르지만, 그건 확실해요. 나중에 내가 뮤리엘의 눈을 보게 되면……"

"……그땐 모든 것이 바뀔 거예요!"

앤이 말하고는 물가로 다시 달려 내려갔다.

물이 줄어들었다. 우리는 보트를 밀었다. 물살이 역방향으로 흘렀다. 우리는 힘차게 바다를 헤쳐나갔지만, 경로를 이탈했다. 우리의 배가 이른 곳은 진흙땅이었다.

다음 날, 앤과 나는 절벽 위로 그림을 그리러 갔다.
내가 말했다.

"뮤리엘이 회복될 때까지 느긋하게 기다릴게요. 비록 뮤리엘을 보진 못해도 난 이곳 생활이 행복하답니다. 오후에 함께 귀신 들린 성에 가지 않을래요, 앤?"

앤이 망설이다가 대답했다.

"좋아요."

하구에 우뚝 솟은 고성엔 잘못 빠져들면 영원히 길을 잃을 수도 있는 커다란 거울들의 미로가 있다. 앤과 나는 단둘이 거대한 미로 속으로 들어갔고, 미로 속을 거닐다가 그만 길을 잃었다. 우리는 두 발자국 정도 떨어졌다가 서로의 시야에서 사라졌고, 목소리만 들리는 채로 서로를 찾지 못하다가, 문득 코앞에서 서로를 마주치고는 다시 함께 걸었다. 바깥 공기가 그립기 시작했다. 앤이 내 손을 자기 어깨에 얹으며 말했다. "날 꼭 잡아요, 내가 출구를 찾아낼 테니까." 그녀는 무희처럼, 친절한 가이드처럼, 샌들 끝으로 거울 바닥을 더듬기 시작했다. 아무리 영국 땅이라 한들 이런 미로에서라면 제법 키스가 오갈 법도 하련만. 우리는 5분 만에 밖으로 빠져나왔다.

알렉스와 찰스가 내게 크리켓 게임을 청했다. 들판엔 열두 명의 선수가 모였고 그중엔 앤도 있었다. 나는 게임 규칙을 이해하는 데 둔하다. 알렉스가 각기 공을 던질 수 있는 거리를 적었다. 나는 74미터. "이 정도면 괜찮지, 기록이……" 찰스가 문장을 끝맺지 않자 알렉스가 끼어들었다. "……기록이 119미터니까." 우리는 스포츠를 하는 건데 두 소년의 머릿속엔 온통 사냥과 낚시뿐이다. 우리는 잔디 기계로 삐죽삐죽 자라난 짙은 초록색 잔디를 깎았다.

바다에서 헤엄도 쳤다. 뮤리엘도 장님처럼 앤의 손에 이끌려 왔다. 남녀가 반경 200미터 남짓 떨어진 곳에서 나체로 헤엄을 쳤다. 누구건 흘금거리는 자는 명예가 실추되리라. 여자들을 향한 불굴의 호기심에도 불구하고 나는 이 강제적 정직성이 좋았다.

뮤리엘이 점차로 집 안에서 모습을 보였다. 앤이 묘사한 영광의 뮤리엘이 아니라 회복기의 뮤리엘이긴 했지만. 이제는 천으로 눈을 가리는 대신 커다란 선글라스를 착용했다. 눈동자는 보이지 않았지만 눈두덩이 부푼 것은 알아볼 수 있었다. 그녀는 앞을 못 보는 채로, 공 없이 골프채 휘두르는 연습을 했다. 유연하고 날렵한 스윙이었다.

저녁엔 우리 젊은 사람들끼리 거실에 모여 의자 차지하기나 스무고개 등 즉흥 게임을 즐겼다. 벌칙으로 눈을 가린 채 「오필리어」의 한 장면을 연기하는 뮤리엘의 얼굴에서 빛이 났다.

　나와 앤을 두고 가벼운 음모가 일었다. 우리가 함께 보내는 시간이 많아지자 우리를 연인으로 몰며 놀리는 분위기가 형성된 것이다. 심지어 플린트 씨조차 가세했다. 앤과 나는 아침 일찍 일어나 접이식 이젤을 들고 야외로 나갔고, 수업도 교환했다. 앤은 이따금 가볍게 구시렁거리는 버릇이 있었고, 자신도 이를 의식하고는 우스워했다. 나는 누이라는 것을 모르고 자랐다. 이제 난생처음으로 누이가 생긴 거였고 그것에 맛을 들이기 시작했다.

1899년 8월 15일

　앤이 내게 말했다. "뮤리엘 언니더러 내일 우리하고 함께 가자고 했어요. 그림을 그리진 않겠지만, 산 정상에 올라 산들바람을 즐길 수는 있을 거예요."

　우리 셋은 일렬종대로 기나긴 산길을 올랐다. 앤이 앞장섰고, 뮤리엘이 가운데에 섰다. 뮤리엘은 챙이 넓은 초록색 모자를 썼다. 그녀의 목소리는 따뜻하고 여운이 느껴졌다. 걸음걸이가 특이했는데, 걸음마다 엉덩이를 흔드는 폼이 마치 운동선수 같고 활력이 넘쳐 보였다. 만일 다른 여자였더라면 도발적으로 보일 수도 있었으리라. 뮤리엘은 처음으로 들떠 있었다. 풍성한 황금빛 올림 머리 밑으로 하얀 목덜미가 훤히 드러났는데, 이것은 이후 나 혼자서 그녀를 '덜미'라 부르는 계기가 되었다.

정상에 이르자 우리는 자리를 잡고 앉았다. 뮤리엘이 내게 말했다.

"앤이 당신 얘기를 종종 했어요. 제 눈이 성했을 때, 당신이 보내준 책들도 빌려주었죠. 그것들을 다 이해할 수도 없고 매번 동의한 것도 아니지만, 대체로 인상적이었어요. 우리 자매가 당신에게 어떻게 감사를 되돌려드려야 할지 모르겠어요."

내가 대답했다.

"저는 영국의 미스터리를 꿰뚫고 싶은데, 프랑스인으로서 쉽지 않은 노릇이에요. 앤이 많이 이끌어주고 있죠."

앤이 말했다.

"언니가 나보다 더 도움이 될 거예요."

뮤리엘이 말했다.

"도움이 되건 아니건, 중요한 건 마음가짐이죠. 당신한테 프랑스어 회화를 배우고 싶군요. 읽을 줄은 이미 알거든요. 대신 저는 앤과 함께 당신의 영어를 다듬어줄게요, 어때요?"

"더할 나위 없는 제안인걸요!"

"그럼 당장 시작할까요? 당신 발음의 주요 잘못을 알

고 싶나요? 그렇다고요? 그럼 알려줄게요, 바로 이거예요!"

뮤리엘은 내 억양을 우스꽝스럽게 천천히 흉내 내며 교정해 보인 뒤, 원하는 결과가 나올 때까지 문장마다 따라 하게 했다.

"제 프랑스어 발음은 제가 예를 들어볼게요. 르 루에 라뇨(늑대와 양). 제가 발음한 다음, 앤이, 그리고 마지막으로 당신이 교정하는 걸로 해요."

뮤리엘이 시작했다. 폭력적이고 순수한 늑대와 양흉내로 분위기가 흐트러지긴 했지만 품격 있는 수업이었고, 거의 알아들을 수 없는 발음 때문에 마냥 흥겨웠다. 앤과 나는 웃음을 터뜨렸다. 뮤리엘도 마찬가지였다. 앤은 이미 파리지엔느가 된 영국 여자처럼 라퐁텐의 우화를 다시 읊었고, 나는 음절을 뚝뚝 끊으며 발음했다. 그것은 우리 셋만의 수업의 시작이었다.

1899년 9월 5일

뮤리엘이 앤이 애초 계획했던 자리를 차지했다. 요컨대 그녀의 창조력과 기운으로 우리의 지도자가 되었다. 우리는 그녀를 무조건 따랐다. "이렇게 셋이 함께하기 전부터 당신과 앤을 지켜봤어요. 내가 감히 먼저 끼어들 수는 없었죠." 우리 셋은 떼려야 뗄 수 없는 사이가 되었다.

나는 앤과 뮤리엘의 허영기 없는 태도와 스포티한 면이 좋았다. 두 사람은 절대 다른 이를 험담하는 법이 없었다. 뮤리엘이 말했다. "그런 상황이 될 때마다 번번이 본연의 자리를 벗어나면 안 되죠." 그녀는 성경을, 앤은 폴 베를렌의 시를, 나는 산초 판자의 대사를 읊었다.

어느 날, 앤이 다른 일로 바빴다. 뮤리엘이 내게 고성의 거울 미로에 함께 가자고 청했다. "미로에서 출구를 찾을 때, 클로드를 너무 믿지 마!" 앤이 뮤리엘에게 충고했다. 우리는 고성으로 향했다.

나는 이번엔 거울의 각도와 속임수를 간파했지만, 일부러 길을 잃었다. 만화경 같은 신기루 속에서 길을 잃은 우리는 더듬더듬 무작정 전진하며 거울에 부딪쳤다. 갈팡질팡하는 것에 지칠 무렵 뮤리엘이 말했다. "내 손을 잡아요." 그녀가 포근하고 힘찬 손으로 나를 이끌며 다른 손으로는 재빨리 거울을 더듬어나갔다. 손가락을 구부렸다 폈다 하면서. 한 달 전과 똑같은 이 상황 속에서 뮤리엘과 앤의 같으면서도 다른 모습에 나는 가슴이 뭉클했다. 두 여자가 나를 남동생처럼 다루는 것이 못내 경이로웠다. 뮤리엘은 앤보다 더 빨리 환한 출구로 나를 이끌었다.

어느 날 아침, 뮤리엘과 나는 외투를 걸치지 않은 채 작은 산꼭대기에 올랐다. 굵은 빗방울이 떨어지기 시작했다. 우리는 두 발자국 깊이의 나직한 동굴로 대피했다. 누레진 풀들이 발판이 되었다. 비에 젖지 않으려면 바위에 바짝 붙어야 했다. 소나기가 점점 더 굵고 사나워졌다. 돌 위에 엉거주춤 앉은 자세가 여간 불편하지 않았다. 우리는 선사시대의 동굴 생활 상황극으로 시간을 보냈는데, 수많은 난처한 문제가 발생했다. 나는 감히 우리의 자식들에 대해서는 말도 꺼내지 못했다.

하늘이 다시 푸르러졌다. 우리는 아쉬움 속에 산을 내려왔다. 점심 식사 시간이 한참 지나 있었다. 두 어머니들은 노심초사하고 있었지만, 앤은 아니었다.

뮤리엘은 파리에 대해 알기를 갈망했고, 앤은 뮤리엘과 함께 파리에 가기를 갈망했다. 자매는 파리의 시테 섬에 집을 얻도록 모친을 설득했고, 그렇게 리브 고슈(파리의 센 강 바로 왼쪽에 위치한 문화, 예술, 패션의 중심지—옮긴이)에서 8개월을 보냈다. 남동생들은 학교 기숙사에 남았고 여름방학 때만 파리를 방문했다.

리브 고슈

클로드의 일기

1899년 10월, 파리

앤과 뮤리엘이 미시즈 브라운과 함께 파리로 왔다. 세 모녀는 우리 집에서 2분 거리에 있는 방 네 칸짜리 아파트를 얻었다. 전망이 빼어났다. 그들은 손수 페인트칠을 하고 가구도 직접 골랐다.

아름답고 커다란 빈 상자들과 톡톡한 천을 여러 롤 구입하는가 하면, 톱질을 하고 못을 박고 재단을 하여 선반이며 의자며 쿠션이며 책장을 손수 만들었다. 뮤리엘이나 모친보다 손목이 약한 앤은 주로 페인트칠과 구매를 담당했다.

대략 석 주 만에 집 단장이 끝났다. 그들이 우리를 초대했다. 나와 클레르 여사를 위한 집들이. 멋지고 소박한 식사였다. 요리를 하기 위해 파리에 온 것은 아니니까.

뮤리엘과 미시즈 브라운의 첫 파리 순례가 시작되었다. 나는 루브르 미술관의 밀로의 비너스부터 페스트 취급을 받는 오르세 미술관의 인상파 그림들까지 뮤리엘과 동행했다. 그다음은 사원들, 그리고 마지막으로 노트르담 대성당 차례였다.

우리는 노트르담 대성당에서 몇 시간을 보냈다. 뮤리엘은 성당 탑의 전망대에서 도시를 관망하는 악마와 오래도록 무언의 대화를 나누었다. 그녀는 성당 꼭대기의 아연 지붕 곳곳마다 한참을 앉아 있었고 나는 그녀 뒤에서 곁을 지켰다. 우리는 노트르담의 측면이며 첨탑, 반 아치형 사이 벽, 작은 종루들, 중앙 종루의 초록색 인물들을 바라보았고, 대종의 울림에 몸을 맡겼다. 내가 언젠가 뮤리엘을 사랑하게 될 것인가?

앤은 오후에는 조각을 한 뒤, 저녁때 콩세르 루즈 카페에서 우리와 합류했다. 원탁, 크림 커피, 흡연가들. 첼로가 연주되고 어깨와 머리칼이 들썩였다.

뮤리엘이 앤에게 화가들과 동행한 젊은 여자들에 대해 물었다. 뮤리엘한테는 그 여자들이 상냥하지만 이상하게 보였다. "유부녀들이니?" 뮤리엘이 묻자 앤이 대답했다. "다 그런 건 아니야."

뮤리엘은 앤의 기쁨 속에 파리에서 만개했다. 미시

즈 브라운은 빅토르 위고의 『레 미제라블』 영문판을 읽을 정도로 프랑스에 대한 애정을 고취시켰다. 그녀가 클레르 여사에게 말했다. "이제껏 영국 책에서 이 사제보다 더 아름다운 캐릭터를 본 적이 없어요."

그녀의 두 딸은 조르주 로덴바흐(벨기에의 상징주의 시인이자 소설가—옮긴이)와 알베르 사맹(프랑스의 상징주의 시인—옮긴이)을 읽었고, 소르본 대학에서 문학 수업을 들었다. 두 사람은 몰리에르의 희극에 탄복했고, 라신의 비극에 마음을 졸였다. 클레르 여사는 그들을 사교 모임에 나는 무도회에 데려갔지만, 그들은 무엇보다도 거리의 카페와 길거리 공연을 좋아했다. 그들이 말했다. "우린 여기 오래 머물지 않잖아요. 언제 또 올 수 있을지 누가 알아요? 그러니 우리가 보고 싶은 것들을 보자고요."

우리는 과도하게 책을 읽었다. 비 내리던 어느 날, 뮤리엘이 셋이서 달리기를 하자고 제안했다. 요컨대 그들의 아파트 6층 계단을 뛰어 올라갔다가 다시 내려오자는 것이었다. 우리는 힘껏 출발했다. 나는 긴 다리로 선두를 차지했지만 내려올 때는 다리 힘이 풀렸다. 여자들이 생쥐처럼 쪼르르 달려 내려가 동시에 1층에 닿았다.

뮤리엘이 1등을 가리기 위해 여자 둘만 다시 경주하자고 제안했다. 내가 출발 신호를 보냈을 때, 우리를 도둑으로 오해한 경비원 아주머니가 나타나 제지했다.

그들의 집에는 별난 가정부가 있었다. 이름은 클로딘이고 일찍 결혼했으며 씩씩한 성격에 체격은 뮤리엘과 비슷하다. 뮤리엘이 클로딘의 옷과 숄과 모자를 빌려 걸치고 클로딘과 비슷하게 화장한 뒤, 우리 집 초인종을 눌렀다. 대개 나 없이 클레르 여사 혼자 집에 있는 시간인 오후 1시였는데, 마침 우연찮게 집에 있던 내가 문을 열었다. 나는 외쳤다.

"아, 클로딘! 들어와요, 무슨 일이죠?"

나를 보고 놀란 뮤리엘이 작은 상자를 내밀었다. 나는 채광이 좋은 대기실로 그녀를 안내했다. 그리고 외쳤다.

"뮤리엘! 당신이었군요!"

"상자를 돌려줘요."

그녀가 상자를 도로 낚아채고는 전속력으로 계단을 내려갔다.

그날 저녁, 내가 물었다.

"대체 왜 그랬어요?"

"당신 어머니를 즐겁게 해드리고 당신을 놀리려고 장난을 꾸몄어요. 결국 실패로 끝났지만요. 그 얘긴 더 이상 하지 말죠."

"상자엔 뭐가 들었죠?"

"비밀이랍니다."

나는 상자의 내용물을 결코 알지 못했다.

클레르 여사는 앤과 뮤리엘을 이렇게 불렀다, 나의 영국 아가씨들.

1900년 3월, 파리

나는 펜싱과 승마를 하고, 펠로타(바스크 지방의 민속 경기로 기다란 장갑을 손에 끼고 벽에 공을 튀겨 상대방을 공격한다―옮긴이)를 즐긴다. 학교에서는 규정 과목 이상의 수업을 듣고, 극장과 무도회장에 간다. 독서량도 많다. 결국 불면증에 걸리고 말았다. 머릿속에서 맴도는 생각들을 걷잡을 길이 없다. 머리로 가장 최근에 두었던 체스를 복기하는가 하면, 좋아하는 텍스트를 암송하기도 하며, 뮤리엘과 앤에게 할 말들을 모조리 되뇌어보기도 한다. 자청한 피로가 더는 즐겁지 않다. 나는 여위었고 두 눈은 퀭해졌다. 내가 그리도 좋아하던 밤이 오는 것이 이제는 두렵다.

지도 교수인 알베르 소렐 선생님이 충고했다. "자넨 지난 2년 반 동안 열심히 공부했고, 아직은 명성, 재산, 건강, 어느 하나 확실한 것이 없네. 자넨 이상주의자에 호기심이 많아. 시험을 포기하게. 여행을 해, 글을 쓰고 번역을 하라고. 세계 도처에서 사는 법을 배우게. 프랑스는 영국의 힘인 정보 전달자가 부족하다네. 지금 당장 시작하게."

나의 오랜 주치의가 권유했다. "자넨 자네라는 도구를 손상시키고 있네. 무릎을 깨뜨리더니, 이젠 뇌를 깨뜨리려 하고 있어. 당장 모든 것에서 손을 떼고 심신을 일신하게. 내가 알자스의 크네이프 수도원에 연락해주겠네. 자네 같은 사람들이 치유받는 곳이지."

클레르 여사와 나의 두 누이도 동의했다. 나는 받아들이고 짐을 꾸렸다.

뮤리엘의 파리 일기

1900년, 겨울
(나만을 위해 쓰는 비밀 글)

화요일
클로드가 내게 로댕으로 향하는 문을 열어주었다. 그는 때로 미간에 힘을 주며 진심을 다해 흰소리를 해댄다.

수요일

나의 프랑스 남동생과 함께 산책. 우리는 다양한 환경의 각기 다른 윤리의식에 대해 이야기를 나누었다. 그는 나를 생각하도록 이끈다. 나는 느리다.

이상적인 무정부주의자? 각자 나름의 윤리를 구축하는 것일 뿐이다. 신기하다.

더는 클로드의 눈이 아름다워 보이지 않는다. 다만 그의 성격이 그 사실을 확인해줄 뿐.

가톨릭 신도들은 우리보다 덜 자유롭다.

프랑스엔 아직도 부모의 선택에 따라 결혼하는 젊은 이들이 있다.

토요일

노트르담 성당 꼭대기의 악마들을 방문했다. 클로드와 이야기를 나누었다. 내게 클로드 같은 친구가 가당키나 할까? 내가 과연 그에 걸맞은 친구가 될 수 있을까? 그가 영원히 내 친구로 남을까?

1900년, 1월 10일

클로드의 할머니 댁에서 저녁 시간을 보내다. 과묵하고 카리스마 넘치면서도 선한 여인.

1월 20일

"클로드, 당신이 좋아요!"

큰 소리로 이렇게 외치며 깨어났다.

꿈속이었기에 허용되는 일.

클로드가 내가 엄마를 다정하게 대할 수 있도록 도와주리라……

이런 식의 감정을 여러 남자에게 품는 것이 가능할까?

그렇지 않은 것 같다.

2월 5일

클로드가 모든 것을, 심지어 끔찍한 사실까지도 알아야 할 필요성과 두 눈 딱 감고 우연이 선사하는 이점을 누려야 할 게으름에 대해 이야기했다.

밤이었고, 센 강가였다. 불빛들이 강물에 너울거렸다. 나는 녹초가 되어 힘이 없었고, 행복했다.

2월 7일

책을 너무 많이 읽었다. 엄마가 내 눈 상태와 기분을 걱정한다.

앤과 클로드와 나, 우리는 가능한 한 많은 시간을 함께 보낸다.

2월 8일

클로드가 내가 읽은 책들에 대한 단상을 써보라고 권했다. 그렇다면 기꺼이! 내 안의 모든 것을 그에게 내보이고 싶다.

2월 19일

우리 삼총사는 파리 서쪽 불로뉴 숲에서 자전거를 달렸다. 클로드가 말을 많이 했다.

2월 20일

내가 뉴스 기사 하나를 이해하지 못하자 클로드가 설명했다. 홀로 버려진 젊은 여자가 아이를 기르기 위해 몸을 팔다가 이어서 도둑질까지 했다는 기사였다. 클로드가 육체적 사랑에 대해 이야기했다. 그것이 무엇일까? 사랑은 오직 하나뿐이다. 진짜 사랑 하나.

2월 24일

클로드가 클레르 여사라고 부르는 클로드의 어머니가 내게 내 엄마를 근심시키는 내 건강과 그녀 자신을 근심시키는 클로드의 건강에 대해 우려의 말을 했다. 그러면서 나와 클로드, 우리의 공통점인 과로에는 늘 대가가 따른다고 덧붙였다.

2월 24일

어쩌면 클레르 여사가 옳은 것일까? 클로드가 결국 알자스의 수도원으로 요양을 떠났다. 엄마도 나를 영국의 숙모 집으로 보내 눈과 뇌를 휴식하게 하겠노라고 위협했다.

그래도 당신 딸인데, 그토록 갑작스럽게 파리를 떠나게 하다니! 이곳에 다시 돌아왔을 때는, 나는 이방인에 다름 아닐 것이다. 동네의 유제품 상점부터 몽파르나스를 거쳐 노트르담 성당까지 파리를 순례했다.

파리와 파리의 작은 골목길들과 사람들이 나는 좋다. 부드럽고, 풍요롭고, 그윽한 그 무엇들.

책을 몇 권 구입했다.

파리와 클로드, 그대들이 어찌나 나를 뒤흔들어놓았는지 조금은 내가 그대들에게 속한 기분이 든답니다.

클로드와 나는 정반대 방향으로 동시에 유배를 떠났다(*1902년 1월 28일, 파리. 이 일기에서는 우정과 낭만이 배어나지만, 내가 사랑이라고 부르는 것의 흔적은 보이지 않는다. -뮤리엘).

이곳저곳

클로드가 뮤리엘에게

1900년 3월 1일, 소넨베르그

이곳 크네이프 수도원에서 발견한 것이 있어요. 삶의 규율과 규칙, 그리고 철철 흘러넘치는 냉수.

당신도 이곳에 와도 될 뻔했어요! 여성들을 위한 수녀원도 있거든요.

원장 사제님이 내게 질문을 던지고 매의 눈으로 나를 관찰하더니 서류에 세부 사항을 적어 넣고는 책상에 고이 집어넣은 뒤 말했죠. "자, 가보십시오."

정신 차릴 새 없이 하룻밤이 획 지나고 새벽 무렵, 하얀 옷을 입은 건장한 사내 둘이 들어왔어요. 군인 분위기가 풍겼죠. 그들이 나를 침대에서 끌어낸 뒤, 꺼끌꺼끌한 이불을 찬물 양동이에 담갔다가 꺼내어 물을 쭉 짜내고는 빈 침대에 펼쳤어요. 이어 나더러 그 위에 누우라는 신호를 보냈죠. 나는 이불을 만져본 뒤 말했어요. "싫습니다."

두 집행인 중 하나가 말했죠. "여기선 누구나 무조건 복종합니다. 그게 싫으면 떠나요."

그들과 맞설 각오를 했죠.

나머지 하나가 말했어요. "일단 한번 누워봐요, 처음엔 당혹스럽겠지만, 조금 지나면 더없이 좋을 테니까!"

호기심이 일더군요. 두말 않고서 침대로 뛰어들어 젖은 이불 위에 누웠어요. 두 사내가 이불로 턱까지 나를 감싸더니 굴리고는 가버렸죠.

숨이 턱 막혔어요. 오한이 가시고 나자 편안한 기분이 차오르더군요. 이어 아무 생각 없이 잠들었어요. 매일 아침 그래줬으면 싶었죠.

당신도 와서 느껴봐요.

이 편지를 앤에게도 보내주세요. 글을 많이 쓰면 안될 것 같아요.

1900년 3월 20일

이 수도원 생활이 마음에 드는군요. 여기선 일출을 맞으며 눈 덮인 숲길을 맨발로 걸어요. 믿기지 않는 호사죠. 신경쇠약증 환자들이 내 동료예요. 그중엔 몇몇 호감 가는 이들도 있고요. 이곳에선 두뇌를 쓰는 일이 금지돼 있어요. 일요일 저녁엔 거실에서 그림 그리기가 허용되죠.

나는 멀리서 창백한 젊은 여자의 초상을 그렸어요. 풀 먹인 깃을 높이 세운 낭만적인 애인과 함께 노래하고 있는 구불구불한 머리칼의 여자였죠. 남자가 내게 다가와 정중히 말했어요. 자기와 결투를 하든지 초상화를 찢든지 둘 중 하나를 선택하라고. 나는 남자에게 초상화를 내주었어요.

1900년 4월 18일

내가 너무 시시콜콜한 일들만 얘기하죠? 당신도 그래주었으면 해요. 그게 내가 이곳에서 글을 쓸 수 있는 조건이거든요.

광장공포증이 있는 오베르뉴 출신의 한 학생을 사귀었어요. 그 친구는 자전거로 혼자 날 여기저기 잘 따라다니지만, 마을의 광장을 걸어갈 땐 손을 잡아줘야 하죠.

이곳에서 냉수의 쓰임은 다채롭고 즐겁습니다. 아마 당신이라면 새로운 용도를 개발할 수 있을 것이고, 원장 사제의 오른팔이 되었을 거예요. 원장 사제한테 충고를 요청받는 당신의 모습이 눈에 선하군요……

오늘은 이웃 마을로 볼링을 치러 갔어요. 미끈하고

아름다운 회양목 공이 홈을 따라 한참 동안 굴러가는 모습을 보면서, 왠지는 몰라도, 당신들 두 사람이 떠올랐죠.

1900년 5월 27일

이젠 책도 안 읽고, 잠도 푹 잔다면서요? 당신의 편지를 받았어요. 당신과 앤과 두 어머니들이 론 계곡의 산장 민박에서 날 기다린다면서요. 도무지 믿기지 않는군요!

클로드의 일기

1900년 7월 6일, 시옹

계곡 안쪽 성당에서 약속된 시간에 앤을 만났다. 그녀는 매우 엄숙한 태도로 기도하더니, 성당 밖으로 나가서야 활짝 웃었다.

앤은 나를 이끌고 곧장…… 사격장으로 향했다. 여성에게도 개방된 사격 경기장이었다. 앤이 우리 두 사람 이름을 등록했다. 입장료 한 장을 구입하면 300미터 거리에 있는 과녁에 다섯 발을 쏠 수 있었다. 하루 중 표적에 가장 가깝게 맞힌 사람이 그날의 판돈을 획득한다.

앤이 땅바닥에 엎드리더니 치마를 추스르고는 천천

히 과녁을 겨냥했다. 앤의 어깨가 방아쇠를 당긴 반동으로 다섯 번 움찔거렸다. 그녀는 과녁의 흑점을 수차례 조준했고, 나 역시 그러했다. 판돈을 획득할 만큼 충분히 중앙에 가 닿지는 못했지만, 입장료를 돌려받을 정도는 되었다.

우리는 수레를 만드는 목수 집에 자전거를 맡긴 뒤, 배낭을 짊어지고서 험난한 눈썰매 길을 올랐다. 천 미터 남짓을 기어올라야 했는데, 밧줄이 하도 뒤얽히는 바람에 앤이 내 쪽으로 도로 내려와야 했다. 어찌나 다행이던지!

앤이 영국 산악인 같은 모습으로 앞장섰다. 초목과 나무 그늘에도 불구하고 우리는 땀에 흠뻑 젖었고, 간간이 앤이 갓 잘린 나무토막을 잔뜩 모아 모포로 덮으면 그 위에 누워 5분간 휴식을 취했다. 그러다 다시 산길을 오르면 똑같은 급류를 만나기 일쑤였다. 앤이 말했다. "이 물살은 우리의 친구예요. 저 위까지 바위 속을 뚫고서 산장 주변에 훌륭한 목욕탕을 만들어주니까요. 거기서 각자 맘에 드는 작은 폭포를 골라 시원한 물 마사지를 받을 수 있죠."

앤이 없었더라면 이 기나긴 산행이 지루하기 짝이 없었으리라. 앤의 차분한 미소가 나를 사로잡았다. 그녀가 말했다.

"드디어 도착했어요. 당장 급류 맛을 보지 않을래요?"

우리는 거리를 두고서 각자 폭포 욕조를 꿰찼고, 잠시 뒤 심신이 거뜬해져서 물속에서 나왔다.

앤이 무의식적으로 '유(you)' 소리를 밀어냈다. 그보다 더 갑작스러운 또 다른 '유' 소리가 커다랗고 비뚜름한 나무에서 화답했다. 뮤리엘이었다. 그녀가 외쳤다.

"배낭을 내려놓고 이리 기어 올라와요. 여기가 내 거실이에요. 방금 단장을 마쳤죠. 좌석도 이제 세 개예요!"

우리는 몸을 추슬렀다. 뮤리엘이 내게 손을 내밀었다. 그녀의 눈 전체가 반짝반짝 빛났다. 우리는 나뭇가지를 모아 만든 자리를 더듬더듬 찾아 균형을 잡고 앉았다. 나는 자매의 목소리를 들으며 그들을 유심히 바라보았다. 우리 사이에 세세한 계획들이 오갔다…… 뮤리엘이 말했다.

"오늘 밤에 계속하기로 하고, 이제 그만 어머니들을 뵈러 가요."

두 어머니는 송진 향을 풍기는 새로 지은 작은 호텔의 발코니에 나와 있었다. 어머니들이 우리를 반겼다. 침실은 잠자는 작다란 상자 같았지만 데이지와 미나리아재비로 뒤덮인 들판에 면해 있었다.

아직 몇 주간의 시간이 남아 있다. 무엇부터 시작해

야 할지 알 길이 없다.

알렉스가 옥스퍼드에서 왔고, 뒤이어 찰스도 학기를
마치고 도착했다. 들판의 풀이 크리켓을 할 수 없을 지경
으로 자라 있었다. 우리는 팀을 나눠 캠프볼(피구의 한 가
지—옮긴이)을 했다.

알렉스가 바닥과 수평으로 공을 던졌다. 도무지 공
이 떨어질 기미를 보이지 않았다. 나는 위로 펄쩍 뛰어올
랐다. 두 여자는 능숙했다. 뮤리엘은 의욕이 넘쳤고 폭
소를 그치지 않았다.

캠프볼에 이어 술래잡기를 했다. 술래가 된 알렉스
가 망설이더니 날 지목하고는 내 쪽으로 돌진했다. 앤이
박수를 치며 외쳤다. "볼만하겠는걸!" 나도 무릎 상태를
잊은 채 예전처럼 달렸다. 들판에 움푹 팬 곳이 있었던
가? 무릎이 파열되며 나는 익히 아는 고통 속에서 그대
로 쓰러졌다. 알렉스가 나를 부축했다.

여드레 동안의 침대 생활과 보름간의 목발 신세. 나
의 누이들이 나와 함께 있어주었다. 사고 현장에 있었던
클레르 여사는 동요하지 않았다. 그런 종류의 위험 따위
는 그녀를 걱정시키지 못한다.

우리 셋의 수업이 다시 시작되었다. 뮤리엘은 프랑스
어를 대충 하고, 앤은 거의 완벽하다. 그들의 손을 만지

고 싶은 충동이 불쑥불쑥 고개를 쳐든다.

8월 10일

알렉스와 함께 배낭을 짊어지고서 고지대로 샤무아 사냥을 떠났다. 스위스 장총을 멘 알렉스가 탐험대의 대장이었다.

우리는 대략 2천 미터 떨어진 곳에 진영을 꾸렸다. 알렉스가 내게 작은 소나무 가지를 쌓아 침대 만드는 법을 가르쳐주었다. 알렉스한테서 앤의 행동이며 앤이 친절을 베풀 때 보이는 미소가 어렴풋이 비쳐 보였다. 처음으로 알렉스가 편하게 느껴졌다.

만일 우리의 누이들과 함께 왔더라면 어땠을지.

오솔길은 한적했다. 껍질이 손상된 커다란 나무 한 그루가 중앙에 서 있었다. 휴식처가 될 만했다. 나는 나무둥치에 등을 기대고서 산 정상을 바라보았다. 알렉스가 말했다.

"거기 있지 말고, 나랑 둥치 밑으로 가요."

"거긴 불편해."

알렉스가 웃으며 말했다.

"나 대장 맞아요? 말 들어요, 이유는 나중에 설명할게요."

나는 복종했다. 위에서 자갈들이 요란한 소리와 함

께 떨어져 내리며 나무둥치를 때렸다. 내가 말했다.

"감사합니다, 대장님."

우리는 땅이 건조한 고개 근처에 야영지를 꾸렸다. 해가 떠오르자 알렉스가 지도와 대조하며 쌍안경으로 주위를 살피더니 말했다.

"저기가 샤무아 밀집 지역이에요. 혼자 다녀올게요. 그동안 살림 잘 꾸리고 주변 경치도 감상하면서 즐기다 가 저녁 식사나 준비해주세요."

내가 이의를 제기하려는데 그가 입술에 손가락을 가져다댔다.

"형님 무릎이 그렇게 된 건 내 책임이고, 우린 총이 한 개뿐이에요."

나는 태양이 자리를 옮겨 다니는 이 파노라마 앞에서 하루를 보냈다. 산속의 은둔자들에 생각이 미쳤다. 귀리를 끓였다.

밤이 되었다. 알렉스 대장은 돌아오지 않았다……

혹시 사고라도 난 것일까? 마을의 경비대에 알려야 하나?

나는 알렉스를 다음 날 정오까지 기다리다가 짐을 모두 짊어진 채, 쉬엄쉬엄 산을 내려왔다.

브라운 가족은 의연했다. "알렉스는 혈기 방장한 청

년이고 엄청나게 신중한 아이예요. 아마 사냥에 몰두하
느라 길을 잃었을 거예요. 혼자서 충분히 빠져나올 수 있
어요."

수색대가 출동했지만 아무 성과가 없었다. 닷새째,
전보가 도착했다. 알렉스가 이웃 동네에 수감돼 있었다.
샤무아 보호 구역인 줄 모르고 침입한 것이 화근이었다.
곧 재판에 회부될 예정이었다.

우리가 교도소로 면회 갔을 때 알렉스는 철창 뒤에
서 밝은 표정을 지었다. 파란 작업복에 챙 없는 빨간 모
자를 쓴 농부 배심원들로 구성된 법정에서도 알렉스에
게 고의성이 없음을 인정하여 벌금형만을 구형했다. 우
리는 이 사건으로 가까워졌다.

1900년 9월 5일

여름이 꿈처럼 지나갔다. 앤과 뮤리엘과 함께했던
모든 것이 자연스러웠다. 매일 두 여자에 대해 무언가를
쓸 수도 있었겠지만 나는 그들을 그저 바라보는 것이 더
좋았다.

9월에는 산장이 문을 닫는다. 알렉스와 찰스도 떠나
고, 앤도 조각 작업을 계속하기 위해 클레르 여사와 함
께 파리로 돌아갔다.

회복기 환자들인 뮤리엘과 나는 루체른 호숫가에서

미시즈 브라운과 함께 보름을 더 보냈다. 나와 뮤리엘은 노를 젓는 나룻배에서 선 자세로 하루 온종일을 보내기도 했다. 우리는 똑바로 앞을 본 채 노 두 개를 교차로 저어나갔고, 배에서 식사 준비도 했다. 뮤리엘이 내게 식사 준비하는 법을 가르쳤다. 그녀가 그리우리라.

간간이 마찰도 있었지만 오래가지 않았다. 뮤리엘은 나를 전형적인 프랑스인에 떠받들려 자란 응석받이 외동아들로 생각했고, 나는 그녀가 직설적이고 자신에 대한 확신으로 꽉 차 있다고 생각했다. 나는 그녀와 호수와 달을 주제로 시를 써서 내 친구 조에게 보냈다. 조가 답장을 보내왔다. "자네가 그 여자를 사랑하게 될 것 같아."

있을 수 없는 일이었다. 나는 두 자매 모두 좋아하니까.

어느 날 저녁, 기습적인 폭풍우가 몰아쳤다. 바람이 텐트를 날려버렸다. 노가 하등 소용이 없었다. 우리는 비바람이 이끄는 대로 끌려다니다가 아담한 곳에 이르렀다. 정원이 있었고 옆쪽엔 환한 빌라가 보였다. 흠뻑 젖고 기진맥진한 우리를 부부로 오해한 빌라 주인들이 우리에게 침대가 딸린 커다란 방 하나를 내주었다. 친절하기도 해라! 운명의 장난인 것일까?

우리는 미시즈 브라운을 안심시키기 위해 그대로 빗

길을 걸었다.

    뮤리엘과 미시즈 브라운과 나, 셋이서 케이블카가 설치된 산으로 소풍을 떠났다. 저녁 식사 무렵에는 귀가할 예정이었다. 하지만 여름 시즌이 지나 케이블카가 더는 운행되지 않는 바람에, 밤 10시가 되어서야 겨우 기차를 탈 수 있었다. 기차는 역이란 역에 죄다 정차했다. 한기가 스며드는 열차엔 외투도 걸치지 않은 우리뿐이었는데 말이다. 미시즈 브라운이 제안했다.

    "이러다 감기 걸리겠구나. 몸을 덥혀야겠어. 뮤리엘, 작년에 알렉스랑 했던 방책 기억해? '레몬즙 짜기!'"

    뮤리엘이 대꾸했다.

    "좋은 생각이에요, 엄마! 엄마가 여기 우리 사이에 앉아요, 클로드의 오른쪽, 내 왼쪽에. 클로드, 발을 칸막이에 올리고 엄마에게 등을 기댄 뒤, 밀어요!"

    처음엔 다소 교양 없게 느껴지던 방책이 얼마 안 가 실용적이고 재미있기까지 했다. 미시즈 브라운은 두 선수 사이에 끼어 이쪽저쪽으로 미끄러지는 공에 다름 아니었다. 그녀가 내게 말했다.

    "자, 다음은 클로드 군 차례!"

    나는 복종했다. 모녀가 예상보다 더 세게 나를 밀었다. 딸의 힘찬 공격에 어머니가 화답하는 식이었는데, 때로 있는 힘껏 밀 요량으로 동시에 몸을 뒤흔들기도 했다. 처음으로 미시즈 브라운도 젊은 시절에 기민하고 예뻤을 수 있겠다는 생각이 들었다.

뮤리엘은 시종일관 무람없이 굴었다. 나는 그녀 곁에서 몇 달을 보내면서도 그녀의 손가락을 스친다거나 손을 너무 오래 들여다보지 않으려고 애써온 터였는데. 그랬는데 이제 그녀가 등이라는 실질적 육체로 온힘을 다해 나를 눌러대는 것이었다.

다음은 뮤리엘이 레몬이 될 차례였다. 그저 놀라울 뿐이었다. 뮤리엘은 고무줄처럼 탄탄했다. 그녀의 관자놀이에 이슬땀이 송골송골 맺혔다. 감히 그녀의 체취를 맡을 엄두도 나지 않았다. 미시즈 브라운이 말했다.

"그만, 이만하면 된 것 같아."

브라운 가족은 영국으로 떠났고, 나는 입대했다.

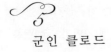

군인 클로드

클로드가 뮤리엘과 앤에게

1900년 12월 19일, 마옌

무릎 때문에 의병 제대를 권유받았지만, 거부했어요.

그래서 현재 노르망디와 브르타뉴 사이, 농부들 틈에 섞이게 됐습니다. 내가 무기며 도구를 다루는 데 문외한인 까닭에 첫 몇 주는 힘들었지요. 차차 나아지겠죠. 나는 부대에서 키가 제일 크고, 사격도 정확하며(앤의 실력에는 못 미치지만), 100미터 달리기도 1등을 했어요, 그래서 포상으로 주말 외박을 허가받았죠. 내가 응석받이라는 걸 잘 알기에(당신들도 동의하죠?) 자진해서 가장 험하고 고된 일을 맡았고요. 그래서 선망의 대상인 사무 보조 자리를 마다하고 매일 아침 현장에 나가 일출을 보고 있죠. 무기 조작이 제법 재미있어요.

땅이 눈으로 뒤덮여서 너른 안마당을 치웠어요. 일요일엔 자전거를 타고 하얀 풍경 속을 돌았고요. 내겐 당신들과 대화를 나누는 순간이었죠. 내 타이어가 여기선 신기한 물건입니다.

1901년 1월 15일

안개와 진흙탕. 이틀 동안 덜덜 떨며 병영의 복도를 헤매다가 의무대에서 규정한 정상 온도 이상의 고열이 올랐어요. 결국 의무대 신세를 지게 됐죠.

당신들에게 들려줄 이야깃거리가 생겼어요.

첫날 밤, 침대가 둥둥 떠가는 느낌에 깜짝 놀라 깨어 났거든요. 이른바 몽마르트르 카페식 공연을 위해 커다란 홀의 환자들을 작은 방 두 개로 옮기는 거였죠. 자정을 알리는 종이 울렸어요. 부관은 시내로 가서 잠을 자니, 더는 불시 시찰의 위험이 없었죠. 필요할 때 흥을 돋우는 위험 물질로 의무대 생활을 지탱하는 세 명의 파리지앵이 창살 사이로 동아줄을 늘어뜨려 수 리터의 포도주를 끌어올렸어요. 열성분자들이 그 옆에 줄을 섰고, 서 있거나 침대에 앉아 있을 수 있는 사람들은 죄다 커다란 홀로 모여들었죠. 신문지로 갓을 씌운 어슴푸레한 양초 조명 속에서 순식간에 파티가 벌어졌어요. 시가 상자가 기타가 되고, 알려진 가요들이 병영 생활에 대한 신랄한 풍자며 감상이며 은근한 비아냥거림이 뒤섞인 노래로 개사되었죠. 가수들도 교도소까지는 몰라도 영창에 가는 위험을 무릅쓰고 싶진 않았을 테니까요.

세 영웅이 청중들에게 소리 죽여 후렴구를 따라 부르게 했죠. 모두들 포도주를 얻기 위해 줄을 섰어요. 돈이 없는 이들도 마실 수 있었죠. 세 파리지엥은 인색하지 않았고, 사람들도 정직하게 굴었어요. 혹여 누군가가 술에 취해 소란이라도 떨어 보초의 주의를 끌세라, 술잔 수가 엄격히 통제됐고요.

이제 곧 나도 그 파티에 낄 수 있을 거예요. 세 예술가는 이곳에서 나름의 선교를 펼치는 거라고 볼 수 있어요.

의무대에 누워 지낸 지 열흘째. 당신들이 내 머릿속을 떠도는군요. 머릿속에서 간호사 뮤리엘은 웃으며 명령을 내리고, 앤은 기타 치는 사람 옆에서 바이올린을 연주하죠.

1901년 4월 2일

병원에 한 달을 누워 있다가 집으로 돌아왔어요. 집에서 여섯 주 동안 클레르 여사의 간호를 받으며 회복기를 보냈죠. 병영에서 지내다 왔더니 내 방이 천국 같더군요. 회복이 빨랐어요. 클레르 여사와 주치의의 부추김에 떠밀려, 내 오랜 꿈을 실현하기로 결심했습니다. 여드레 일정으로 스페인에 가서 프라도 박물관을 방문하기로 요.

클로드의 일기

필라

1901년 5월

(지금 이 글은 형식상 일기지만 언젠가 당신들한테 들려줄 생각이에요, 왜냐하면 나의 누이들이여, 우리 사이엔 비밀이 없으니까요. 후회 따위는 없어요. 전혀. 그냥 그렇게 된 일이니까. 그럼에도 당신들한테는 어쩔 수 없이 고백이 되는군요.)

마드리드로 가는 길

스페인 열차. 거의 여덟 시간 연착이지만 스페인에선 놀랍지도 않은 일. 텅 빈 이등칸이 무료하여, 활기가 넘쳐 보이는 삼등칸으로 이동했다. 이곳의 여행자들은 내게 끊임없이 말을 붙였다. 무람없는 질문을 해대는 그들이 이해된다. 그들이 돌아가며 내게 포도주와 담배를 권했는데, 권유가 쉴 틈 없이 이어지는 통에 나를 놀리는 것이 아닌가 하는 생각마저 들었다. 하지만 아니었다.

부르고스 지방. 곧장 성당으로 직행. 햇빛이 찬란한 실외. 어두컴컴한 실내. 의자도 없다. 땅바닥에 엎드린 신도가 발부리에 채였다. 나는 붉은 불빛이 일렁이는 예배당 안으로 들어갔다. 제단의 양초들이 번쩍거렸다. 신부가 예배를 집전했고, 그 옆에 수르바란(프란시스코 데 수르바란: 17세기 스페인의 바로크 화가. 주로 종교적 주제를 다루었다.―옮긴이)의 그림에서 볼 수 있을 법한 두 수도사가 무릎을 꿇고 있었다. 암흑 속에 잠긴 옆 예배당에서 터져 나온 짧은 군악이 내 가슴을 치며 궁륭 밑으로 울려 퍼졌다.

맨 앞줄에 다른 신도들처럼 무릎을 꿇은 한 조신한 젊은 여자가 가슴을 치며 절절한 소리로 자신의 죄를 회개했다. 어찌나 세게 치던지 아플 것 같았다! 다듬어지지 않은 간결한 원석 액세서리들이 눈에 띄었다.

여자한테서 눈을 뗄 수 없었다. 예배 시간 동안, 여자는 나를 딱 한 번 쳐다보았다. 예배당이 텅 비었다. 여자는 마지막까지 자리를 지키며 엎드려 있었다. 양초들이 차례로 꺼졌다.

여자가 일어나 가벼운 발길로 어두운 중앙홀로 들어갔다. 나는 여자의 뒤를 따르다가 철책에 부딪쳤고, 그 바람에 여자도 놓치고 방향감각도 잃었다. 간신히 출구의 불빛을 향해 더듬더듬 나아갈 수 있었다. 거리를 걷는 여자의 모습을 보고 싶었다. 하지만 이미 멀리 가버린 듯했다.

성수반 근처 어둠 속에서 여자가 불쑥 모습을 드러 냈다. 나는 성수반에 손가락을 적시고는 여자에게도 성수를 건넸다. 여자가 성수에 손을 적셨고, 우리는 성호를 그었다.

나는 여자에게 성당의 여닫이문을 열어주었다. 문이 탄성으로 도로 닫히지 않도록 여자가 통과할 때까지 잡아주다가 여자가 문에서 빠져나간 뒤 나도 문을 통과했다. 두 걸음 앞에 두 번째 문이 있었다. 문과 문 사이의 나무 상자 안에 잠시 여자와 단둘이 있게 되었다. 성수를 건네며 스쳤던 우리의 손가락이 다시 스쳤다. 여자가 느리게 물었다.

"스페인어를 할 줄 아세요?"

"웬만큼요."

스페인어 습득을 단번에 보상받으며 내가 대답했다.

"내가 뒤돌아볼 때까지 멀찌감치 떨어져서 날 따라오시겠어요?"

"그러죠."

여자가 빠르게 밖으로 나갔다. 나는 스무 발자국 정도 거리에서 짐짓 아닌 척 여자를 뒤따랐다. 여자는 만틸라(스페인이나 남아메리카에서 여자들이 예배 때 두르는 커다란 레이스 베일—옮긴이)를 두르고 머리 위쪽에 빗핀을 꽂았으며 부채를 들고 있었다. 지나치는 다수의 사내들이 그녀에게 공손하게 인사했고, 여인네들은 손짓을 보냈다. 여자는 작은 암탉처럼 총총히 걸어갔다. 이제 여자의 눈을 환한 곳에서 볼 수 있을 터였다. 여자가 나를 공원으로 이끌었다. 공원 입구는 북적였으나, 안쪽은 텅비어 있었다. 여자가 걸음이 느려지더니 나를 휙 돌아보고는 돌 벤치에 살짝 걸터앉으며 허리를 곧추세웠다.

나는 두 걸음 거리에서 우뚝 멈춰 섰다. 여자가 앉으라는 신호를 보냈다.

내가 물끄러미 바라보기만 하자 여자가 손짓을 했다.

"그만, 됐어요! 이름이 뭐죠?"

"클로드."

여자가 내 이름을 세 번 연속 중얼거리며 입에 익혔다.

"난 필라라고 해요."

"필라…… 필라…… 필라……"

나도 되뇌며 여자의 이름을 입에 익혔다. 그녀가 눈을 치뜨며 말했다.

"자, 이제 됐나요?"

나는 손가락 끝으로 성수에 닿았던 여자의 손가락

을 잡았다.

그녀가 손을 내게 맡겼고 나는 그 손에 입을 맞췄다. 우리의 시선 속에 대화가 오갔다. 눈이 아려왔다. 확실했다, 그녀가 내게 호의적이라는 것이. 지중해가 내 안에서 부풀었다. 그녀가 말했다.

"난 어머니와 함께 살아요. 하지만 집을 빌려줄 친구가 있죠. 또 날 따라오세요."

행복한 두 번째 산보가 시작되었다. 필라는 주택 단지의 좁은 샛길로 접어들더니 계단을 내려가다가 다시 오르면서 철문을 하나 열었다. 이어 작은 정원을 가로질렀고 어떤 집 밑을 통과하여 오른쪽으로 돌더니 계단을 기어올라 테라스를 가로지르며 바닥에 타일이 깔린 하얀 방으로 들어갔다. 검은색 그리스도 목조각과 빨간 꽃, 깨끗하고 톡톡한 이불과 커다란 베개 두 개가 나란히 놓인 침대가 보였다.

필라가 내 입술에 가볍게 입을 맞췄다. 있을 수 없는 일이 벌어졌다. 그녀의 얇은 옷들이 공중에 내던져지는가 싶더니 내 옷들이 그 뒤를 따랐다. 우리는 침대 안이었다. 나는 말했다.

"난 처음이에요."

필라가 즐겁게 웃으며 말했다.

"그럴 수도 있어요?"

"난 열한 살 때까지 공원의 여인상들에 남자 성기가 안 달린 것이 조각가의 수치심 때문인 줄 알았어요. 나중에 화실에서 나체의 모델들을 보았을 때, 그동안 상상했던 여자의 모습과 달라 거의 실망감마저 느꼈죠."

필라가 말했다.

"난요?"

"당신은 완벽해요."

"더 얘기해봐요."

필라가 말하며 교습을 시작했다……

그녀에게는 내가 혐오스럽거나 의심스러울 수도 있었을 것이다. 나로서는 이 침대의 사제에게 존경심뿐이었다. 그녀의 품속에서 처음엔 어린 나무였다가 성장하여 남자가 되는 기분이었다. 경이로웠고, 감사했다.

필라가 돌연 야들야들한 손바닥으로 내 얼굴을 치며 밀어내더니 약간의 거리를 둔 채, 칠흑 같은 검은 눈으로 나를 바라보았다. 그녀가 씨근거렸다.

뮤리엘과 앤의 얼굴이 떠올랐다. 호기심이 일었다. 과연 그녀들도 필라와 같은 유일까? 어느 날 사랑하게 된다면, 그 정도로 자신을 내던질 수 있을까? 뮤리엘과 앤은 내가 경험한 것이 배제된 다른 행성에 속했고, 머지 않아 나는 그곳으로 돌아갈 터였다. 해가 기울었다. 필라가 차갑게 식은 둘둘 만 크레이프를 먹으며 물었다.

"클로드, 부르고스엔 언제까지 머물죠?"

나는 상념을 떨치며 대답했다.

"내일 아침까지요."

"혹시 좀 더 머물고 싶나요?"

"네."

"그렇다면 왜 떠나죠?"

"난 군인이에요(클레르 여사가 떠올랐다). 마드리드에 갔다가 파리로 돌아가야 하는데, 여행 일정을 늘릴 여윳돈이 없어요."

잠시 침묵한 뒤 필라가 말했다.

"돈은 나도 없지만, 좋은 수가 있어요. 당신은 이곳 남자들 같지 않거든요. 여자들에게 호기심을 불러일으키죠. 멋진 집을 소유한 여자 친구가 하나 있는데, 남자들한테 관심이 많아요. 오늘 밤 그 친구를 소개시켜줄게요. 혹시 서로 마음에 들면 그 친구가 우리 둘을 자기 집에 며칠 머물게 해줄 거예요."

나는 필라를 위해 머물고 싶었다. 오직 그녀를 위해. 그녀의 친구가 끼어들면 상황이 복잡해진다. 동시에 그

제안 때문에 필라가 달리 보였다. 그녀가 덜 소중해졌다. 하지만 내 안의 모든 스칸디나비즘(19세기에 스웨덴, 덴마크, 노르웨이가 중심이 되어 북유럽을 하나의 국가로 통합하려던 움직임—옮긴이)이 고개를 쳐들며 나와 대립했다. 뮤리엘과 앤이 떠올랐다. 그녀들에 대해 심각한 무언가가 느껴졌다.

필라가 내 시선 속에서 이 모든 것을 간파했다. 그녀가 말했다.

"그래도 떠나야 한다면, 지금 당장 가버리는 게 좋겠어요!"

필라가 침대에서 뛰쳐나갔다.

그녀는 옷을 주워 입음으로써, 나로서는 즐거웠던 이 놀이를 서둘러 정리했다. 그녀가 자기보다 덜 서두르며 옷을 입는 나를 지켜보다가 그리스도 목조각 앞에서 성호를 그었다. 나는 손목시계의 메달 장식을 떼어내 필라에게 건넸다. 그녀가 어깨를 으쓱 추어올리며 받아 들었다.

필라는 본연의 몸가짐을 되찾았다. 거리를 둔 채 나를 샛길로 이끌고는 좌우를 둘러보았다. 아무도 없었다. 그녀가 신호를 보냈다. 내가 다가가자 손을 올려 내 머리칼을 쓸더니 멀리 밀쳐버렸다.

지독하게 혼자라는 생각이 엄습했다. 호텔로 돌아

온 나는 문득 소스라쳤다. 필라의 이름도 주소도 모르는 것이 아닌가! 다시는 만날 수 없으리라. 편지라도 쓰고 싶었는데.

우리가 성수반 앞에서 우연히 다시 만날 수도 있다는 기대는 없지만, 우연한 재회의 가능성 또한 여전히 유효하다.

(어쩌면 다음에 이어지는 마드리드 체류기 또한 뮤리엘과 앤에게 보여줄 수 있을 것이다.)

1901년 5월 마지막 날, 마드리드

푸에르타 델 솔 호텔에 머물고 있다. 호텔 식당에서 사십 대로 보이는 유통업자와 대화를 트게 되었다. 입술 색이 짙고 흰옷에 금목걸이를 걸쳤다. 이런저런 얘기 끝에 그가 내게 일찍 결혼하라고 조언하더니, 자기의 삶을 환하게 밝히는 젊은 아내에 대해 장광설을 늘어놓으며 사진을 보여주었다. 여자는 우아했다. 그가 자기보다 나은 여자라고 단언하고는 혹여 자기가 사는 지역을 지나거들랑 찾아오라며 초대했다.

밤이 이슥해지자 그가 고백의 수위를 높였다. 자기는 사업차 매년 몇 주간 스페인의 대도시들을 순례하는

데, 아내를 대동하지 않는다는 거였다. 아내에게 충분히 신경 써줄 수 없기 때문이었다. 하지만 그한테 여자란 지극히 소중한 존재여서 여자 없이 보내는 시간은 낭비에 다름 아닌바, 다음과 같이 해결점을 찾았다. 바로 유명 호텔들에 자신의 침대에 들어올 최고 수준의 여자를 찾는다는 의미의 암호로 전보를 보내는 것. 그렇게 해서 그는 그 짧은 인생의 순간에도 중단 없이 여자들에게 경의를 표하고, 집으로 돌아와서는 아내가 더욱 달콤하게 느껴지도록 비교 체험도 할 수 있었다.

나는 물었다.

"만일 어느 날 우연히 부인께서 알게 된다면요?"

그가 구체적 내용을 생략한 채 대답했다.

"그땐 두 가지 비극이 일어나겠죠. 하지만 절대 일어날 수 없는 일이오."

"만일 부인께서도 선생과 같은 가치관을 토대로 선생과 같은 삶의 원칙을 적용하고 있다면요?"

순간 코앞의 남자가 디저트 칼로 나를 찌르는 줄 알았다. 하지만 그런 일은 일어나지 않았다. 그럼 따귀가 날아오려나. 그것도 아니었다. 가까스로 분노를 억누른 남자는 정말로 배신이라도 당한 듯 슬픔만을 내비쳤다.

"선생은 너무 젊은 데다 프랑스인이오. 그러니까 날 모욕하려는 의도 없이 그런 말을 내뱉을 수 있는 거지.

선생은 완벽한 스페인 부부를 이해하지 못할 거요. 난 아내를 사랑하고, 그 밖의 것은 하등 중요하지 않아요. 선생의 의혹은 생각조차 할 수 없소."

나는 대답했다.

"대단하십니다!"

남자는 다시 우호적이 되었고, 그것이 진심임이 역력했다.

다음 날, 그가 스페인 여자를 기어이 맛 보여주고 싶은 이 '순진한 프랑스인'에게 '(여자) 딸린 침대'의 하룻밤 비용을 알려주었다. 아울러 호텔의 담당자가 거래처에 손님이 자기의 지인이며 점잖고 괜찮은 사람(그는 우리 둘이 이 경우에 해당된다고 했다)이라고 보증해줄 경우 침대에서 만날 수 있는 여자들의 우수성에 대해서도 참고적으로 덧붙였다. 호텔 거래처에는 응당 못나고 인색한 남자들을 상대하기 위한 볼품없는 여자들도 있다면서.

가격은 과하지 않았으나, 나는 오직 필라 생각뿐이었다.

저녁 식사가 끝나자 유통업자가 언질도 없이 나를 고급 매음굴로 이끌고 가서 포트와인을 건넸다. 여자들은 젊지 않았지만 스페인 여성 특유의 강렬함이 있었다…… 나의 후원자가 말했다. "젊은 애들은 스스로 알아서 해결하니까요."

날렵한 한 여자가 나체로 춤을 추었다. 외국인 두 명이 사기 재떨이를 자기들 호주머니에 슬쩍 집어넣었다.

"이런 곳에서는 뭐든 허용되는 줄 착각들 한다니까요." 유통업자가 혀를 차며 정작 자신도 그들과 모험을 나누었다. 나는 슬그머니 그 자리를 피했다.

호텔까지는 걸어갔다. 거리가 한적했다.

두 사내가 몇 발자국 떨어진 곳에서 내 쪽으로 다가왔다. 젊고 날랜 첫 번째 사내가 재킷을 어깨에 걸친 채 살짝 비틀거리며 내 앞에 와 서더니, 몸을 곧추세우는 것과 동시에 다리를 벌리며 손을 쫙 펼쳐 내 하복부를 재빨리 가격했다. 너무 아파 비명조차 나오지 않았다. 쓰러질 것만 같았다. 나는 벽에 기대어 권총이 든 호주머니로 손을 가져갔다. 두 번째 사내가 외쳤다.

"이런 머저리, 여지를 주지 말았어야지!"

두 사내가 마치 투우사에게 급소를 공격당한 황소를 보듯 내가 쓰러질 것인지 아닌지 관찰했다. 증오심은 느껴지지 않았다. 단지 내 지갑만이 목적이었고, 그들도 나름의 원칙은 있는 듯했다. 마음만 먹었다면 내 상태로 미루어 얼마든지 내게 달려들 수 있었을 테니까.

두 사내가 천천히 멀어져갔다. 나는 호흡을 고르며 호주머니에서 가까스로 권총을 꺼냈다. 방아쇠를 당길

힘도 없었다. 게다가 소리도 요란할 것이며 놈들은 이미 멀어진 뒤였다. 나는 느릿느릿 호텔로 향했다.

도어맨이 심심치 않게 일어나는 일이니 조심해야 한다고, 경찰도 아무 소용 없다고 당부했다.

맞은 곳이 아직도 욱신거린다. 이 장소가 스페인 여행에 큰 역할을 했다.

(프라도 박물관 얘기는 편지로 전하죠.)

클로드가 뮤리엘과 앤에게

1901년 6월, 프랑스 르망

다시 병영 생활로 돌아왔고, 좋은 계절도 되찾았어요. 나는 예비 사관생도이고⋯⋯ 성당의 종지기를 자원했습니다. 일요일에 동료 셋과 함께 대종이 매달린 참나무 종루의 들보에 올라갔죠. 우리가 손잡이를 잡고서 종의 무게를 가늠하며 손의 힘을 뺀 채 청동 괴물을 밀자, 그 즉시 괴물이 포효했어요. 나는 소리를 삼키기 위해 입을 벌렸죠. 노트르담 성당과 함께 뮤리엘이 떠오르더군요.

1901년 8월 6일

부대에 슬릭 타이어 자전거 열한 대를 보유한 사이

클 반이 새로 생겼는데, 내가 이 사이클 반의 반장으로 임명됐어요. 여섯 시간 내에 60킬로미터를 달려야 사이클 반 가입이 허용되죠. 나의 누이들이여, 당신들의 자전거 타이어로도 아마 우리 팀의 대원이 될 수는 있겠지만, 그렇게 되면 당신들은 땅바닥에 쭉 뻗은 채 하늘이나 쳐다보는 신세가 될걸요.

한번은 우리 사이클 반이 한 농가의 헛간에 매복했어요. 이곳에서 점심을 먹고는 채광창을 통해 20미터 남짓 떨어진 대로를 행군하는 적군 대령과 참모진에게 공포탄을 쏘았죠. 그다음은 우리가 죽은 걸로 간주한 그 적군 대령에게 체포되어 처벌을 받을 위기에 처했고요.

1901년 9월 19일

시내엔 여섯 곳의 '매음굴'이 있어요. 그중 두 곳이 병사들 사이에 정평이 나 있죠. 가장 허름한 곳과 가장 고급스러운 곳. 당신들한테 얘기해주기 위해 오래전부터 벼르다가 드디어 방문했죠. 당신들이 원했으니까요.

나는 우선 가장 허름한 곳의 초인종을 누른 뒤, 빨간 전등이 비추는 문을 밀었어요. 강렬한 포도주 향이 코를 찔렀죠. 더러운 탁자에 팔을 걸친 병사들, 머리가 헝클어진 초췌한 여자들, 파손된 침대, 술꾼이 던져 깨뜨린 포도주 병 때문에 선명한 얼룩이 그림을 그리고 있는 허연 회벽. 내가 대체 무슨 말로 어떻게 끼어들어야 할지 몰랐죠. 난감해하다가 그냥 나와버렸어요.

가장 고급스러운 곳은 주로 하사관들이나 공무원들, 또는 민간인들이 출입해요. 고객의 익명성 보장을 위해 승강기는 한 고객이 사용 중이면 다른 고객한테는 잠시 불통이 되죠.

이곳은 모든 것에서 반짝반짝 광이 났고, 여자들은 조신한 태도가 몸에 뱄어요. 여유로운 분위기가 감돌았다고 할까요. 술도 강제로 권하지 않았죠. 난 대뜸 선포했어요. "난 오로지 대화를 나누기 위해 온 겁니다."

쥘리에트라는 이름의 아가씨가 다가오더니 상냥하게 말했어요. "알겠어요. '마담'께 전해드릴게요."

'마담'이 도착했죠. 갈색머리에 눈빛이 강렬하고 몸집이 오동통한 부르주아 여자였어요. 나더러 어쨌든 요금은 지불해야 한다며, 자기가 쥘리에트와 나와 함께 아니스 주를 마셔주겠다고 하더군요.

초인종이 울리고 모습을 드러내지 않은 손님이 쥘리에트를 찾았어요. '마담'이 다른 여자를 불러주려고 하기에 내가 말했죠. "난 당신과 얘기하는 것이 더 좋은데요." 그녀가 미소 짓더니 다시 자리에 앉았죠.

"인테리어가 아주 훌륭합니다!"

"내가 정말 공을 많이 들였거든요. 그런 말을 들으니

기분이 좋네요."

'마담'이 탁자에 놓인 장미꽃 세 송이를 정돈했어요. 그녀는 오직 대답만 하고 내가 질문을 하는 식으로 이야기가 진행됐죠. 그녀는 자신을 시장이나 대령처럼 이 도시를 이루는 톱니바퀴로 간주했고, 실제로 그 두 인사를 방문하기도 했더군요.

"우리 업소는 독신자들이 자칫 어지럽히기 쉬운 공공위생과 가정의 평화에 기여한답니다. 우리 집엔 환자나 스캔들 따위는 없어요."

그녀가 자기 업소와 파리의 명성 높은 업소를 겸손하게 비교해주었죠.

양심적인 여자였어요.

뮤리엘이 클로드에게

1901년 8월 12일, 섬

해먹에 누워 당신 편지를 읽었어요. 두려웠죠. 내가 당신에게 두렵다, 고 말하면 당신은 늘 뭐가요? 라고 물어요. 아마 내가 프랑스어로 '두렵다'는 단어를 잘 이해하지 못해서일 거예요.

당신이 내게 '내 편지를 어떻게 읽죠?'라고 묻는 건 걱정스러워서겠죠? **그러지 말아요.** 미소로 답하긴 하지만, 당황스러우니까요.

당신이 다리 위 높은 곳에서 다이빙했다니 기뻐요. 하지만 내가 도왔다는 얘길랑은 하지 말아요! 그건 알아차리지 말아야 해요!

당신이 시내에서 나눈다는 정신적 대화 말이에요, 당신은 크게 신경 쓰지 않겠지만 그래도 소모적이진 않나요? 혹여 그렇다면 정리하도록 해요. 당신 어머니도 걱정하세요.

당신이 동료들과 목요일에 나눈다는 한담을 나도 듣고 싶어요. 이어서 벌어지는 게임도 보고 싶고요.

혹시 환생을 믿나요? 당신이 여기 온다면 이곳에 나타난 『전쟁과 평화』의 피에르 베즈코프를 보여줄게요. 그 사람과 마주치면, 나도 모르게 시선이 가죠. 하지만 그 사람은 내가 자기를 안다는 걸 몰라요.

1901년 8월 14일, 런던

세상의 모든 여자에겐 자신만을 위해 태어난 남자, 즉 정해진 배필이 있다고 생각해요. 한 여자가 더불어 평화롭고 보람되고 심지어 즐겁게 살아갈 수 있는 남자는 여럿 있을 수 있어요. 하지만 완벽한 남편이 될 수 있는 남자는 오직 하나뿐이죠.

그 남자는 죽었을 수도 있고 평생 한 번도 만나지 못

했거나 다른 여자와 결혼했을 수도 있어요. 그렇다면 그 여자는 결혼하지 않는 것이 나아요.

모든 남자에겐 자신만을 위해 태어난 단 한 사람의 여자, 정해진 배필이 있어요.

앤과 나, 우리는 어릴 적부터 그렇게 생각해왔죠.

난 아마 결혼하지 않을 것 같아요. 난 해야 할 일이 있고, 그 일은 혼자서 더 잘 완수할 수 있거든요. 하지만 신께서 **내** 남자를 만나게 해주신다면, 그 사람과 결혼할 거예요.

8월 21일

당신한테 책을 몇 권 보냈는데, 당신 어머니가 반대하세요. 이해가 안 돼요. 당신 어머니가 중지시킨 뒤, 내게 편지를 쓰셨죠. 당신은 여전히 과로하고 있고, 입대해 있는 동안은 아무것도 쓰지도 받지도 말아야 한다고.

런던에 간 클로드

클로드가 앤에게

1901년 10월 5일

군 복무가 끝났어요. 하루빨리 당신네 자매를 만나고 싶어요. 열흘 후면 런던에 도착할 겁니다.

앤이 클로드에게(런던에서)

1901년 10월 15일, 섬

이렇게 바로 와주다니 대단해요! 하지만 당장 만날 수는 없겠어요. 현재 섬에 있는 우리 집을 새 단장하는 중이거든요. 대신 우리의 오랜 지인이자 은행가인 데일 씨가 당신을 자택으로 맞아줄 거예요. 그분 아들과 난 파리에서 조각 작업을 함께 했죠. 뮤리엘 언니는 편지를 쓸 수 없을 거예요. 석공 일을 하고 있거든요. 우리에게 소식 전해주세요.

클로드가 앤에게

1901년 11월 5일

데일 씨는 작달막하고 오동통한 체구에 활력이 넘치는 분이더군요. 전자피아노를 연주하고, 집도 멋져요. 대영제국이 최소한 로마제국에 비견되며, 권리를 주장하기에 앞서 의무를 이행해야 한다고 생각하고요.

데일 씨가 내게 개인 욕실에 있는 샌드백과 로잉 머신을 쓰게 해주었고, 전자피아노 사용도 허락했어요. 시내에 있는 자기의 우아한 사무실의 메커니즘에 대해 설명해주고, 국회에도 데려갔죠. 거긴 모든 것이 어찌나 체계적이던지, 내가 그 분위기에 압도되어 뒷짐을 진 채 로비를 성큼성큼 걸어 다니자, 계급장을 단 경찰이 다가와서 말하더군요. "그렇게 긴장하지 마십시오." 내가 대답했죠. "감사합니다."

내게 단체는 늘 경이롭죠, 인간을 사고하게 하니까요. 연단에 올라가 자신이 믿는 진리를 주장하는 하이드파크의 즉흥 연설자들을 보면 감탄이 절로 나와요.

데일 씨가 털어놓더군요.

"난 더는 경력을 발전시킬 수 없네. 내 상상력이 그

이상 못 미치거든. 난 이제 끝난 몸이야."

"글쎄요, 경력의 최고봉에 도달한 사람이라면 조용히 그걸 누릴 수도 있지 않을까요?"

"경력의 최고봉이란 언제든 가능하고, 조용히 누리는 건 영국적인 것이 아니네."

가족들이 둘러앉은 식사 자리에서 당신네 자매가 화제에 올랐어요. 내가 당신들 두 사람이 내게 영국에 대한 호기심을 불러일으켰다고 이야기하며, 당신들에 대해 품고 있는 생각을 말했죠. 데일 씨가 받아치더군요.

"그렇지만 이곳에선 그 두 자매가 특출 난 게 아니라네. 런던엔 내가 알고 있는 아가씨들만 해도 다수가 그 두 자매 못지않거든. (나의 누이들이여, 당신들도 이와 똑같은 말을 한 적이 있죠.) 대체 자네한테 그 두 자매의 어떤 점이 그렇게 특별한가?"

"진솔함, 겸손, 봉사 정신, 열정, 유머, 뚜렷한 개성, 문화적 소양이요."

"그렇군. 그 모든 게 영국적인 거라네!"

데일 부인이 묻더군요.

"프랑스 아가씨들은 어떻죠?"

"아, 물론 뛰어난 아가씨들이 있죠, 하지만 지금으로선 전 다른 데로 눈길이 가는군요."

데일 씨가 말했어요.

"우리 회사의 젊은 직원 중 하나는 프랑스 아가씨와 결혼했다네. 내 딸 캐롤린의 잘생긴 남자 친구들 중 하나는 스페인 친구고. 딱히 내 맘에 들진 않지만, 어쩌겠는가, 딸아이 소관인걸."

데일 씨의 맏딸 캐롤린이 얼굴을 붉히며 미소 짓더니 내게 물었죠.

"영국 여자와 결혼할 건가요?"

"그렇게 될 것 같아요, 비록 제가 결혼을 생각하기엔 아직 미성숙하지만요."

"민족 간에 섞여야 한다고 생각하세요?"

"네, 본능이 원한다면요."

데일 부인이 말했죠.

"사상가나 예술가들 중에 본능에 귀 기울인 이들이 있어 다행이지만, 그걸로는 충분한 기반이 되지 못해요. 당신 어머니는 나한텐 친구이고, 사고방식이 거의 영국적이죠. 어머니는 어떻게 평가하나요?"

"전 어머니를 평가하지 않습니다, 제가 어머니의 일부니까요. 어렸을 땐 어머니와 결혼하고 싶었죠."

캐롤린의 여동생이 가족의 전반적인 웃음소리 속에서 말했죠.

"프랑스인치고는 괜찮은 사람인걸요."

앤이 클로드에게

11월 20일, 섬

뮤리엘 언니도 당신과 마찬가지로, 당신을 친절하게 맞아준 데일 씨의 호의가 너무 오래 지속되어서는 안 된다는 생각이에요. 그래서 생각했는데, 호수 근처에 사는 우리의 절친한 지인 미첼 씨가 당신한테 방을 하나 내줄 거예요. 미첼 씨한테 전화하세요.

집 공사는 진척 중이에요. 머잖아 당신 눈으로 결과를 확인할 수 있을 거예요.

클로드가 앤에게

11월 22일, 대영 박물관

미첼 씨가 내 책상에 연보라색 제비꽃 다발을 놓아주었어요. 이곳에선 데일 씨 댁에서보다 덜 융숭한 대접을 받지만, 내가 런던의 바다 한가운데 있다는 기분은 더 여실해요. 그 속에서 혼자 헤엄치는 법을 익히고 있습니다.

미첼 씨와 숲 속을 산책했어요. 미첼 씨는 자기 회사의 여객선들을 어린아이처럼 좋아해요. 그는 승객들과 여객선 스태프들 사이에 감돌았던 예전의 무관심과 적대감을 친근감으로 바꿔놓는 데 성공했죠. 인내심이 대단한 분인 데다, 화합의 감정을 심을 줄 알거든요. 목소리와 시선 속에 부드러운 온기와 쾌활함이 흘러요. 자기 자신을 위해서가 아니라 자신의 생각을 실현하기 위해서 야심만만하고요. 당신과 뮤리엘, 당신들을 깊이 존중하더군요.

11월 30일

나의 런던 생활에 대해 이야기해보죠.

나는 매일 대영 박물관의 도서관으로 출근해요. 그 장엄한 궁륭이며 안락한 등의자와 묵직한 책상, 방대한 자료와 간단한 행정 절차를 찬미합니다. 그렇다고 나의 소중한 마자린 도서관(파리 6구에 위치한 프랑스에서 가장 오래된 공립도서관―옮긴이)을 잊은 건 아니고요! 아무튼 파르테논 신전의 신들이며 이집트의 사자 사냥을 구경하며 산책하는 재미가 쏠쏠해요.

페비언 소사이어티(영국 온건 좌파의 학술클럽―옮긴이)에서는 이 단체의 창립 멤버인 버나드 쇼와 그의 냉소적 미소를 보았어요. 강연자들의 속사포 같은 웅변과 너나 할 것 없이 모두가 사용해대는 아이러니가 내겐 너무 벅찹니다.

나는 오직 한 명의 영국인하고만 대화가 가능해요, 사

람 수가 두 명 이상으로 넘어가면 그 즉시 그들이 내게서 등을 돌리고 내 말은 무시되기 일쑤죠. 내 눈에 그들은 대체로 토론에 능하고 거만하며 둔감하고 상상력이라고는 없어 보여요. 그러면서도 난 로런스 스턴의 『프랑스와 이탈리아를 통과하는 감상적인 여행』을 다시 읽고 있군요!

합승마차도 마음에 들어요. 목적지도 안 보일 만큼 광고로 도배돼 있지만요. "실용성과는 거리가 멀군요!" 내가 말했더니 미첼 씨가 엄청나게 실용적이라고 설명했죠. 승객들은 목적지를 알아서 잘만 찾을 것이며, 광고는 소비자들의 구매에 도움이 되고 기업에는 수익을 안겨준다면서요.

언젠가는 합승마차의 지붕 위 좌석에 앉아 멀리 종점까지 갔어요. 비가 내렸죠. 상반신은 좌석에 고정된 가죽 가림막으로 나머지 부위는 우산으로 가린 채, 길게 늘어선 똑같은 모양의 주택들 사이를 지났어요. 집들은 외향적으로 밝은 기운이 느껴지진 않았지만 자유로워 보였죠.

안개가 점점 더 짙어졌고 그럴수록 기분도 더 좋아졌어요. 안개용 안경을 입까지 내렸죠.

12월 4일
한번은 버스 안으로 들어간 적이 있어요.

만원이어서 내부가 몹시 붐볐죠. 나는 자리에 앉아 있었고, 내 앞에 선 젊은 여자가 곱게 장갑을 낀 손으로 금속 손잡이를 잡느라 팔을 치켜들었어요. 내가 자리를 양보하자 단호한 고갯짓으로 거절하더군요.

정교하게 다듬어진 완벽한 곤충 같은 느낌의 여자였어요. 갈색머리에 호리호리하고 매혹적이었죠. 그녀의 단아하고 영국적인 옆얼굴을 머릿속에 새겼어요. 내가 너무 가까이에서 뚫어져라 보았던 걸까요. 여자가 미간을 찡그리며 고개를 돌리더니 검사원에게 무언가를 묻더군요. 벌새처럼 찌르는 목소리가 관자놀이를 관통했어요. 남편은 어떤 식으로 대할는지.

어느 이른 아침에 내가 좋아하는 '네 푼짜리 튜브(지하철)'를 탄 적이 있어요.

카키색 군복을 걸친 스무 명 남짓의 군인들이 내가 올라탄 기다란 열차 칸을 점령하고 있었죠. 부대 이전이 있는지, 무장한 채 배낭을 메고 각종 집기며 모포를 둘러멨더군요.

마지막으로 몸에 꼭 맞는 멋진 군복을 입은 중사, 부대의 우두머리가 맨손으로 열차에 오르더니 단호하게 명령을 내렸죠.

중사의 뒤로 문이 닫히려는 찰나, 스무 살가량으로 보이는 웃는 인상의 금발 여자가 연분홍빛 맨발로 열차에 올랐어요. 그야말로 빛나는 민간인이었죠. 중사의 아내인 듯했어요. 중사의 총과 묵직해 보이는 가죽 가방을 들고 있었거든요.

아무 장식 없는 회색 원피스를 입었는데 그래서 더 기품 있어 보였죠. 영국 여인의 품위를 구현하고 있었다고 할까요.

나는 그녀에게 알비온(영국의 별칭으로 '흰 언덕'이라는 뜻이다. 예전에는 경멸적 의미로 사용되었으나, 현대에 와서 그리스 문화가 내포된 시적 명칭으로 새롭게 부활했다.—옮긴이)이라는 이름을 붙였어요. 희화화된 알비온 말고, 새롭게 태어난 알비온 말이에요.

병사들이 그녀를 대하는 말투는 존중하는 동료를 대하는 식이었어요. 그녀는 남편과 함께 병영에서 생활할까요? 무얼 하며 시간을 보낼까요? 얼굴이 그 정도로 새하야려면 우유만 마셔야 하지 않을까요?

그녀는 기회가 될 때마다, 기회가 안 되면 만들어서라도 주인, 그러니까 중사를 열렬하게 반기는 혈통 좋은 강아지처럼 행동했어요. 눈동자도 꼭 강아지 코를 연상시켰죠.

어깨엔 신발 끈으로 이어진 갈색 새 신발 한 켤레를 앞뒤로 한 짝씩 늘어뜨리고 있었어요. 신발이 발에 너무 작았던 걸까요? 아니면 미처 신을 시간이 없었을까요?

그녀의 두 발이 바구니 속의 딸기 두 알처럼 열차 좌석 앞에 놓였죠.

그걸 눈여겨보는 사람은 아무도 없었어요.

병사들 옆에서 한 여인이 당근 바구니를 바닥에 내려놓았어요.

오전 7시 전에 맨발로 지하철을 타거나 생야채를 지하철로 운반하는 것이 허용되나요?

병사들을 대놓고 마음껏 바라볼 수는 없었어요. 장총을 쥔 그들의 기다랗고 늠름한 손이 신경 쓰였으니까요. 이 어찌 멋진 징병용 포스터가 아니겠습니까.

드디어 소부대가 열차에서 내렸죠. 주인이 신호를 보내자 알비온이 허리를 굽혀 모포 꾸러미를 추가로 집어 들더니 어깨에 얹고는, 숨을 고르는 운동선수처럼 여유롭게 균형을 맞추더군요.

그 여자는 좋아하는 남자를 찾은 거죠, 비록 그 남자가 지독한 코크니(런던 동부의 노동자 계급 영어—옮긴이)를 쓰긴 하지만요.

런던 빈민가 화이트채플의 자선대학 재단을 방문했어요. 혹시 날 받아준다면 거기서 지내야겠어요.

앤이 클로드에게

1901년 12월 5일, 섬

공사가 끝났고, 식구들 전부 녹초가 되었어요. 이번
주는 휴식하려고요. 당신 방은 일요일에 준비될 거예요.

7
섬

클로드의 일기

1901년 12월 10일, 런던

자전거로 작은 다리를 건너 섬에 도착했다. 아! 놀람의 감탄사가 절로 새어 나왔다. 초인종을 누르자 앤이 문을 열며 미소 지었다. 드디어 앤과 재회했다. 내가 옷걸이에 겉옷을 걸자 앤이 거실로 안내했다. 미시즈 브라운이 환영 인사를 건넸다. 뮤리엘은 없었다.

우리는 담소를 나누었다. 나는 뮤리엘을 기다리며 런던 생활 얘기를 아껴두었다. 여행이라도 떠난 것일까?

미시즈 브라운이 나를 안심시켰다. "뮤리엘은 정원에서 급한 일을 마무리 중일 거예요. 곧 만날 수 있어요." 미시즈 브라운이 나의 군 생활에 대해 물었다. 그녀는 내가 등지고 앉은 커다란 창문과 마주하고 있었는데, 무언가 움직이는 것을 본 듯 미소 지었다. 나는 영문을 몰랐다.

30여 분 뒤, 뮤리엘이 정원사 복장으로 나타났다. 얼굴빛은 환했지만 무언가 석연치 않은 표정이었다. 왜일까?

앤이 발전한 자신의 조각 작품들을 보여주며, 뮤리엘은 마을의 어린이들과 어린 소녀들에게 공부를 가르친다고 말해주었다. 늘 그렇듯 성심을 다하고, 과로하고 있다고.

우리는 일찍 잠자리에 들었다. 저녁엔 작은 강가에 엷은 안개가 깔렸다. 뮤리엘 생각에 잠을 설쳤다. 자정, 나는 창문으로 섬을 바라보았다. 에드거 앨런 포의 『어셔가의 몰락』 속 어셔 저택의 외호와 흡사한 분위기라고 할까. 미래를 위해 과거를 전혀 손보지 않은 곳 말이다. 하지만 여긴 그 반대다. 어떤 외벽도 무너져 내리지 않을 테니까. 커다란 달이 사위를 환히 밝혔다. 나는 겉옷을 꿰입고 집을 나선 뒤 섬 기슭까지 걸었다. 바로 거기, 해시계 옆의 돌로 만든 원형 테이블에 팔꿈치를 올려놓고서 두 주먹으로 턱을 받치고 있는 밝은색 잠옷 가운 차림의…… 뮤리엘이 있었다.

그녀가 잠에서 깨어난 듯 배시시 웃으며 말했다.

"당신과 얘기 중이었어요."

순간 뮤리엘이 예전의 뮤리엘로 돌아왔다. 어떤 구

름이 지나갔던 것일까?

우리는 클레르 여사가 우리의 건강을 염려한 나머지 과한 행동을 했음을 알게 되었다. 우리의 편지와 책들을 차단했던 것이다. 뮤리엘이 눈을 혹사시킨 것은 사실이고, 내가 요양병원에서 한 달을 보낸 것도 사실이다. 하지만 클레르 여사의 행동이 온당치 못했던 것 또한 사실이다. 나는 나대로 뮤리엘은 뮤리엘대로 서로 상대의 마음이 멀어진 것으로 오해할 수 있었으니까.

내가 말했다.

"이제부터는 우리 둘 다 서로의 입에서 나온 말만 믿기로 해요."

"그리고 뭐든 바로바로 이야기하고요, 좋은 것이든 나쁜 것이든."

우리는 밤새 그간의 생활에 대해 열렬히 이야기했고, 그 사실을 다음 날 앤에게 전했다. 앤의 표정이 환해졌다.

우리 삼총사는 이전의 일상을 되찾았다.

뮤리엘과 앤이 물레방아며 작은 숲이며 가축들을 보여주고, 연로한 소작인과 그의 가족도 소개해주었다.

매 토요일 오후부터 월요일 오전까지, 섬 생활은 내

겐 한 주간에 대한 보상이었다.

우리는 돼지우리에 갔다. 연분홍 아기돼지 열두 마리가 목욕을 한 뒤 안뜰을 거닐었다. 낮은 가림막으로 구간이 나뉜 건너편 안뜰은 비어 있었다. 뮤리엘이 물었다.

"당신 시계에 초침이 있나요?"

"여기요."

"우리 셋이 게임할까요? ……좋아요?…… 자, 그럼 게임 규칙을 알려줄게요. 이 아기돼지 열두 마리를 맨손으로 건너편 뜰로 옮기는 거예요. 단 돼지들이 울음소리를 내면 안 돼요. 돼지들이 조금이라도 끙끙거리면 무효예요. 제일 빨리 옮기는 사람이 이기는 거고요."

앤과 내가 찬성했다. 앤이 내 시계를 받아 들며 말했다.

"언니가 먼저 시작해. 어떻게 하는지 우리에게 보여 봐. 자, 준비! 하나, 둘, 셋! 출발!"

뮤리엘이 허리를 굽혀 돼지 한 마리를 감싸 안듯 들어 올리더니 꼭 끌어안고 달려 건너편 안뜰에 조심스럽게 내려놓았다. 그리 녹록지 않아 보였다. 돼지들이 포동포동하고 탱탱하고 미끈거리는 데다 쉴 새 없이 버둥거렸다. 어떤 놈들은 뮤리엘을 힐끔 보며 저항했고, 마지막

놈은 저 혼자 달려나갔다. 하지만 울부짖는 놈은 한 놈
도 없었다.

시계를 건네받은 뮤리엘이 앤에게 출발 신호를 보냈
다. 앤이 작은 짐승을 품에서 조금 거리를 둔 채 감싸 안
고서 가림막까지 서둘러 달려간 뒤, 허리를 굽혀 뮤리엘
보다 좀 더 높은 곳에서 놓아주었다. 돼지가 울음소리
를 밀어냈고, 앤은 다시 돼지를 들어 올려야 했다. 돼지
를 너무 꼭 끌어안지 않으려고 하다 보니 뮤리엘보다 더
많은 노고가 들었다. 두 자매의 행동이 어쩌면 그렇게 다
른지!

내 차례였다. 돼지들이 갑작스러운 활동에 흥분했는
지, 아니면 내 기다란 사지에 겁을 먹었는지 이리저리 뛰
어 달아났다. 나는 돼지들의 뒤를 쫓았다. 돼지들이 낑
낑거렸고 나도 돼지들과 함께 낑낑거렸다.

뮤리엘이 앤보다 30초, 나보다는 2분 빨리 도착해서
승리했다. 뮤리엘이 말했다.

"공정한 게임은 아니었어요. 우선 난 돼지들과 익숙
한 사이거든요. 게다가 경기가 거듭될수록 돼지들의 신
경이 날카로워졌고요. 말인즉슨 이곳 주민들한테는 장
애를 설정했어야 한다는 거죠……"

뮤리엘이 나를 바라보았고, 우리는 너털웃음을 터뜨
렸다.

다음 경기는 물레방아의 낡은 톱니바퀴를 작동시키는 것이었다. 신호와 함께 체인을 단호하고 빠르게 잡아당겨야 했다. 나는 위로상을 획득했다.

이 이틀은 완전무결한 휴가였다. 우리의 유치한 놀이에 미시즈 브라운은 놀라워했다.

월요일 아침, 나는 일찌감치 거실로 내려가 노트를 찾았다. 앤이 미간에 힘을 준 채 가구들과 벽난로에 진열된 중국 장식품들을 닦고 있었다. 비취며 청동이며 대나무로 만든 것들이었다. 무척 많았고, 전부 깨끗해 보였다. 나는 자리에 앉아 글을 쓰기 시작했다. 15분 남짓 뒤에 앤이 작업을 마쳤다. 내가 말했다.

"앤, 장식품이 너무 많아요! 덜 좋은 것들은 서랍 속에 넣어두고 최상품들만 진열하는 건 어때요? 그렇게 닦아야 하는 수고가 좋아요?"

"당신이 우리 집의 민감한 문제를 건드린 거 알아요? 이 장식품들은 아빠가 중국에서 가져오신 거예요. 이 중에 열 개 정도만이 아름답지만, 엄마는 죄다 좋아해요. 가사가 딸 교육의 일부라는 생각도 있고요. 난 이것들을 일주일에 두 번 닦고, 뮤리엘 언니는 집을 에두르고 있는 꽃밭을 맡았죠. 정원 일은 최소한 바깥에서 하는 일이긴 하지만 양이 많기 때문에 힘들어요. 우리가 일을 줄여달라고 요청했더니, 엄마가 생각에 잠기며 눈물을 주르륵 흘렸어요. 난 엄마를 안으며 요청을 철회했죠. 하지만 조각을 할 시간에 이런 일을 하고 있는 내 자신에 화가 나요."

"뮤리엘은요?"

"언니는 나보다 용감해요. 엄마한테 과거와 현재 중에 선택해야 한다고 일침했죠. 엄마가 언니의 말을 혁명으로 받아들이자, 크리스마스까지 고민해보고 그때 다시 얘기하자고 제안했어요."

"소소하긴 하지만 아무튼 사건이었군요."

"네, 당신이 이 일을 알게 돼서 기뻐요."

다음 월요일, 앤이 난처한 얼굴로 모친이 나와 이야기하고 싶어 한다고 알렸다. 미시즈 브라운이 거실에 홀로 앉아 있었다. 그녀가 말했다.

"클로드 군, 말하고 싶은 게 두 가지 있어요, 앉아요.

첫 번째는 내가 클로드 군 어머니한테 깊은 우정을 느끼고 있고 어머니의 인품을 존경해 마지않는다는 거예요. 클로드 군 어머니는 나보다 더 젊은 나이에 사별하고도 재혼하지 않았거든요. 숱한 기회가 있었음에도 불구하고 말이에요.

두 번째는 우리의 작은 마을에 떠도는 소문에 관한

거예요. 듣자 하니 한밤중에 안개 낀 섬 기슭에서 낭만적인 산책을 즐기는 사람들이 있다더군요. 다행히 사람들은 산책자가 세 명이라고 생각하죠.

앤에게 물었더니 자기는 없었다더군요. 아마 계단이 삐걱거리는 소리를 들은 하녀가 안개 속에서 당신을 알아본 모양이에요. 그리고 세 사람이 함께 있다고 생각한 거죠. 평소에 늘 셋이 붙어 다니니까. 나는 그 한밤의 산책을 개의치 않아요, 내 딸을 믿고, 클로드 군은 신사니까요. 하지만 마을 사람들의 시선은 개의치 않을 수가 없군요. 내 두 딸은 어렸을 때부터 나와 내 두 아들이 이해할 수 없는 앞선 생각을 갖고 있었고, 클로드 군을 알게 된 이후 그 생각이 더욱 발전했죠. 딸아이들은 자기들의 생각을 내게 표출하지만 나로선 아무리 애써도 용납이 되지 않아요. 그 애들은 클로드 군과도 자기들 방식대로 자유롭게 어울렸겠지만 이젠 그 행동이 사촌들과 친구들의 평가를 받게 됐어요.

이제 본론으로 들어가볼까요? 젊은 여자는 자기 얘기가 나돌게 해서는 안 돼요. 평판에 좋지 못한 영향을 끼치니까요. 그래서 앤에게 묻지 않을 수 없었어요, 앤이 클로드 군과 어떤 관계인지, 두 사람이 혹시 어떤 끌림이나 의도가 담긴 대화를 주고받진 않았는지. 아니라고 했고 난 앤을 믿어요. 앤에게 뮤리엘에 대해서도 똑같은 걸

물었죠. 자기와 마찬가지라고 답하긴 했지만 머뭇거리더군요. 내가 몰아붙였더니 결국 이런 말을 했죠. '언니와 클로드 씨는 어쩌면 이미 서로에 대한 감정이 싹텄을지도 몰라요, 아직 자기들도 모르고 있겠지만요.'

그래서 앤에게 그런 감정은 우리가 젊었을 땐 다 아는 것들이었고, 일단 그런 얘기가 돌면 가라앉혀야 한다고 말했어요. 따라서 부탁건대 이제부턴 세 사람이 외연적으로 덜 친밀해 보였으면 해요. 클로드 군의 주말 방문도 비록 우리 모두에게 즐거움일지라도 간격을 좀 더 두었으면 하고요."

나는 충격을 받았다. 미시즈 브라운이 말을 이었다.

"다음으로 말하고 싶은 건, 만일 앤의 예감이 현실화된다면, 뮤리엘과 클로드 군 사이에 어느 날 거센 감정이 자라나 두 사람도 그걸 인지하게 된다면, 난 클로드 군을 반대하지 않는다는 거예요. 비록 국제결혼이 행복할 가능성에 대해서는 의구심이 들지라도 말이에요."

미시즈 브라운이 끝났다는 고갯짓을 했다. 나는 목례한 뒤 거실을 나왔다.

미시즈 브라운의 말이 내 안에 일으킨 파장 속에서도 오직 한 가지 생각만이 모든 것을 압도했다. 바로 뮤리엘이 언젠가 나를 사랑하는 일이 불가능하지 않다는 것.

사랑, 사랑. 가슴속에서 개들이 풀려나 사정없이 달렸다. 뮤리엘이 날 사랑할 수도 있다는 꿈과 일요일에 그녀를 만나지 못한다는 불행만으로 머릿속이 꽉 찼다. 내 안에 한 가지 목표가 싹텄다. 뮤리엘. 나는 햇빛을 받은 하얀 눈처럼 녹아내렸다. 앤은 첫날부터 나를 뮤리엘과 엮었다. 거기엔 이유가 있을 터. 그건 더는 내가 생각했던 것처럼 있을 수 없는 일이 아니었다.

뮤리엘의 높은 이마, 엄격한 눈썹, 미소 지을 때의 여유, 그 모든 것이 나를 관통한다. 하루하루 단계가 높아져간다. 나와 가정을 꾸리고 우리 집에서 우리의 아이와 함께 있는 아내 뮤리엘의 모습이 머릿속에 그려진다. 그 그림이 나를 온통 빨아들인다. 내 책들은? 책들은 스스로 물러났다. 당장 우리에게 가져다주는 것이 아무것도 없었으니까.

데일 씨가 한 영국 회사에 대해 이야기했다. 이 회사가 프랑스 현지 홍보를 위해 아이디어가 좋고 프랑스에도 연락망이 있는 프랑스인을 모집한다는 정보였다. 내가 지원해야겠다.

뮤리엘의 고향 런던에 적응하고 여기서 우리의 생활비를 벌 수 있어야 한다. 이미 뮤리엘과 결혼해서 아이들이라도 생긴 듯한 기분이라니.

나는 웨일스에서부터, 내가 꼼짝도 못 하던 때부터

뮤리엘을 사랑했다. 하지만 그녀가 나를 사랑할 수 있으리라고는 꿈에도 생각지 못했다. 그랬기에 아무것도 하지 못했다. 미시즈 브라운이 본의 아니게 내게 돌파구를 열어주었고, 나는 허겁지겁 뛰어들었다. 뮤리엘을 향해 나의 모든 것을 던질 것이다. 모든 위험을 감수할 것이다.

지난 닷새 동안 내가 한 일이라곤 뮤리엘에게 편지를 쓴 것뿐이다. 네 통의 편지를 썼고, 부치지 않았다. 편지가 거듭될수록 나는 점점 멀리 나아갔다. 요컨대 그녀에게 내 감정을 고백했고, 청혼을 했다.

여드레 날이 되어서야 편지를 부쳤다. 우체통 속에 편지를 떨어뜨리기 전에 구멍에 매단 채로 잠시 동작을 멈췄다. 실패할 경우, 돌이킬 수 없으리라. 나는 손에서 편지를 놓았다.

미첼 씨가 함께 와주었다.

2부

뮤리엘의 거절

거친 봉합

뮤리엘이 클로드에게

1902년 1월 24일, 섬

당신의 편지는 끔찍해요.

당신은 날 몰라요.

난 당신을 형제처럼 사랑하지만, 그 마음도 늘 그런 건 아니거든요.

낭만적 시각에서 벗어나세요.

난 사랑에 인색하고, 그나마 사랑하는 사람도 많지 않아요. 투박한 인간이죠.

앤과 남동생들만으로도 충분해요.

뮤리엘이 앤에게

1월 25일

앤, 앤, 끔찍하구나. 할 수만 있다면 우리를 도와주렴. 하지만 아무도 우리를 도울 수 없어. 언젠가 내가 클로드를 사랑하게 되는 것. 그럴 수도 있으리라는 생각은 늘 있었어. 그런 날을 이렇게 저렇게 상상해보기도 했지. 하지만 클로드가 날 사랑하는 것, 그건 있을 수 없는 일이야.

뮤리엘이 클로드에게

1월 28일

당신의 그 편지.

나도 당신을 사랑해요, 하지만 남녀 간의 사랑은 아니에요.

내가 파리와 이곳에서 마음 가는 대로 행동한 건 사실이에요. 왜냐하면 당신이 날 사랑하지 않는다고 확신했거든요. 그저 어쩌면 당신을 사랑하게 될지도 모를 나를 상상하며 즐겼죠.

내 엄마와 신을 두고 맹세컨대, 나는 당신한테 사랑의 감정을 느끼지 않아요.

엄마가 말했었죠. 나는 당신을 사랑하는데 당신은 그렇지 않을까 봐 걱정된다고요. 그래서 이렇게 대답했어요.

"클로드를 사랑하지 않아요. 혹여 내가 클로드를 사랑한대도 엄마가 어쩔 수 없는 일이고요."

엄마가 말했죠.

"아직은 시간이 있어. 그러니 그만둬라. 그만 만나."

순간 틀린 얘기가 아니라는 생각이 들었죠. **그런 일**은 누구한테나 일어날 수 있으니까요. 이어 이런 생각이 들었어요. '클로드를 다시 만나지 못하게 되는 건 슬픈 일이야. 차라리 위험을 감수할래, 나만 위험을 감수하면 되니까.'

그랬는데 당신의 어마어마한 편지가 모든 걸 망쳤죠!

어서 회복해야 해요, 클로드.

당신은 그럴 수 있어요, 내가 다시 새살이 돋게 해줄게요.

나는 당신의 선택 여하에 따라 당신에게 편지를 매일 쓸 수도 있고, 일절 쓰지 않을 수도 있어요.

당신이 내 생각을 하지 않게 하기 위해서라면 나도 당신 생각을 하지 않을 수 있다고요.

당신을 만나고 싶었죠…… 그 편지를 받기 전까지는요. 지금은 당신이 두려워요.

당신과 함께 있으면 편안했는데.

내 앞에 없는 당신이 눈앞의 당신보다 더 좋군요.

당신의 편지를 다시 읽어봤어요. 그간 당신에게 나를 보였지만, 실은 나도 나를 잘 알지 못해요.

그런 내가 한 남자를 사랑한다고요? 생각조차 할 수 없는 일이에요. 난 남자와 함께 사는 것을 참을 수 없을 거예요. 난 엄마조차 견디지 못하는걸요.

그래도 당신이 아닌 다른 남자를 사랑하는 상상은 해볼 수도 있을 것 같아요.

좀 난폭한가요? 그래도 당신의 치유에 도움이 될 거예요.

이 말을 되뇌어보세요. '뮈리엘은 날 사랑하지 않아. 나도 뮈리엘을 사랑하지 않아. 우리는 형제이자 자매야.'

나한테 의지하세요, 하지만 내 감정은 사랑이 아니에요.

당신을 그 어떤 남자와도 다르게 대했어요. 내가 남자가 된 기분이었다고 할까요.

어떤 희망도 품지 마세요.

내가 당신을 오해하게 함으로써 상처를 입혔어요. 당신에 대해 품은 내 모든 생각을 보여줄게요. 여기 내가 작년에 파리에서 썼던 일기 중 몇 페이지를 동봉해요(36쪽 참조).

1902년 2월 1일

이제야 당신이 날 알아가기 시작하는군요. 내가 정말 상처 입히는 법을 아는 걸까요? 아니면 다정하기 그지없는 여자인가요?

당신의 말을 따랐어요. 당신에게 내 본성대로 편지를 썼죠.

내 편지가 난폭했다고 말해줘서 고마워요. 안심이 돼요.

영국을 떠나겠다고요? 거리는 하등 중요하지 않아요, 당신이나 나한텐 아무것도 아니라고요.

일에 몰두하겠다고요? 네, 마침 잘됐군요!

난 심장이 없어요. 그게 바로 내가 당신을 사랑하지 않고, 다른 누구도 절대 사랑하지 않게 될 이유죠.

나에 대한 당신의 사랑, 나로선 당신의 편지를 네 번이나 다시 읽은 지금도 **상상조차** 되지 않아요.

이제야 저간의 사정이 이해되기 시작했어요. 당신은 때를 놓치기 전에 고백하도록 강요당했던 거예요. 당신의 거창한 편지는 바로 거기서 비롯된 것이죠. 작은 마을을 휩쓸 소문을 우려한 우리 엄마가 잔인한 선의로 당신의 고백을 짜냈던 거예요.

이제 그걸 알았으니 나도 짐짓 모르는 척 당신에게 등 떠밀려볼까요? 걱정 말아요, 당신한테 그런 부당함을 부과하진 않을 거니까.

우리 이제 안정적이었던 이전의 관계로 돌아가기로 해요. 만나죠. 이 모든 것은 한낱 악몽에 지나지 않아요. 괴로워하지 마세요. 난 거창한 사랑을 할 수 없는 사람인지라 당신을 형제처럼 대할 테니까요.

때가 되기 전에 어린애한테서 어미의 젖가슴을 거둔다면, 신은 두 사람 다 죽게 내버려두죠. 이게 바로 우리에게 일어난 일이에요.

내가 군이 엄마한테 엄마가 우리에게 저지른 죄를 설명해야 할까요? 그럴 필요 없을 거예요, 그렇죠?

내가 있건 없건 당신의 삶은 잘 굴러갈 거예요. 세상은 당신 같은 종류의 사람들이 필요하거든요.

뮤리엘이 앤에게

1902년 2월 1일

엄마가 말했어. "여자는 사랑만 하고 바로 결혼하지 않으면 인생 망치는 거다. 네가 아는지 모르는지는 몰라도, 네 신경과민증과 우울증의 원인은 클로드야."

내가 대답했지. "난 클로드를 사랑하지 않아요. 클로드는 나한테 오직 좋은 영향만 끼쳤는걸요. 우리를 조용히 내버려두세요."

엄마는 내 말을 믿지 않았고, 내가 클로드에게 편지 쓰는 걸 눈치챘어.

만일 엄마 말이 맞는다면?

처음으로 그런 의심을 해봤어.

아니, 그럴 리 없어! 의심의 여지도 없어!

물론 절대 클로드를 사랑하는 일은 없을 거라고 장담할 수는 없어. 하지만 혹시 내게도 사랑이 찾아온다면 다른 남자였으면 좋겠어. 클로드한테도 그렇게 얘기했어. 잔인한 짓이지, 나도 나 자신이 증오스러워.

숲 속에서 혼자 이렇게 외치며 즐거워할 때가 있어. "클로드, 네가 정말 좋아!" 그러고는 그날 저녁, 무릎 꿇고 기도하며 이렇게 말하지. "맙소사, 난 클로드를 사랑하지 않아."

난 그리 고통스럽지 않을 거야. 클로드는, 그렇겠지. 어쩌겠니, 클로드가 원하는 모든 걸 해줄 수 있는데. 그가 내게 요청한 딱 한 가지를 제외하면 말이야. 클로드에게 내 생각을 전해줘.

내게 답장하기 전에 먼저 클로드에게 편지를 보내렴.

앤이 클로드에게

1902년 2월 1일

가엾은 클로드. 원한다면 내가 당신을 만나러 런던으로 갈게요. 당신한테 도움이 된다면 뭐든 할게요. 나의 고정관념이 이 불행에 원인을 제공했어요. 나는 어떻게 감히 이런 종류의 일에 개입할 생각을 한 것일까요?

뮤리엘 언니가 옳아요. 아무도 두 사람을 도울 수 없어요. 하지만 언니의 주장을 죄다 믿지는 않아요. 헛된 희망을 품진 말아야겠지만 언니는 자신의 감정을 잘못 판단하고 있어요. 그건 여러 가지 정황으로도 드러나죠.

내가 당신이라면 뮤리엘 언니가 변할지도 모른다거나 당신이 더는 언니에게 진실할 수 없을 거라는 두려움 때문에, 사랑을 애써 벗어던지려고 하지는 않을 거예요. 난 언니도 당신을 사랑하게 될 거라고 생각해요.

여기 언니의 편지를 동봉할게요. 언니가 허락했어요.

언니와 만나다 보면 차차 나아질 거예요.

클로드의 일기

1902년 2월 2일

더듬이를 부딪친 달팽이처럼 움츠러든다. 스페인에서부터 지난 보름 동안 간직했던 성이 허물어졌다.

나를 이루고 있는 벽돌이 하나하나 무너져 내리고 있다. 아니면 내 사랑의 형체든가. 뮤리엘의 편지들은 감탄스럽다. 무슨 일이 있어도 꿋꿋하겠다는 의지가 느껴진다. 이 작은 마을에 대해 분노가 치민다. 뮤리엘은 알아서 좋은 평판을 쌓아나갈 것이며, 나는 자유를 되찾을 것이다. 그리고 내겐 두 누이가 남았다.

뮤리엘이 나를 사랑하지 않는 것이 옳다. 그녀는 내가 발전할 수 있게 해주었다. 어린 시절의 꿈을 잠시 잊고 있었다. 내가 망친 것이 아직 아무것도 없다면, 다시 내가 쓸 책들에 대해 생각할 것이다.

1902년 2월 3일

뮤리엘이 편지로 만날 약속을 잡았다. 런던의 두 기차역 중 한 곳에서 만나자는 것이다. 주간 기차표를 알아보니 뮤리엘이 착각한 듯하다. 다른 기차역에서 기다려야겠다.

뮤리엘이 오지 않는다! 주간 기차표를 구입해서 확인해보니, 오늘 아침 열차가 변경되었다. 절망스럽다.

뮤리엘은 아마 종일토록 날 만나기 위해 기다렸을

텐데, 내가 나타나지 않았으리라! 대체 그녀는 이 넓은 런던 땅 어디에 있는 것일까? 무엇을 하고 있을까? 늘 나보다 철저했던 그녀의 정확성을 의심하다니.

무심결에 내셔널 갤러리로 향했다. 예전에 뮤리엘과 함께 한스 홀바인이 그린 여왕의 전신 초상을 보러 가기로 계획했던 곳. 자책감이 든다. 비둘기들이 모이를 쪼고 있는 미술관의 돌계단 가장가리에 걸터앉았다.

아, 저기 입을 꾹 다물고 두 눈을 내리깐 채 계단을 오르는 여자는? 환영인가? 아니면 신의 선물? 바로 뮤리엘이 아닌가! 나는 그녀에게 달려들었다. 그녀가 눈을 치뜨고 나를 바라보더니 웃음을 터뜨렸다. 내 몰골이 웃음을 유발했으리라.

뮤리엘은 우리 이야기를 하고 싶어 하지 않았다. 우리는 아름다운 미술관을 이리저리 거닐며 터너의 그림들과 렘브란트의 후기 초상화들을 감상했다. 우리가 즐기던 여가 활동이 되살아났다.

뮤리엘이 공원을 산책하자고 제안하며 내가 기거하고 일하는 인보관(鄰保館) 생활에 대해 물었다. 토인비 홀이라는 명칭의 이 인보관은 두 곳으로 나뉘어 있는데 한 곳은 옥스퍼드나 캠브리지 대학을 졸업한 학생들이 머물며 봉사하는 쾌적한 곳이고, 다른 곳은 교사들과 말단 직원들이 기거하는 좀 더 소박한 곳인데, 나는 내가 잘 모르는 세계인 후자를 택했다. 나는 이곳에서 토인비 홀 소속 여부에 관계없이 원하는 모든 사람들에게 소규모 그룹으로 또는 급한 사람의 경우 개인 지도로 프랑스어를 가르친다. 시스템이 신속하게 자리 잡았다.

내 대답에 뮤리엘이 물었다.

"개인 지도 수업료는 얼마를 받죠?"

"전혀요, 순수한 봉사예요."

뮤리엘이 기쁨으로 얼굴을 붉히며 말했다.

"더 얘기해주세요."

나는 대강당에서 저녁에 열리는 '흡연 토론'에 대해 이야기했다. 원하는 사람들이 파이프를 들고 입장하여 연설을 하고 별별 질문을 늘어놓는다. 이곳에서 나의 영어는 관대하게 받아들여졌지만, 나는 코크니를 거의 이해하지 못했다. 이곳의 토론을 관찰해보면 국회와 똑같은 양태가 발견된다! 요컨대 얼큰하게 취했거나 때로는 거들먹거리는 발언자들이 권위가 아니라 설득에 집착한다는 것이다. 여자는 없다.

뮤리엘이 재미있어하며 내게 자신을 위해 일지를 써달라고 청했다. 나는 말했다.

"그건 그렇고 이번 일요일에 토인비 홀에서 빈민 노인 100명을 연회에 초청했어요. 나도 웨이터로 봉사하기로 했죠. 주방에서 샌드위치를 만들 여자 도우미도 필요해요."

뮤리엘은 즉시 우편으로 도우미 신청을 했다.

우리는 소박한 식당에서 간단하게 식사했다. 그렇게 맛있는 햄 달걀요리는 처음 먹어보았다. 달걀노른자의 색이 뮤리엘의 갈색 머리에 뜨문뜨문 섞인 금발과 흡사했다. 두 색이 묘하게 어울렸고, 내 기억 속에 그날을 상징하는 깃발처럼 남았다.

뮤리엘과 함께 있는 것이 내겐 당연하게 느껴졌다.

클로드가 뮤리엘에게

2월 3일, 밤

그날 저녁, 우리 인보관에서 권투 경기가 벌어졌어요.

저녁 식사로 커다란 테이블에 갖가지 음식이 담긴 접시들이 놓였죠. 각자 원하는 접시를 골라 장부에 기입한 뒤 상자에 담으면 되었죠. 저렴한 식사를 하기도 하지만 이렇게 음식다운 저녁을 먹을 때도 있죠.

우리는 테이블을 죄다 가장자리로 밀쳐놓은 뒤 분필로 링을 그렸어요.

갈색머리에 얼굴이 흰 근육질의 색슨 족 친구 하나가 앵글로색슨 족의 전유물인 권투를 하도록 날 부추겼어요. 한 방에 날 쓰러뜨릴 수 있지만, 봐주며 경기하겠다고 약속했죠.

우리는 셔츠를 벗고 권투장갑을 낀 뒤, 링 안으로 들어갔어요. 링 주위로 호기심에 찬 사람들이 무리를 형성했죠. 프랑스인이 어떻게 권투를 하는지 보고 싶었을 거예요.

내가 초보인 까닭에 각 라운드 시간은 2분으로 정했죠.

링의 중앙으로 나갔죠. 겁이 나면서 대체 이게 무슨 짓인지, 하는 생각이 들더군요. 내 호기심을 저주했죠. 누군가 외쳤어요.

"특히 발차기는 안 돼요!"

그 말에 부대에서 배웠던 프랑스식 권투가 떠오르더군요. 하기는 내 두 발이 그때의 기억을 떠올리면 안 되겠더라고요!

내 방어 자세가 너무 낮았던지, 내 적수이자 코치가 내 몸을 위로 끌어 올리기 위해 얼굴을 가볍게 쳤어요. 하지만 난 자세를 바꾸지 않은 채 전진했고, 코에 한 방 맞았죠. 코가 으스러지는 기분이었어요. 코피가 났고, 나는 링을 더럽히지 않기 위해 숨을 고르며 코피를 들이마셨어요.

아무튼 그 한 방이 내 정강이를 각성시켰죠. 다시 한

방이 들어오기에 펄쩍 뛰어 저만치 피했거든요. 내가 하도 멀리 피하자 관중들 사이에 실소가 일었죠. 그때 깨달았어요. 내가 상대방보다 허약하긴 하지만 더 날래다는 걸, 내 펀치로는 상대를 명중시킬 수도 없을뿐더러 상대가 샌드백을 두드릴 때의 파괴력이 발휘되지도 않으리라는 것을요.

내 적수가 공격을 하려다가 올리브 씨에 미끄러지며 넘어졌어요. 나는 어리석게도 그에게 달려들어 일으켜주려 했죠. 심판이 내 허리에 팔을 둘러 나를 제지하며 말했어요.

"쓰러진 사람을 공격하면 안 됩니다."

이어지는 라운드에서 나는 수차례 공격당했지만 정통으로 맞지는 않았어요. 생각을 했죠. 뭔가 방법을 찾아야겠는데, 대체 그게 뭘까? 그러다 내 기다란 팔에 생각이 미쳤죠. 상대가 펀치를 날리는 순간에 뒤로 물러서는 대신 나 또한 펀치를 날린다면? 주먹과 주먹이 부딪치지 않도록 나는 훅을 날려야겠지, 내 팔이 더 기다라니까 내 주먹이 먼저 상대에게 가 닿지 않을까? 상대가 나를 향해 달려들려는 찰나, 작전을 실행에 옮겨버렸죠.

오른쪽 주먹에 마치 벽이라도 친 것처럼 손이 으스러지는 듯한 엄청난 타격이 느껴졌고, 그와 동시에 몸 전체가 거의 거꾸러질 듯 뒤로 젖혀졌어요. 상대는 그 자리에 못 박힌 듯 얼어붙었고요. 레인 한복판에서 부딪친 두 개의 볼링공이 떠오르더군요. 한 지점을 향해 달린 두 육체의 도약이 가벼운 두 펀치를 강력하게 만든 거예요. 난 상대의 광대뼈를 스쳤어요. 관중들 사이에서 인정하는 중얼거림이 들렸죠. 색슨 족 친구가 내게 말했어요. "좋아요! 잘하고 있소!"

휴식 시간에 왼쪽 주먹으로 경기를 운용할 방법에 대해 고민했어요. 오른쪽 주먹은 너무 아팠으니까요. 공이 울렸죠. 일어나려고 했지만 놀랍게도 무릎이 절로 꺾이는 게 아니겠어요? 지친 거였죠. 경기를 끝내야 했어요.

심판이 내게 말했죠.

"폴짝폴짝 뛰면서 에너지를 너무 많이 소비했어요. 그나마 몸이 못 이겨서 이렇게 끝난 게 다행인 줄 아시오. 오늘은 이걸로 충분해요. 다른 사람들의 경기를 관찰해봐요. 토요일에 저 옆에서 열리는 선원들의 시합을 보라고요."

함께 권투 경기를 해보면 한 인간에 대한 모든 걸 알 수 있어요! 체스처럼 말이죠.

이제 얘기 끝났어요, 뮤리엘, 이게 바로 우리가 런던을 산책했던 그 엄청난 날 저녁에 일어났던 일이에요.

클로드의 일기

2월 5일

빈민 노인들을 위한 점심 식사는 성공적이었다. 죄다 커플들이었다. 그들의 시중을 드는 것이 기뻤고, 커다란 샌드위치 쟁반을 가져오는 하얀 앞치마 차림의 뮤리엘을 보는 것이 기뻤다.

뮤리엘과 함께 인보관을 나와 중고의류 판매점에 갔다. 상인들의 은어가 어찌나 심했던지 뮤리엘조차 알아듣지 못했다!

우리는 뮤리엘의 여자 친구가 원장으로 있는, 노쇠한 노인 부부를 위한 요양원을 방문했다. 산책 시간이었다. 우리와 같은 벤치에 노부부 한 쌍이 손을 잡은 채 앉아 있었다. 할아버지는 여든일곱, 할머니는 여든 둘이었다. 그들은 바로 앞에 서서 삶의 고초를 토로하는 예순다섯 살 먹은 딸을 '구제불능 멍청이'로 취급했다. 산책 시간이 끝났고, 노부부가 맞잡은 손을 풀어야 할 시간이었다. 남자 병동과 여자 병동이 분리된 까닭에, 부부 요양자들은 산책 시간에만 만날 수 있었다.

원장이 노부부에게 곧 함께 지낼 수 있는 다른 요양원으로 이송될 거라고 설명했지만, 두 사람은 헤어지는 것을 못내 힘겨워했다.

클로드가 뮤리엘에게

2월 5일

동료들과 함께 위험하기로 악명 높은 동네들을 순찰했어요. 잭 더 리퍼(1888년, 화이트채플 지역에서 최소한 다섯 명의 여자를 극악무도하고 엽기적인 방식으로 살해한 연쇄살인마—옮긴이)가 일을 치른 집을 보았죠. 우리는 무장을 하지 않은 채였기에 이따금 경찰들이 동행했어요. 술집들 문 앞에 모여 있는 더러운 모자를 쓴 중년 여자들이 그리스 신화 속의 죽음과 운명의 여신 같아 보였죠. 성별이 잘 구분되지 않았어요. 심각한 난투극이나 살인 따위는 더는 일어나지 않았죠. 우리의 보고서는 거리의 실태며 취기, 냄새를 지적하는 데 그쳤어요.

앤이 클로드에게

1902년 2월 5일

뮤리엘 언니한테서 이런 글을 받았어요.

〈클로드를 만나고 오길 잘했어. 나는 아무것도 바뀐 게 없어. 우린 다시 '삼총사'가 될 수 있을 것 같아.〉

클로드, 고통의 분담은 우정을 심화시켜요.

성경의 이 구절을 기억하세요.

〈……야곱은 열심히 일하며 7년 동안 라헬을 기다렸다. 라헬을 사랑했기 때문이었다.〉

뮤리엘이 클로드에게

2월 5일, 아침

호주머니에 아주 조그마한 책을 넣어 다니세요, 행여 책이 닳을까 걱정하지 말고요.

나는 등 뒤로 떨어지는 비에는 감기에 걸리지 않아요.

엄마가 당신을 사랑하느냐고 묻더군요.

"아니요, 제 말을 믿나요?"

내가 대답했더니 엄마가 **아니라는** 뜻으로 고개를 저었죠. 눈물이 났어요.

언제쯤 엄마한테, **당신도** 우리 사이를 형제자매로서 받아들이고 있다고 말할 수 있을까요?

2월 5일, 정오

당신은 단번에 치유될 수 없을 거예요. 당신은 내게 **남자**였고, 나는 아무것도 용서하지 않았어요.

나를 이상형에서 제외하세요. 나를 누이로 생각해요.

내가 '당신을 절대 사랑하지 않을 거'라고 말했죠?

내가 틀렸어요. 미래는 알 수 없는 거니까요. 『전쟁과 평화』의 나타샤와 피에르 베즈코프가 떠오르는군요.

현재로선, 나는 당신을 사랑하지 않아요.

신체를 단련하세요, 부탁할게요. 신체를 단련하면 모든 면에서 도움이 되죠.

『안나 카레니나』를 끝냈어요. 『제르미날』을 서서히 읽기 시작했어요.

2월 5일, 저녁

당신의 편지가 내 손에 들어왔어요. **어떻게 된 연유인지** 알고 싶지 않아요. 당신이 회복되기를, 두 발로 꿋꿋이 서기를, 신기루 때문에 힘을 허비하지 않기를 바라요.

나는 더는 이렇게 말하지 않아요. '클로드의 착각이야, 클로드는 날 사랑하지 않아.'

당신이 날 사랑하는 것을 느꼈으니까요.

당신을 멈추게 하기 위해 나는 뭐든 할 거예요. 왜냐하면,

당신을 사랑하지 않으니까요.

잘 자요.

2월 7일, 아침

열세 살 때의 내 사진을 보았어요. 당신 없이 행복한 모습을.

당신의 감정과 내 감정 사이엔 본질적 차이가 있어요.

당신이 이야기했던 내 편지들엔 사랑이 담겨 있지 않아요. 당신에게 보냈던 내 파리 일기 또한 마찬가지고요.

당신은 아직도 우리 엄마 말을 믿는군요! ……나쁜 싹이 자라고 있어요…… 당신은 자유로운데…… 당신은 모래 위에 성을 쌓고 있어요.

2월 7일, 저녁

당신의 편지를 잊으려고 해요. 다만 이것만 제외하고요. 바로 런던에서 나와 만난 것이 당신에게 도움이 되었다는 것.

당신과 함께 보낼 또 다른 날을 계획했는데. 당신의 편지가 내 계획에 찬물을 끼얹었어요.

당신을 거의 확신하게 만들었다는 내 편지를 가져와 보세요.

만일 당신이 날 안다면, 당신의 사랑도 수그러들걸요.

당신의 편지를 종합하자면, 내가 파리에서 당신을 사랑한다고 믿었을 뿐만 아니라 여전히 때로 당신을 사랑한다는 것인데……

헛된 논쟁이에요.

"본능에 충실하세요." 당신은 이렇게 말했지만, 무엇때문에요? 또 오해를 불러일으키려고요?

싫어요. 우리 관계의 **새로운 시기**를 위해 기초적인것들을 함께 정립하기로 해요.

2월 8일

분별 있게 행동해줘서, 조용히 있어줘서, 고마워요.

내 편지에서 자가당착이 보인다고요? 당신도 마찬가지예요.

비교하지 말아요.

당신의 오늘 아침 편지에서 나는 내 남동생을 되찾았어요.

쇼펜하우어가 사랑을 죽인다고요? 그의 책을 다시읽어보도록 해요!

일요일에 딕과 마르타 부부의 집에 갈 거예요. 우리에게 이틀의 시간이 주어지는 거죠.

어쩌면

클로드가 앤에게

1902년 2월 9일

토요일 저녁, 딕과 마르타 부부의 집으로 식사 초대
를 받았어요. 뮤리엘은 두 사람을 완벽한 커플이라고 생
각하죠. 투박하고 커다란 시골집이 두 사람이 직접 만든
가구들로 개성 있고 기발하게 꾸며져 있었어요. 딕이 만
든 탁자들이며 책장들이 곳곳을 채웠죠. 마르타가 나를
소박하고 쾌적한 방으로 안내했어요. 딕은 이제 알려진
화가이고, 마르타도 일정한 독자를 보유한 작가죠. 수 해
동안 어려운 시절을 보낸 덕분이에요. 둘이서 번갈아가
며, 한 사람이 마음 놓고 원하는 작업을 할 수 있도록 다
른 한 사람은 무의미한 노동으로 생계를 책임졌거든요.
두 사람은 돈에 연연하지 않아요. 당신 어머니와 뮤리엘
과 나 사이에 있었던 일을 두 사람도 죄다 알고 있죠.

그 집에서 즐거운 시간을 보냈습니다. 저녁 식사는 간소하고 맛있었어요. 식사를 하며 내가 조금씩 발견해 나간 런던에 대해 이야기했죠. 두 사람은 간략하게 서두를 떼더니, 뮤리엘 때문인지 나의 도덕관에 대해 알고 싶어 했어요. 딕이 나와 함께 파이프 담배를 피우며 자기 자신을 지키라고, 기다리고 때로는 물러설 줄도 알아야 한다고, 고정관념으로 굳어진 이상들을 경계해야 한다고 말했죠. 우리 모두에게 해당되는 얘기라면서요.

침대 머리맡에 놓인 에드거 앨런 포의 소품 「유레카」를 읽었어요. 감탄스럽더군요.

뮤리엘은 일요일 점심 때 도착했어요. 초롱초롱한 눈에 장난기가 가득했죠. 내가 마르타와 함께 자전거로 마중을 나갔어요. 뮤리엘의 편지들을 믿었기에 사랑에 빠지고 싶지 않았죠. 뮤리엘은 내게 마르타와 딕을 보여주게 된 것을 기뻐했어요, 우리가 이미 어제 만난 것도 기뻐했죠.

하루 종일 상황이 되는 대로 둘이나 셋, 또는 넷이서 대화가 끊이지 않았어요. 딕이 우리의 요청에 못 이겨 자신의 그림들을 재빨리 보여주고는 앤, 당신에 대해서 이야기하더군요.

밤이 깊어지자 딕과 마르타는 우리를 고대 양식의

벽난로 속에서 불꽃을 일으키며 허물어져 내리는 장작들 앞에 남겨둔 채, 잠을 자러 갔어요. 길고 긴 침묵이 흘렀죠. 한참 만에 뮤리엘이 입을 뗐어요.

"클로드, 정확하게 말하도록 노력할게요. 오해는 쉬우니까 단어를 신중하게 골라야 해요. 당신이 내게 그 황당한 제안을 했을 때 나는 이렇게 대답했어요. '아니, 절대 안 돼요.'

혹시 그 **절대**라는 단어가 당신의 머릿속에 각인됐나요? 그렇다면 당신한테 알려줄 사실이 있어요, 알려줘야만 할 사실이…… 왜냐하면 그 **절대**에 대한 확신이 내 마음속에서 사라졌거든요. 하지만 사라진 것, **그 이상도 이하도** 아니에요."

그렇다면 다시 청혼할까? 그러고 싶은 욕망이 솟구쳤죠. 아니, 그건 아니죠, 딕의 충고대로 기다리고, 나아가 물러설 줄도 알아야 하니까요. 우리는 계속해서 잉걸불을 바라보며 느린 숨소리만 밀어낼 뿐이었어요.

실은 당신한테 제일 먼저 하고 싶은 말은 이거였어요, 앤. 다음 날, 뮤리엘과 내가 우리에 대한 이야기는 일절 하지 않은 채, 하얀 눈 속을 단둘이 오래도록 산책했다는 것.

당신 편지를 보니 당신 어머니는 대부분의 장식품들

을 벽장 속에 넣었고, 뮤리엘은 더는 두통을 일으키지 않으며 내가 런던에서 열심히 생활한다고 생각하더군요.

고마워요, 앤.

클로드의 일기

1902년 2월 10일

우리 셋은 대영 박물관 안에 있는 카페식 식당의 작은 테이블에 앉아 있었다. 뮤리엘이 말했다.

"우리 둘이 당신한테 물어보고 싶은 게 있어요, 그러니까……"

무언가가 그녀의 목에 걸려 말을 막았다. 앤이 자기 의자를 내 의자에 바짝 붙이며 또박또박 이야기했다.

"직업여성들에 대해 알고 싶어요."

뮤리엘이 역시 의자를 바짝 붙이며 물었다.

"프랑스에선 그게 합법적인 직업인가요?"

나는 직업여성들의 명함이며 의무화된 정기 건강검진이며(뮤리엘이 경악했다)…… 내가 직접 경험했던 두 매음굴과 그중 한 곳의 포주인 '마담'과 나누었던 대화 내용을 들려주었다. 뮤리엘이 말했다.

"그러니까 그 마담은 자기가 사회에 유용한 역할을 한다고 믿는다는 거죠?"

내가 대답했다.

"물론이에요."

뮤리엘이 놀라워했다.

"믿기지 않는 얘기군요. 그럼 처벌받을 일도 없는 거고요."

앤이 청했다.

"혹시 언젠가 우리가 프랑스에 가게 되면 그 매음굴 중 한 곳에 데려가줄 수 있나요? 우리 눈으로 직접 보고 싶어요."

나는 대답했다.

"언제든지요."

뮤리엘이 말했다.

"영국에서는요? 영국은 어떤가요?"

"여긴 나도 잘 몰라요. 이곳에선 접근하기 쉬운 주제가 아니에요. 다만 밤에 순찰을 돌며 어렴풋하게 관찰한 바에 의하면, 영국은 정숙한 여성들과 직업여성 사이에 존재하는 갖가지 단계의 여자들을 만날 수 있는 여타 유럽 대륙에 비해, 매춘이 더 은폐돼 있고 제재도 더 심하고 가혹한 것 같아요. 자, 이걸 봐요, 내가 당신들을 위해 오려놓은 영국 좌파 신문의 기사예요."

나는 지갑을 뒤져 뮤리엘에게 오려놓은 신문 조각을 건넸다. 뮤리엘이 나지막하게 기사를 읽었다.

"석탄 및 석유, 홍차의 가격이 미세하게 인상될 때마다, 적은 예산의 노동자 가정이 타격을 입고, 정숙한 젊은 여성들이 그들의 부모에 의해 런던의 밤거리로 내몰린다."

뮤리엘이 기사를 내게 돌려주었다. 나는 말을 이었다.

"런던에서는 파리에서처럼 매춘부의 노골적인 호객 행위를 한 번도 본 적이 없었거든요. 그런데 한 달 전에 여기서 100보 떨어진 곳에서 한 어린 아가씨를 만났죠. 이 기사도 바로 그 아가씨 때문에 오려둔 거예요. 이제부터 그 여자 얘기를 할게요.

자정이었어요. 거리엔 흰 눈이 한 겹 깔렸고요. 대영박물관의 커다란 입구를 지나는데 넓게 퍼진 조명등 빛에 비친 여자 그림자가 보였어요. 꼼짝도 하지 않는 가녀린 그림자에 호기심이 일었죠. 내가 다가가도 그림자는 미동도 하지 않았어요. 찬찬히 뜯어보았죠. 열여덟 살쯤 되었을까? ……환영을 보는 듯했죠. 에드거 앨런 포의 레노르('레노르'는 에드거 앨런 포의 동명 시집 『레노르』에 등장하는 사망한 젊은 여자의 이름이다—옮긴이)? 아니면 와츠의 〈희망〉의 소녀나 미노타우로스의 소녀제물 같았다고 할까요? 단순하고 단정한 검정색 옷에 흔히 볼 수 있는 소재의 새 장갑을 끼고 있었어요. 커다란 두 눈은 베일 때문에 어두웠고요. 문득 예전에 합승마차에서 보았던 여인의 여동생이라고 해도 되겠다는 생각이 들었죠. 거리엔 우리 둘뿐이었어요. 여자가 자제하다가 내 쪽으로 천천히 걸어오는가 싶더니 걸음을 멈추더군요. 망설이는 것 같았어요. 내가 득달같이 나섰죠. 팔을 내밀었더니, 조심스럽게 붙잡더라고요. 우리는 눈길에서 미끄러지기도 하면서 그럭저럭 대영 박물관의 벽을 따라 걸었어요. 내가 말했죠.

─무척 지쳐 보이는데, 내가 도울 수 있는 일이 있을까요?

침묵이 흐르다가, 이윽고 쉰 목소리가 내게 상처를 입혔죠.

─전혀요, 감사해요.

─어디로 갈 겁니까?

긴 침묵 끝에 여자가 말했어요.

─당신이 가는 곳으로요.

─어디 사는데요? 부모님은 어디 계시죠?

대답이 없었어요.

우리는 가로등을 연달아 지나쳤죠. 그렇게까지 영국적인 여자는 본 적이 없었어요. 이야기를 함에 따라 여자의 쉰 목소리는 점차 맑아졌지만, 나로서는 코크니를 거의 알아들을 수 없었죠. 괴롭더군요. 모퉁이를 돌았고 다시 길이 시작됐어요. 집으로 데려가서 대화를 나눠볼까도 싶었지만, 관리인이 문전박대할 것 같았죠. 그렇다면 카페로 갈까? 거긴 그 시간에 문을 연 카페가 없었어요. 2킬로미터가량 떨어진 곳에 아는 술집이 하나 있었지만, 택시도 없었을뿐더러 여자한테도 모욕이 될 것 같았죠…… 길모퉁이에 있는 저 경찰이 우리를 심문할까? 아니, 그런 일은 일어나지 않았어요. 여자가 경찰 옆을 지날 때 살짝 움찔하더군요. 이런 생각들이 머릿속을 스쳤죠. 엄마한테 경찰들을 조심하라는 주의라도 들은 걸까? 경찰한테 이 코크니 좀 통역해달라고 할까? 아니면 여자를 맡겨버릴까? 하지만 무슨 명목으로? 내가 이 여자에 대해 뭘 안다고? 그건 배신이 아닐까?"

뮤리엘과 앤이 내게 더욱 바짝 다가앉았다.

"여자는 쓰러지기라도 할 것처럼 내 팔을 꼭 붙들고 걸었어요. 여자한테 죄인이 된 기분이었죠. 여자가 걱정됐어요. 누가 이 아가씨 좀 구해달라고 소리라도 지르고 싶은 심정이었죠. 여자는 말을 많이 하지 않았지만 그거라도 알아듣고 싶었어요. 여자가 머리를 누일 지붕과 시간, 따뜻하게 마실 무언가가 필요했어요. 품격 있는 호텔의 로비는 어떨까? 우리는 여행 가방도 신분증도 없었죠. 경비원한테 쫓겨나기 십상이었을 거예요. 우리 커플은 결백했지만 겉보기엔 방탕했으니까요. 데일 씨 댁으로 데려갈까? 이 한밤중에? 이 여자에 대해 아무것도 모르면서? 대뜸 찾아가서 자, 여기 이 아가씨 좀 구제해주세요, 라고 말해? 섬에 있는 내 누이들한테 데려갈까? 그래, 누이들이 집에 있다면 가능하겠지, 그래도 준비가 필요하지. 하지만 소문은 어쩌고? 누이들이 문제가 아니라 주변이 문제잖아.

이 여자와 이 여자 가족은 나머지 95퍼센트의 사람들을 위해, 희망이 박탈된 5퍼센트에 해당될 거야…… 막막했고, 아무런 묘안도 떠오르지 않았어요. 여자도 그걸 느꼈죠. 여자의 손이 내 팔에서 떨어져나갔어요. 그리스도라면 아무리 런던일지언정 무얼 해야 할지 알았을 텐데요.

우리는 박물관의 벽을 따라 난 길을 한 바퀴 다 돌았어요. 20여 분 전에 우리가 만났던 바로 그 가로등 밑에 다시 와 있었죠. **'겉으로 보여지는 것'**에 대한 두려움 때문에 여자를 돕는 것이 주저됐어요. 의심스러운 사람은 건드리는 것이 아니니까요. 결국 여자에게 팔을 내밀었죠. 표정만으로도 곤경에 처한 참한 여자라는 것이 느껴졌거든요. 내 판단이 틀린 거라면? 이 커다란 도시엔 난민이 많아. 다시 눈이 내렸죠. 좀 전에 찍혔던 우리의 발자국들이 지워졌어요. 여자가 옳았어요. '내가 도울 수 있는 일이 있을까요?'라는 내 물음에 '전혀요'라고 대답한 것 말이에요.

우리의 팔이 다시 풀렸죠. 여자가 몸을 떨었어요. 나는 얼굴을 내밀었고, 여자도 얼굴을 내밀었어요. 베일 위로 여자의 이마 위쪽에 가볍게 키스하며 말했죠. '신의 가호가 있기를!' 나는 호주머니에서 동전을 꺼내 여자의 작은 호주머니에 집어넣었어요. 여자가 집으로 돌아가기에 충분한 돈이 아니었죠. 여자에게 다가갈 다음 남자는 어떤 행동을 할까? 여자는 두려움과 추위에 질려 있었죠. 안타깝지만 나는 여자를 떠났어요."

앤은 창백했고, 뮤리엘은 얼굴이 붉어졌다. 앤이 말했다.

"그 얘기가 당신이 방문했다는 매음굴 얘기보다 더 처참하네요. 거기선 여자들이 적어도 매를 맞지도 않고 대가도 지불받잖아요. 경멸당하지도 고립되지도 않고요."

뮤리엘이 말했다.

"혹시 몹시 슬픈 일을 당했던 건 아닐까요? 집에서 도망친 거라면? 누구의 품에든, 템스 강이든 어디에든 뛰어들 태세였다면? 그 여자를 어떤 이름으로 부를까요?"

앤이 제안했다.

"'희망' 어때? 와츠의 〈희망〉 속의 소녀가 떠올라. 그 소녀를 조각해보고도 싶었는데. 버려졌지만 아름다움으로 무장했잖아. 번존스의 그림 〈코프투아 왕〉 속의 거지 소녀처럼."

뮤리엘이 물었다.

"파리에서였다면 그 아가씨를 어떻게 했을 것 같아요?"

"일단 언어는 알아들을 수 있었겠죠! 일자리를 구해주고, 나아가 친구도 만들어주고요. 어쩌면 클레르 여사한테 데려갔을지도 몰라요."

뮤리엘이 물었다.

"첫인상만 보고서요?"

"바로 그 첫인상 덕분에 내가 두 분과 알게 된걸요. 클레르 여사 집에서 앤을 처음 만났던 날, 내가 목발을 짚고서 옆을 지나갔잖아요. 그때 그냥 간단히 목례만 한 채 지나칠 수도 있었을 거예요."

앤이 물었다.

"프랑스에서도 같은 종류의 일을 겪은 적이 있나요?"

"딱히 프랑스라고 할 수 없고, 딱히 같은 종류라고도 할 수 없지만, 있었죠. 그건 다음에 얘기할게요."

2월 11일

런던에서 제일 큰 공원 중 하나의 작은 연못가에서

였다. 뮤리엘과 앤이 번호를 붙이며 십계명의 여섯 번째 계율을 읊었다. "간음하지 말라……" 그러면서 나를 자기들과 마찬가지로 순결한 사람으로 취급했다. 나는 자매에게 나를 이끌어준 여자가 있었음을 암시하려고 애썼다. 프랑스 여자들이었더라면 이해했으련만. 자매는 무반응이었다. 금기시된 주제 탓이었을까? 하지만 호기심 많고 현실적인 여자들이 아니던가.

아무튼 그날 나는 자매에게 부르고스 지방의 성당과 햇빛을 받아 찬란하게 빛나던 예배당, 예배당에 울려 퍼졌던 심벌즈며 북소리, 미사, 필라, 성수, 이중문, 공원, 두 번의 산보, 하얀 방, 십자가, 하얀 침대 등등에 대해 이야기했다. 쉽지 않은 일이었다. 두 여자 앞에서 필라를 떠올리고 필라에 대해 묘사하면서 내가 이전과 같은 남자일 수 없었기 때문이다. 필라 곁에서 그들을 마치다른 행성에 사는 생명체인 양 떠올렸던 기억이 났고, 그것마저 털어놓았다. 나는 두 행성 사이를 잇는 셔틀버스 역할을 하며, 노골적인 표현은 감히 입 밖에 내지 못한채 암시를 주었고 어물거릴 바에는 차라리 침묵을 택했다. 그렇게 어찌어찌 필라가 내 머리칼을 쓸며 밀쳐버렸던 장면까지 이야기가 끝났다. 과연 직설적인 질문들이 쏟아질 것인가?

뮤리엘은 단지 이렇게만 말했다.

"이번에도 또 익명이로군요! '희망'처럼. 그건 그저 운명이었고, 그것이 모든 것을 차단하죠."

앤이 말했다.

"신부님들의 시선으로 보자면 필라는 위험에 빠진 거야. 클로드가 매혹당할 수밖에 없었겠어. 필라가 경탄스러워. 결속력이 있는 데다, 다른 사람들도 그렇게 만드니까."

나는 앤의 차분함에 놀라며 생각했다.

'이 여자들이 내 말을 이해한 건가?'

뮤리엘은 생각에 잠겼다. 앤이 이어 말했다.

"프랑스에서의 경험은요, 다음에 얘기할 건가요?"

나는 고개를 끄덕여 보였다.

2월 12일

템스 강가의 부두에서였다. 나는 이야기를 시작했다.

"파리 몽마르트르 언덕의 물랭 드 라 갈레트 근처에서 자정 무렵, 친구 하나와 함께 한적한 경사 길을 가고 있었죠. 등 뒤로 누군가 달려오는 가벼운 발소리가 들렸어요. 뒤를 돌아보니 열여섯 살가량의 소녀가 경사 길을 구를 듯 전속력으로 달려 내려오더군요. 소녀의 모자에 달린 커다란 빨간색 개양귀비가 살랑거렸죠. 소녀가 우리에게 외쳤어요. '살려주세요! 메를랭과 그 패거리에게

쫓기고 있어요. 당신들이 못 당하는 인간들이니, 우리 셋이 함께 도망쳐요!'

소녀가 친구와 나 사이에 끼어들어 한 손씩 팔짱을 끼더니 앞으로 내달렸어요. 우리도 재미있어하며 달렸죠. 소녀가 어찌나 가볍던지 가끔씩 발이 공중에 붕 떴어요.

언덕길 밑에 이르러 안전해지자 소녀가 맑고 또랑또랑한 목소리로 말했죠. '짐 가방이며 옷가지들을 전부 그냥 두고 왔어요. 더 이상 머물 곳도 없고요. 혹시 오늘밤을 보낼 거처와 일자리를 구해줄 수 있나요? 난 테레즈라고 해요.'

우리는 삯마차를 타고서 몽파르나스까지 갔어요. 테레즈는 똘똘하고 시골스럽고 고집이 세어 보였죠. 정직한 어린애 같은 얼굴이었다고 할까요. 우리는 테레즈에게 작은 월세 방을 구해준 뒤, 모델로 일할 수 있도록 화가들에게 보일 추천서를 써주고 얼마간의 비상금까지 챙겨줬어요. '이건 꼭 갚을게요.' 테레즈가 다짐하더군요.

다음다음 날, 우리는 테레즈와 다시 만나 함께 점심을 먹었어요. 테레즈가 신이 나서 자기 얘기를 한껏 늘어놓았죠.

테레즈는 상트르 지방의 아주 작은 마을에서 태어

났어요. 어릴 때부터 조건부로 꿀을 주는 삼촌한테 조몰락거림을 당했죠. 열다섯 살 때까지 양치기를 하다가, 숙모가 운영하는 파리의 술집에서 설거지를 하게 됐어요. 지루한 생활이 이어지던 어느 날, 메를랭과 알게 되었고 첫눈에 반해버렸죠. 메를랭이 테레즈를 꾀어 데려갔고, 테레즈는 메를랭에게 푹 빠졌어요. 메를랭은 포주였는데, 테레즈는 이를 개의치 않았죠. 외려 메를랭을 먹여 살리는 것에 뿌듯해했어요. 문제는 메를랭이 수시로 집을 비운다는 거였죠. 할머니 집에 간다고는 했지만, 테레즈는 의심이 들었고 의심은 점차 확신으로 굳어졌어요. 두 번째 여자, 자기 같은 어린 여자가 또 있을 거라는. 테레즈는 멀리서 메를랭의 뒤를 밟았고, 침대에 있는 두 남녀를 급습했어요. 포도주 병으로 메를랭의 머리를 내리쳐 죽이고 싶은 마음을 가까스로 억누른 채, 경찰에 메를랭이 저지른 그간의 절도들을 고발하겠다고 협박을 했죠. 그 말에 메를랭은 테레즈를 벽장에 가두고는, 그길로 친구 집으로 달려가 어떻게 테레즈의 입을 닫을 것인지 상의했어요. 테레즈에게 벽장문을 열어준 건 다름 아닌 라이벌 여자였어요. 처음에 두 여자는 벽장문을 통해 이야기를 나누게 되었고, 대화를 통해 점차 메를랭의 할머니가 실은 자기들보다 나이 많은 세 번째 여자라는 사실을 깨달았죠. 테레즈는 그길로 도망을 쳤고, 자기를 뒤쫓는 위협적인 발소리를 들으며 달리다가 우리, 그러니까 나와 내 친구를 만나게 된 거예요!

지금은 모델 일을 하고 있어요. 우선 여드레 동안 선불을 받고 붙들려 있는 것을 시작으로 경력을 쌓았죠. 처음부터 인기가 대단했어요……

얼마 지나지 않아 우리의 돈을 갚으며 이렇게 말했죠. '이건 이제 다른 여자한테 빌려주세요.'

한 달 뒤, 우리는 테레즈를 메드라노 서커스 쇼에 데려갔어요. '강철 턱을 가진 사나이'의 쇼가 있는 날이었죠. 피아노와 피아노를 치고 있는 여자를 이로 들어 올려 자기 가슴에 올려놓는 사나이를 본 테레즈가 우리에게 선언했어요. '아저씨들, 나 저 남자가 마음에 들어요, 먼저 가볼게요.' 테레즈는 극장 입구에서 강철 턱 사나이를 기다렸다가 찬사를 퍼부으며 샴페인을 사겠다고 했고 그날로 사랑 고백까지 해치웠죠. 그리고 피아노를 치는 여자가 되었어요. 행복이 보름쯤 갔으려나. 테레즈가 남자에게 베르생제토릭스(프랑스인의 선조인 골 족의 왕—옮긴이)의 얼굴이 조각된 커다란 회포석 파이프를 사주기 위해 바람을 피웠어요. 남자가 평소 꿈꾸던 물건이었거든요. 사실을 알게 된 남자가 질투심에 불타 더는 테레즈를 믿지 못하게 되었고, 무려 여드레 동안이나 테

레즈를 감금했죠. 처음엔 그것마저 달콤해하던 테레즈
도 점차 분노가 쌓여갔고, 급기야 아파트 페인트공을 홀
려 그의 사다리를 타고서 창문으로 도망쳤어요. 그리고
우리를 다시 찾아와 정직한 모델 생활을 되찾았죠. 하지
만 그것도 잠시 방랑벽이 다시 도졌고, 한 재산 챙길 수
있다는 웬 사내를 따라 카이로까지 가게 됐어요. 거기서
불법으로 운영되는 고급 매음굴에 들어갔고 처녀 행세
를 했죠. 손님들의 귀여움을 독차지한 테레즈는 아닌 게
아니라 목돈을 모았어요. 경찰이 매음굴을 덮쳤을 때,
미성년자인 테레즈는 수녀들이 운영하는 소년원으로 보
내졌죠. 거기서도 테레즈는 최우수 재봉사였고, 가장 명
랑했으며, 모든 수업에서 우수한 점수를 받았어요. 나중
엔 시내 양장점의 가봉 보조도 맡게 되었죠. 어느 날, 이
른바 테레즈를 구해주고 싶다는 한 영국 남자에게 납치
를 당했고, 홍해 연안에 있는 그 남자의 집에서 그 남자
의 딸과 함께 살아가게 됐어요. 마구간과 테니스장이 딸
린 그 집으로 나와 내 친구를 초대하는 전보까지 보냈
죠. 어느 날, 사촌이 다른 여자 사촌과 결혼한다는 고향
소식을 듣게 되었고, 그 소식에 양치기 시절의 추억 중
하나였던 사촌에 대한 연정이 불현듯 소급되었죠. 사촌
에게 전보로 자신의 열정을 전달한 테레즈는 모든 것을
버린 채 고향으로 돌아갔고 적시에 도착해 결혼을 깨뜨

리고 실력 있는 도기공인 사촌과 결혼했어요. 석 달 뒤, 안정된 삶에 염증이 난 테레즈는 다시 파리로 도망을 쳤고, 다시 인기 있는 모델이 되었죠. 거기에 범상치 않은 이력이며 여행 경험과 그것을 전달하는 입담 덕에 새로이 얻은 유명세는 덤이었고요. 테레즈는 상조회사를 운영하는 세련되고 온화한 기업가를 만났고 사랑에 빠졌어요. 기업가는 테레즈의 유혹에 굴복하지 않았죠. 그러자 테레즈가 선언했어요. '난 열여덟 살이고, 이제 여자로서는 끝났어요. 절대 **배신할 수 없는** 남자를 만났거든요.' 테레즈는 버려진 남편과 이혼했고, 결국 설득당한 기업가는 테레즈와 결혼했어요. 두 사람은 완벽한 부부지만 아이가 없죠. 테레즈는 잡지에 「회고록」이 실릴 정도로 유명해요."

앤이 외쳤다.

"어떻게 그런 일이! 당신네 나라에선 여자가 아무 눈치도 보지 않고 마음껏 욕망을 실현하는 일이 그 정도로까지 가능하군요! 화가들도 그 여자를 아무 문제 없이 받아주고, 양식이 있는 영국인까지 마음을 빼앗겼으니…… 정말 운도 좋지만, 뻔뻔한 여자네요!"

뮤리엘이 말했다.

"클로드, 우리는 우리가 받은 교육 때문에 삶의 핵심적인 부분들을 놓치고 있어요. 우리의 고요한 온실 속에서 우리를 꺼내줘요. 우리도 그 여자들 같은 환경에서 태어났어야 했어요…… 계속해서 우리를 눈뜨게 해주겠어요?"

앤이 거들었다.

"맞아요."

1902년 2월 13일

우리는 우리 셋만의 언어 수업을 이어갔다. 뮤리엘과 앤이 오래된 프랑스 가요의 가사를 읽은 뒤 마음에 드는 부분을 낭송했다. 앤이 시작했다.

"끝 구절의 짧은 두 행이에요."

깨어나요, 미소 짓는 입술의 그대여
깨어나요, 그리고 내게 말해줘요.

노래 속에서 프랑스적인 모든 것, 요컨대 가벼움과 부드러움이 보였다. 나는 말했다.

"정말 아름답군요. 뮤리엘, 당신은요?"

"나도 끝 구절의 두 행이에요."

그가 내 뺨에 키스하며 이별을 고했을 때
드넓은 푸른 하늘이 바퀴처럼 빙글빙글 도는 것을 보았네.

"하늘이 회전하며 천천히 돈다니…… 가슴이 뭉클

해지지 않나요?…… 클로드, 당신은요, 영어 문구 중에 뭐 없나요?"

"물론 있죠."

O my prophetic soul!(오 나의 예언적 영혼이여!)

"햄릿의 이 대사가 가슴속에 콱 들어와 박혔죠. 그러니 우리의 영혼을 믿고, 위험을 감수하자고요."

앤이 말했다.

"일단 그 예언은 뇌가 아닌 영혼의 소리라는 걸 확실히 해두죠. 대개는 어떤 일을 당하고 나서야 비로소 '오 나의 예언적 영혼이여!'라고 외치게 되니까요. 그저 스스로 자신을 위로하는 것에 불과하죠."

다음 날 뮤리엘이 선언했다.

"소유형용사가 송, 사, 세[송(son), 사(sa), 세(ses)]는 3인칭 단수 소유형용사로 모두 '그(녀)의'라는 뜻이고, 소유 주체의 성별에 관계없이 뒤에 오는 명사의 성수에 따라(불어는 명사에 성별 구분이 있다) 변화한다. 즉, 뒤에 오는 명사가 남성이면 송, 여성이면 사, 복수이면 성별에 관계없이 세가 된다. 예컨대 '책'이라는 의미의 단어 '리브르(livre)'에 3인칭 단수 소유형용사를 붙일 때, 책은 남성명사이므로 남성단수 소유형용사를 붙여 '송 리브르(son livre)'가 되는데, '송 리브르'만으로는 '그의 책'인지

'그녀의 책'인지 구분할 수 없다.—옮긴이]밖에 없는 민족, 다시 말해 소유 주체가 남성도 될 수 있고 여성도 될 수 있는 언어를 가진 민족은 실용적인 민족이 아니에요. 소유 주체의 성별에 상관없이 죄다 '그의'라고만 표현하면 뜻이 모호해지잖아요. 예를 들어볼까요? 〈그 남자가 '그의' 어깨에 '그의' 손을 얹었다〉라는 문장은 네 가지 의미를 품을 수 있거든요."

앤이 말했다.

"내 생각이 틀렸을 때, 난 내 눈썹을 찡그려요."

우리는 그런 식으로 수다를 이어갔다……

클로드의 일기

2월 14일

뮤리엘과 함께 명성 높은 수도원을 향해 자전거를 달렸다. 앞서 달리는 뮤리엘의 목덜미가 눈에 들어왔다. 이제 나는 그녀의 거절이 더 이상 절대적이지 않다는 것을 안다. 그것만으로도 신천지였으나, 오늘 아침은 더 이상 그것으로 충분치 않았다.

수도원은 아름다웠고, 뮤리엘은 대천사 인도자였다. 기둥들 사이의 유리창을 통해 스며든 햇빛을 받은 뮤리엘은 더 한층 아름다웠다. 견딜 수 없었다. 조금 전에 나는 그녀를 멀리서 지켜보았는데, 이제는 그녀가 나를 가시 달린 장미꽃 줄기로 후려치고 있었다. 더는 그녀 없이 살 수 없었다. 나는 뮤리엘에게 처음으로 육성으로 물었다. "뮤리엘, 언젠가 당신과 내가 '**우리**'일 수 있을까요?"

뮤리엘이 육성으로 대답했다.

"나도 때로는, 순간순간, 그럴 수도 있다는 생각을 해요."

우리는 누구랄 것도 없이 놀랐다.

"정말 끔찍한 말이군요, 뮤리엘. 마치 거대한 제방에 첫 균열이 일어난 것 같다고 할까요."

뮤리엘이 정정했다.

"두 번째예요. 처음은 딕과 마르타의 집에서였죠."

"당신을 난처하게 하지 않으려면 내가 어떻게 해야 할까요?"

"클로드, 나도 같은 생각을 했는걸요……!"

뮤리엘이 해맑게 웃다가 수도원임을 상기하고는 입술에 검지를 갖다 댔다. 눈동자가 열세 살 무렵의 사진 속 눈동자 그대로였다. 내가 말했다.

"뮤리엘, 우리는 너무 뜨문뜨문 만나는 것 같아요. 매주 일요일에 섬에 가곤 했던 시절이 그립군요. 만일 당신 어머니가 안다면, 그러니까 만일 우리가 당신 어머니가 제시한 수칙을 지키겠다고 약속한다면, 내가 다시 섬에 가는 것을 허락하실까요?"

"얘기해볼게요. 아니면 딕과 마르타의 집으로 가면
돼요…… 내 안에 나의 명령에도 불구하고 제멋대로 불
어났다 졸아드는 강물이 있는데, 좀 전에 당신의 물음에
대답한 건 바로 그 강물이에요."

"클레르 여사한테 내가 처음으로 느낀 이 한 줄기 희
망의 빛에 대해 이야기해도 될까요?"

"네, 필요하다면요."

앤이 클로드에게

2월 14일
기뻐요, 당신과 언니를 응원합니다.

클로드가 클레르에게

1902년 2월 14일
나는 뮤리엘을 사랑해요. 어머니한테 알리기 전에
희망이 보이기를 기다렸어요. 아직 실낱같은 희망일 뿐
이죠. 우리는 좀 더 자주 만날 생각이에요. 어머니도 기
뻐할 소식이리라 믿어요……

뮤리엘은 어머니를 닮았어요.

미시즈 브라운은 국제결혼에 대해 원칙적으로 뜨악해하지만, 딸의 자유로운 결정을 존중할 거예요. 어머니와도 상의하라고 하더군요.

이건 첫눈에 반한 사랑이에요.

클레르가 클로드에게(전보)

2월 16일

너희 두 사람의 건강 상태로는 아직 가정을 꾸리기 힘들어. 둘 다 이상주의자들일 뿐이야. 와서 얘기하자. 클레르.

클로드가 클레르에게(전보)

2월 16일

솔직하게 말씀해주셔서 감사해요. 곧 뵈러 갈게요. 클로드.

뮤리엘이 클로드에게

2월 16일, 오전, 섬

마르타가 집에 와서 엄마를 흔들어놨어요. 두 사람이 거실에서 이야기하는 소리가 들렸죠. 엄마가 당신이 고귀한 영혼의 소유자라고 말했어요. 그러면서 내가 당신을 사랑하게 될 줄 알았고, 이제 더는 당신이 날 사랑하지 않을까 봐 두렵지 않다고 덧붙였죠. 마르타는 무엇보다 우리 둘을 조용히 내버려둬야 한다고 충고했어요.

『제르미날』을 읽고 있어요. 상당히 혐오감이 들지만 이는 곧 지나가고 교훈이 남게 되겠죠.

자정

오늘 밤은 오직 이 생각뿐이에요. 나는 절대 당신이 날 사랑하는 것처럼 당신을 사랑할 수 없으리라는 것. 어쩌면 내일 아침엔 생각이 달라질지 모르지만, 어쨌든 지금의 이 생각을 당신한테 말하고 싶어요.

미시즈 브라운이 클로드에게

2월 16일

친애하는 클로드 군.

딸아이와 대화 시간을 가졌어요. 그리고 우리 둘 다 더욱 행복해졌죠. 클로드 군한테도 기쁜 소식이겠지요? 집으로 우리를 만나러 오세요. 애정을 담아.

클로드의 일기

2월 16일

앤의 편지를 받았다. 편지 속에서 앤은 〈희망〉과 테
레즈와 필라를 동일선상에 놓고 이야기하고 있었다. 문
득 앤과 뮤리엘이 나와 필라 사이에 일어난 일을 정확히
이해하지 못했다는 생각이 들었다. 두 사람은 키스의 가
능성에 충격을 받았지만 그 이상은 두 사람으로서는 아
직 생각조차 할 수 없는 일이었던 것이다. 두 사람은 모
르고 있고, 알아야만 한다. 어쩐지 모든 것이 지나치게
순조로웠다.

클로드가 뮤리엘과 앤에게

2월 17일

내 이야기가 거북스러웠을 당신들의 순결한 정신으
로는 당신들이 나와 필라가 끝까지 갔다는 것을 이해하
지 못했으리라는 우려가 듭니다.

오늘은 화요일이고, 브라운 여사가 토요일에 나를
집으로 초대했어요. 답신 주세요.

뮤리엘이 클로드에게

2월 19일, 오전

바로 답신을 달라고 했죠? 그래서 이 글을 쓰지만, 생각할 겨를이 없었어요. 당신의 고백에 찌르는 아픔만 느낄 뿐이에요. 만일 다른 누군가에게 전해 들었다면 나는 **사실이 아니라고** 성경에 대고 맹세했을 거예요.

내가 이해한 줄로 믿었다고 했나요? 아닌 게 아니라 생각해보니 그럴 여지들이 있었어요.

내가 영국 여자인 것이 유감이군요. 만일 내 어머니와 알렉스가 그 사실을 안다면 내가 당신의 아내가 되느니 차라리 죽는 게 낫다고 생각할 거예요. 그건 우리에겐 종교와 관련된 계율이거든요. 나한테 아무것도 기대하지 마세요.

2월 20일, 저녁

언젠가 동정이 아닌 남자가 동정인 처녀와 결혼할 수 있다고 생각하느냐고 물은 적이 있죠? 그 '동정'이라는 단어를 나는 『제르미날』을 읽은 바로 며칠 전에야 비로소 온전히 이해했어요. 그 전까지 그 단어의 의미는 내게 강렬한 인상으로 남긴 했지만 모호하고 도덕적인 것일 뿐이었어요. 그때 내가 어떻게 답했는지 기억나지 않아요. 다만 내가 뜻을 확실히 알았더라면 아마 **아니**라고 답했을 거예요.

당신은 그것이 내게 **상처**가 되리라는 생각을 못 했고, 그럴 의도도 없었을 거예요. 아마 그 사실이 당신을 구하겠죠. 하지만 당신은 내게 한 여자에게 죄를 지은 범죄자에 지나지 않아요. 이렇게 말해볼까요. 〈프랑스인들의 태도는 더욱 세련됐지만, 영국인들의 도덕심은 한층 명예롭다.〉

사랑은 존중이 기반이 되어야 해요. 따라서 난 생각할 시간이 필요해요. 언젠가 내가 '현재만이 중요해요. 과거는 과거일 뿐이에요'라고 말한 적이 있죠?

그건 사소한 것들에나 적용되는 것이지, 그런 행동을 두고 한 말이 아니었어요.

토요일에 보자고요? '오지 마세요'라고 쓰고 싶군요. 하지만 언젠가는 만나야 할 테니, 오세요. **당신**이 원하니까요.

아무것도 설명하지 마세요. 난 들을 수 없어요.

2월 21일, 저녁

분명하게 재차 말하지만, 만일 내가 진즉에 알았더라면 우리 사이엔 아무 일도 일어나지 않았을 거예요.

당신이 받은 교육이며 당신 어머니며 당신의 마음을

생각하면…… 울분이 치밀어요.

클레르 여사와 당신 아버지는 어땠나요?

두 분은 어떻게 서로 사랑하게 됐죠?

신이 내가 당신을 사랑할 수 없게 만드는 것 같아요. 언젠가 내가 당신을 사랑한다면, **모든 것에도 불구하고** 사랑하는 거예요.

오늘 아침, 당신의 편지 세 통을 동시에 받았어요.

나는 오직 한 가지 생각뿐이에요. 당신을 아는 것. 당신이 한 일, 당신은 그것을 기쁜 마음으로, **알기 위해** 했단 말이죠. 좋아요. 그럴 수도 있을 거예요.

혹시 그런 일이 또 있었나요? 그렇다, 아니다, 둘 중 어느 쪽이죠? 난 알아야만 해요. 당신은 상처를 줬어요. **그녀에게**, 혹은 당신에게.

토요일에 오세요. 힘을 낼게요.

밤 11시

우리는 아는 것만 이해할 뿐이에요. 알렉상드르 뒤마 피스의 『동백꽃 여인』과 『레 미제라블』에서 '그것'을 읽었죠. 당신이 언급했던 『제르미날』에서도요.

나비와 두더지만을 본 어린아이가 '코끼리'라는 단어를 읽으며 무엇을 배울까요?

사랑이 배제된 '그것'이 나는 끔찍하고, 서글퍼요. 그런데 당신이 내게 '그것'을 저질렀다고 선언하다니요!

만일 당신이 희미하게나마 우리가 다시 시작할 가능성을 고려한다면, 내게 아주 많은 힘과 믿음, 특히 엄청난 순수함이 있어야 할 거예요. 어쨌든 당신을 사랑하기 위해서는요. 내게 그런 것들이 있는지는 모르겠어요.

그런 짓을 한 사람이 정말 **당신** 맞나요? 어쩌면 한 번 지은 죄로 내 사랑이 사그라지진 않을 거예요. 하지만 기본적인 도덕관이 서로 다르다면 모든 것이 불가능해져요.

자정

아직도 날 도울 수 있겠어요?

당신을 이해하려고 내가 『제르미날』을 읽었던 것일까요?

머리로는 위험을 감수할 준비가 됐지만, 가슴으로는 아직 아니에요.

오늘은 종일토록 침대에 누워 있을 거예요.

토요일에 오세요. 어쩌면 내가 당신을 불행하게 만들지도 모르겠어요.

차라리 그런 짓을 한 사람이 나였더라면 좋았을 거예요. 나도 똑같이 해야 할까요? 아니요. 당신이 그런 것이 나아요. 만일 우리가 언젠가 결혼한다면 그 여파를 감당할 사람은 오직 나일 테니까요.

새벽 1시
그러니까 나는 당신에 대해 아는 게 전혀 없었던 거예요. 나의 무한한 애정, 나의 망설임은 신기루 위에 세워졌던 거고요.

당신은 내 안에서 죽었어요. 나는 높이 있는 것만을 존중해요.

새벽 2시
지난 30개월 동안 나는 당신의 학생이었어요. 나는 둘로 갈라졌어요. 당신을 이해하든지, 아니면 단호히 단죄해야겠죠. 나는 내 식대로 당신을 순수하다고 믿으며 오직 당신의 누이일 뿐이었던 거예요. '그것'을 절대 좋게 생각하지 못할 것 같아요. 낭떠러지를 앞에 둔 기분이에요.

나에 대한 사랑이 당신을 변화시켰나요? 당신이 내 안에서 정복했던 것들을 하나하나 다시 정복해야 할 거예요.

나의 절반은 당신을 거부하고, 절반은 당신을 이해해요. 나도 더는 나를 모르겠어요.

내가 정말 잘 이해한 것일까요? 만에 하나 당신이 혹

시 이미 **아빠**일 가능성도 있는 건가요? (클로드는 '나에 대해서는 아무 걱정 하지 말아요'라고 말하던 필라의 얼굴을 떠올렸다.) 만일 그렇다면 당신은 아이에 대한 책임이 있어요. 그건 짐승들조차 아는 일이죠. 언젠가 자식인지도 모른 채 그 아이와 만날 수 있지 않을까요? 존재도 몰랐던 자식이 어려운 환경에 놓였다면요? 과연 난 그 상황을 받아들일 수 있을까요?

영국은 더 이상 늑대들이 없어요. 그런 식의 행동은 드물죠.

당신과 **만났던** 그 여자, 당신이 그 여자의 삶을 뒤흔들었을 수도 있어요. 당신은 그 여자와 지속적인 관계를 맺길 원하지 않았지만, 그 여자는요?

토요일에 오세요, 와서 내 상태를 확인하세요. 그리고 설명하고, 또 설명하세요! 상반된 두 개의 당신을 어떻게 화해시킬지!

당신은 두 누이를 기꺼이 떠맡았고 그들이 당신에게 의지하도록 내버려뒀어요.

당신의 결단은 나약함이 아닌 단호한 의지에 의한 행동이었어요. 그러니 희망은 남아 있는 거예요.

내가 처한 삶의 조건이 내게 그런 종류의 기회를 허락지 않아요. 나는 혼돈 속에서 생각으로만 죄를 짓지만, 다른 상황이었더라면 충분히 달리 행동했을 만큼 내

혼돈의 수위가 높아요.

　근 두 달 가까이 나는 당신을 치유하기 위해 당신에게 있는 그대로의 내 모습을 보여왔어요.

새벽 3시

　문득문득 나 자신이 혐오스러워져요. 하지만 내가 틀렸어요. 혐오스러울 건 아무것도 없으니까요.

새벽 5시

　잠에서 깨어났어요. 이 생소한 느낌은 뭘까요? 이 구멍은? 그에게 무슨 일이 일어난 것일까요? 죽음……? 난 혼자예요. 내 친구가 더는 내 곁에 없어요. 지난 몇 달간 그가 저기에, 가구처럼 버티고 있었고, 나는 그걸 의식조차 못했는데. 이제 그 친구 없이 나는 어떻게 살아야 하죠?

　다른 친구를 찾아야 할까요? 그게 무슨 소용이죠?

　저쪽에서 고개를 숙인 채 희망을 품고 있는 저 그림자는 누구죠? 혹시 그 친구인가요? 언젠가 내가 혹시……?

　아! 혹시 어쩌면……

　나는 죽음 앞에서 눈물을 흘리고…… 아직 산 자를

받아들일 수가 없어요.

2월 21일, 오전 8시

날 봐요. 이렇게 엷은 미소를 짓고 있어요. 내 손을 잡아요. 좀 전까지도 당신에게 일상적인 아침 인사를 보낼 수 없었어요. 난 이제 더는 고통스럽지 않아요, 왜냐하면 두 사람이 동시에 똑같이 극심한 고통을 겪어선 안 되니까요. 당신의 고통이 멈출 때, 그때 내 고통은 다시 시작될 거예요.

오늘 아침, 당신의 고백에 대해 더는 생각하지 않으려고요. 세상엔 우리가 이해 못 할 수많은 일들이 있고, 믿기지 않는 수많은 일들이 전부 사실이니까요.

'다시 시작해야 한다'는 내 말은 빈말이 아니에요. 나는 다시 시작하기를 이미 시작했어요. 아무것도 망치지 않았어요. 나는 다시 당신의 누이예요. 오세요, 당신을 도와줄게요.

2월 22일, 정오

당신의 놀라운 편지, 그 편지가 머릿속을 계속해서 맴돌아요. 단 한 번만 읽었을 뿐인데.

어제는 생각을 멈췄고, 오늘 아침엔 이렇게 생각했죠. '클로드가 올 거야. 그저께의 얼어붙은 마음을 되살리자.' 하지만 그 마음은 되살아나지 않았죠. 난 '그것'을 이제 더는 같은 시각으로 보지 않아요. '그것'이 더 자연스럽게 생각된다고 할까요. 24시간 후면 당신이 여기 있겠군요. 부족한 편지가 아닌 **당신**이.

당신이 이곳에 있는 내내, 함께 이야기하기로 해요. 시급해요.

내가 아는 건 식물의 생식뿐이었고, 동물도 그와 유사하리라 막연히 짐작만 했어요. 자연적인 것이 끔찍할 순 없겠죠. 감정도 마찬가지고요.

나는 혹여 아이를 갖고 싶다 해도 방법을 몰라요. 무지하기 짝이 없죠.

나를 자극하는 걸 두려워하지 마요. 이미 익숙해졌으니까!

앤이 클로드에게

1902년 2월 23일

당신의 고백에 한동안 불행했어요. 필라가 마음에 들었던 만큼 더더욱. 하지만 그러면 안 되는 거였어요, 왜냐하면 나는 당신을 신뢰하니까요.

내가 세상에서 가장 추악한 것 중 하나라고 배운 짓

을 당신이 저질렀다는 것을, 느닷없이 알게 되었으니 그도 그럴 법했죠.

내가 이해할 수 있도록 도와주겠어요? 뮤리엘 언니는 충격을 상쇄할 방법을 찾은 것 같아요. 나도 그럴 수 있을까요?

난 지금 이 글을 파리의 당신 집, 당신 방에서 쓰고 있어요. 당신 어머니는 내게 완벽하지만, 뮤리엘 언니에 대해 말할 땐 끔찍한 표현을 써요. 당신도 자제심을 잃지 않으려면 마음의 준비를 하는 게 좋을 거예요. 당신 어머니는 내 어머니와 이제는 증오심마저 드러내는 뮤리엘 언니를 만나러 섬으로 가고 싶어 하죠. 당신 어머니의 표현 중 하나를 예로 들자면, 뮤리엘 언니의 눈이 절대적인 장애물이라나요.

뮤리엘이 클로드에게

2월 24일

이틀을 온통 함께 보냈군요. 당신이 도착했을 때 보였던 나의 매정한 차가움과, 떠날 때 보였던 살가운 뜨거움이 당신의 머릿속에서 대립하지 않기를. 내가 당신한테 느꼈던 거리감과 뒤이은 친밀감이 딱 그랬거든요.

이제 파리로 가서 어머니와 만나겠지요? 나 때문에 당신이 어머니의 괴롭힘을 당하지 않기를. 이제 더는 그 누구도 그 어떤 것도 우리 사이에 끼어들 수 없어요. 우리가 우리들로 충분히 촘촘히 채워 넣었기에.

2월 25일, 파리의 클로드에게

당신과 함께 파리에 있고 싶군요. 심지어 우리 엄마도 함께요. 당신 어머니의 선전포고가 외려 우리를 좀 더 가깝게 만들었어요. 엄마에 의하면 당신 어머니가 내가 당신을 사랑하는 줄 아신다더군요. 어찌나 자신감 넘치고 당당하신지!

한편으론 그편이 편할 듯도 해요…… 엄마는 우리가 올봄에 결혼식이라도 올릴 듯 말하죠. 난 다시 엄마에게 웃음을 보이게 됐고요. 다행스러워요.

엄마는 우리가 **종교**와 **자녀**에 대해 상의하길 바라요. 겁이 나네요.

내가 당신에게 이렇게 썼었죠. 〈난 너무 멀리 있어요!〉 당신은 이렇게 알아들었고요. 〈당신과 너무 멀리 있어요.〉 난 이런 뜻이었죠. 〈뒤처져서 당신과 너무 멀리 있어요.〉

앤은 여전히 당신 집에 머물고 있어요. 옛날처럼. 난

당신과 앤이 부러워요. 두 사람 생각을 많이 하죠. 당신은 내 마음속에서 앤과 거의 동급이에요. 언젠가 당신이 더 높은 자리를 차지하게 될까요?

당신 안의 선과 악에 대해 다시 얘기해줘요. 당신과 손이 닿을 듯 가까이 있을 땐 이해하다가도, 멀어지면 지워져버리거든요. 과도하다 싶게 자세히 얘기해줘요.

당신의 사랑은 내 삶의 한 부분이에요. 나를 끌어당기는 한 올의 실이죠. 당신의 이름이 내 머릿속을 맴돌아요. 끊임없이, 고통에서 기쁨까지 여러 가지 형태로. 그게 지나치게 집요해질 땐 차라리 당신을 몰랐으면 싶어지죠.

2월 26일

엄마는 당신을 좋아해요. 그럼에도 우리가 헤어지면 기뻐할 거예요. 우리가 행복해지기 어렵다고 생각하니까요. 우리의 건강을 염려하는 건 아니에요. 외려 결혼하면 우리 둘 다 더 건강해질 거라고 생각하죠. 엄마가 걱정하는 건 당신 어머니예요. 당신과 당신 어머니를 이별시키지 말아야 한다더군요. 나는 영원한 이별을 거의 믿지 않지만, 바로 거기에 위협이 있다는 거죠.

당신 어머니를 위해 내가 당신에게 이별을 고해야 할까요? 그것이 당신을 위한 최선의 선택일까요, 아니면 최악의 선택일까요? 당신은 독신자로 살며 어머니와 함께 행복할 수 있나요? 당신은 강한 사람이에요, 나 또한 그렇고요. **당신**의 행복을 위해 난 당신을 포기할 수 있어요. 우리 두 사람을 향한 당신 어머니의 증오를 상상해보세요.

당신은 날 사랑하고, 나도 당신을 조금 사랑해요. 내가 당신을 많이 사랑하기 전에 이 사랑을 멈추기로 해요. 어느 날 내가 사랑에 사로잡히게 된다면, 그땐 물러서기에 너무 늦을 거예요. 내 인생에 사랑은 단 한 번뿐이거든요. 당신 어머니처럼. 당신 아버지와 어머니의 짧은 행복에 대해 좀 더 얘기해보세요. 당신 어머니가 어린 당신을 어떻게 키웠는지도.

만일 우리가 헤어지고 난 뒤에 내가 당신을 사랑하는 것을 깨닫는다면, 그건 **나의** 재앙이에요.

그땐 솔직하게 나를 모른 척해요.

내가 과연 당신의 아내가 될 수 있을지 미리 알기엔 나는 이상적인 아내상을 너무 높게 잡은 것 같아요.

2월 28일

난 끝도 없이 미끄럼틀을 타고 있어요. '넌 그를 사랑해, 아니, 사랑하지 않아, 넌 끝내 그를 사랑하게 될 거야, 다른 사람들 때문에 내가 그를 사랑하게 되는 것일까? 그와 영원히 함께 살기 위해서 가족을 떠날 수 있을까? 과연 그가 정말 **내** 남자일까?'

나는 알 수 없는 어떤 힘에 이끌려 내 방으로 올라가 신과 대면한답니다. 그 힘이 나를 무릎 꿇리고 이렇게 말하게 만들죠. "하느님, 제가 이번 생에서 영원히 클로드의 좋은 아내가 될 수 있도록 해주세요."

그러곤 다시 미끄럼틀이 시작되죠. '난 클로드와 수업만 하고 싶어. 그가 날 조용히 내버려두었으면⋯⋯! 힘든 공부를 겨우 마치고 귀가하면 가족 모두 나를 필요로 하는 현실인데. 그런데 쿵! 그가 나를 사랑한대. 그래, 그러라지. 그런데 쿵! 다들 나도 그를 사랑하길 바라는 거야. 정작 나는 그를 사랑하지 않는데! 그가 자기의 과거를 이야기했고 그 과정에서 난 끔찍한 사실을 알게 됐어! 그가 없었을 때의 내 삶만으로도 이미 기진맥진인데, 그가 거기에 더 보태다니 용량 초과야! 그래서 화가 나.'

내가 숨을 돌릴 수 있게 해줘요⋯⋯

때로 당신을 향해 이렇게 외칠 때가 있어요. "가버려요!"

그랬다가도 이따금 이런 말을 덧붙이죠. "돌아와요!"

난 이미 학교에서 너무 많은 짐을 짊어졌어요. 놀이, 클럽, 연극, 봉사활동⋯⋯ 그래도 복잡하지는 않았어요. 사랑하는 사람이 없었으니까. 지금은 한 명이 있어요…… 그건 포근하다가…… 고통스럽고…… 그러다가 다시 포근하죠…… 그것이 나를 지탱하게도 하고…… 무너뜨리기도 해요.

당신을 주말마다 만나고 싶어요. 알기 위해서.

새벽 5시

내 얼굴을 똑바로 볼 수가 없어요. 오늘은 당신에게 이런 타령만 늘어놓게 되는군요. "나는 평화를 빼앗겼어요!"

졸라 이전에 당신의 톨스토이가 내게 육체적 사랑을 불행과 연관 짓게 만들었어요. 필라에 대해 다시 얘기해주겠어요? 내가 당신과 함께 그녀를 받아들이거나, 혹은 거부할 때까지 말이에요. 편지 말고 육성으로요.

당신한테 가는 길이 험난하군요. 그래도 산을 오르면 늘 보상이 있게 마련이죠…… 설사 정상이 보이지 않는다 하더라도.

1902년 3월 6일, 런던의 클로드에게

당신의 시와 단편소설을 읽었어요. 지난 몇 년간은 당신의 인생에서 창작기라기보다는 파종기이자 배태기라는 생각이 들더군요.

지난 시간과 다가올 시간들을 다윈의 세계를 여행하는 시기라고 간주해보세요. 다윈은 자신의 이론을 정립하기 위해 여러 가지 사실들을 차곡차곡 수집했죠.

만일 수집과 창작을 뒤섞는다면 당신은 지칠 것이고, 그렇게 되면 좋은 창작품이 나올 수 없을 거예요.

우리들 각자가 자기 인생의 지휘권을 쥐고 있는 거예요.

3월 7일

앤이 당신의 어머니 집에서 고통을 겪고 있어요.

일요일에 집에 오지 마세요, 설사 내가 원한다 하더라도요. 그날 나는 여섯 살에서 열 살 사이의 남학생 열두 명과 첫 수업이 있어요.

당신의 목적을 잘 모르겠어요. 내가 당신에게 도움이 되나요, 방해가 되나요? 여자는 모름지기 힘이 되어야지 짐이 되어서는 안 되죠.

더는 아무 의문도 갖지 않을 거예요. 그저 존재하고 버티려고요.

나로 하여금 당신을 사랑하게 만드는 걸 두려워하지 말아요, 설사, 결국엔, 당신이 '노(no)'라고 말해야 할지라도.

3월 8일

얼마나 많은 일들을 단지 습관이라서 하고 있는지. 그래서 거를 체가 필요해요. 충분히 제거되지 않는 것보다는 과도하게 제거된 편이 나아요. 정리해버리자고요.

모든 것을 극도로 단순화하고(얼마나 즐거운지!) 현대적 도구의 힘을 빌려 가정부 없이 살아갈 수 있을 거예요.

더는 이렇게 말하지 말아요. "나와 함께하는 삶이 과연 남들이 부러워하는 삶일까요?" 아니면 당장 그런 예를 들어보든가요. 나는 달콤한 인생을 바라지 않아요.

우리가 서로에게 자격이 있는지 상호 의심을 갖는 데에는 분명 이유가 있을 거예요. 그 이유를 찾아볼까요?

우리의 이성이 감정을 거스르는 결정을 내릴 수 있겠죠. 나는 머리가 시킨 해야 할 말을 했던 거예요. 마음은 자제하지 않고 솔직하기를 바라는데 말이에요.

3월 9일

오늘 밤, 당신에게 나의 차분하고, 깊고, 무한한 애정을 보내요. 당신에게 그것이 필요해 보이니까요.

만일 당신이 탐험가나 목자나 선원처럼 수 해 동안 떠나 있어야 한다면, 당신의 아내가 늘 영적으로 당신을 따라다닐 거예요.

혹시 자식으로 인해 당신의 인류에 대한 의무감이

꺾이는 것은 아닐까요?

혹시 소식을 미리 전해 들은 당신의 아내가 직접 일
정을 연기시킨다면요? 지금의 나로선 상상조차 할 수 없
군요.

당신의 아내는 유연하되 강인하고, 균형 감각을 갖
추었으되 대담한 여자여야 할 거예요. 그걸 판단하고 선
택하는 것은 당신 몫이죠.

당신은 독신자의 홀가분함을 그리워하게 될까요? 그
렇다면 결혼하지 말아요!

당신의 카드가 도착했어요. 어쩜 그리 완벽하게 나
쁜 영어의 표본인지! 우리 모두가 웃었답니다.

클레르

뮤리엘이 클로드에게

3월 10일

당신 어머니가 내게 보낸 편지의 끔찍함이 어디에 있는지 알아요? 바로 그 확신하는 태도에 있죠. 당신 어머니는 내가 뱃사람을 유혹하는 세이렌이자 나쁜 요정 역할을 맡은 소설을 지어냈어요. 자신의 소설에 완전히 몰입한 채 내가 당신을 유혹하고 음모를 꾸미고 덫을 놓았다고 비난했죠. 난 답장을 하지 않을 생각이에요. 당신이 파리로 어머니를 찾아갔던 것이 아무 소용 없었죠. 런던으로 우리 엄마와 나를 만나러 오시겠다는군요.

네, 당신과 나, 우리가 드러내놓고 숱하게 데이트를 했던 건 사실이에요. 만일 내게 당신을 사랑한다는 확신이 있었더라면, 서슴없이 이렇게 말했을 거예요. "우린 지금 당장 결혼할 거예요."

당신 어머니의 편지 속 어디에도 당신이 나를 사랑한다는 언급은 없었어요. 당신이 어렸을 때, 당신한테 당신 아버지와 자신의 사랑에 대해선 잘도 얘기해줬으면서. 당신한테 들은 두 분의 감동스러운 사랑 이야기는 안 들은 걸로 하겠어요.

클레르와 피에르, 참 잘 어울리는 이름인데 말이에요! 클레르 여사는 그런 사랑을 겪은 사람으로서 어떻게 우리를 돕지 않을 수 있는 거죠?

어머니와의 어린 시절은 어땠는지 들려줄 수 있나요? 거기에 열쇠가 있을 것 같아요.

당신 어머니는 당신이 장차 큰일을 할 거라고 생각해요. 나도 마찬가지라고 말하고 싶군요. 꼭 거창하지는 않더라도.

*

클레르의 기억

(클레르 여사가 내게 수백 번도 더 들려준 얘기 그대로예요. 명실상부한 어머니의 말이죠.)

1878년 1월이었어. 나는 5시에 소르본에서 수업을 마치고 돌아와, 어머니가 운영하시던 오데옹 극장 옆의 서점에 갔단다. 서점의 작은 소파에 앉아 어머니께 그날 오후에 있었던 일들을 조잘거렸지.

그때 아버지가 처음 서점에 들어왔어. 나를 보고는 이렇게 생각했다는구나. '저 여자와 결혼할 거야.' 나도 그때 아버지를 보며 같은 생각을 했었지.

아버지는 다음 날에도 똑같은 시간에 서점에 왔고, 똑같은 소파에 앉아 있는 날 발견했어. 우리는 '우리의 의견이 일치하는군요'라고 말하는 듯한 시선을 교환했어.

그 뒤로 아버지는 매일 서점에 들러 천천히 책을 골라 한 권씩 샀단다. 나는 판매를 담당하지 않아서 우리는 대화를 나눌 기회가 없었어. 그저 서로를 슬쩍 곁눈질하며 한 달을 흘려보냈지.

언젠가 하루는 내가 서점을 비웠어. 네 할머니도 뭔가 낌새를 채고는 아버지를 마음에 들어 하시던 차였지. 두 사람은 처음으로 사적인 대화를 나누었어. 아버지는 대학교 공부를 마치고 임종이 머지않은 모친과 함께 서점 옆집에 살고 있었고, 모친이 돌아가신 후에나 거취를 결정할 수 있었지.

나도 아들의 품에 안긴 채 슬픈 표정으로 비틀거리며 걷는 상복 차림의 그분을 한 번 본 적이 있어.

얼마 지나지 않아 아버지의 어머니가 돌아가셨단다.

아버지는 혼자서 모친을 묘지로 모셔 가려 했어.

다음 날, 아버지가 찾아와 네 할머니한테 할머니의 마음에 드는 방식으로 청혼했지. 할머니가 말씀하셨어. "클레르한테 직접 말하게." 그날 저녁, 아버지는 처음으로 나한테 말을 붙였고, 자신의 소망을 이야기했어.

"우리는 이미 의견의 일치를 보지 않았던가요?"

"맞아요."

내가 물었고, 아버지가 대답했지.

아버지는 내게 늘 꽃이 아닌 아름다운 책으로 구애했어. 우린 좀 이르게 결혼했단다. 그때까지 다른 이성이 진심으로 내 눈에 들어온 적은 한 번도 없었고, 그건 아버지도 마찬가지였어. 아버지가 서른한 살, 내가 스물세 살이었지.

메디시 거리의 우리 아파트는 뤽상부르 공원에 면해 있었단다. 아버지는 그림에 열정이 대단했어. 집 앞의 아름다운 공원은 우리에겐 그야말로 천국이었지.

얼마 지나지 않아 클로드 네가 우리에게 왔단다. 어느 일요일, 임신으로 인해 기운이 떨어진 내가 공원 벤치에 앉아 쉬자고 하자, 아버지가 말했지. "클레르, 괜찮다면 다시 한번 루브르 미술관에 가는 건 어때? 우리 아들이 그림을 좋아할 수 있게 말이야."

우리는 삯마차를 타고서 루브르 미술관에 갔단다.

우린 우리 식대로 책과 그림 속에 묻혀 살며 우리 자신을 발견해나갔고, 그 속에서 네가 태어났어.

1년 뒤, 아버지가 뇌막염을 앓게 됐단다. 아버지가 두 손으로 내 목을 잡으며 말했지. "당신도 나와 같이 가겠소? 목을 조를까?" "그래요, 그래요, 피에르." 난 말하며 아버지에게 목을 내맡겼단다. 나만큼이나 아버지를 아꼈던 할머니가 아버지에게 내 목을 조르지 말라고 조용히 애원했어. 아버지는 복종했지.

"자, 다시 한번 뤽상부르 공원으로 산책 갑시다!"

아버지가 내게 손을 내밀며 말하더니 열린 창문을 넘어 발코니로 성큼 나갔어. 이어 허공에 발을 내디뎠지. "클레르, 클레르!" 아버지가 내 이름을 부르며 추락하다가 머리를 땅에 부딪쳤고 즉사했어.

나도 죽다 살아났지. 하지만 우린 셋이었어. 둘이 아니라.

너는 무럭무럭 자라났단다. 크리스마스마다 나는 네게 샴페인 반의 반 잔과 거위 간을 한 입 주며 그리스도와 아버지에 대해 이야기했어. 그 모든 것이 어린 너의 머릿속에서 뒤섞였지. 네가 아주 어렸을 때 내가 '하늘에 계신 우리 아버지'를 가르쳤거든. 넌 처음엔 '하늘에서 구걸하신 우리 아버지'로 알아듣고는 천국의 대성당 앞에서 교회지기 차림으로 기다란 자루를 들고서 구걸하는 네 아빠의 모습을 머릿속에 그렸단다.

네 살 때였던가. 네가 이다음에 네가 크고 내가 작아지면 결혼하자며 내게 정중히 청혼했어. 내가 도로 작아질는지 심히 의문이라고 대답하자, 너는 그럼 아빠가 그랬던 것처럼 나를 '엄마'라고 부르는 대신 '클레르'라고 부르게 해달라고 했지. 그날 저녁, 너는 날 '클레르 여사'라고 불렀고, 거기 재미가 들린 우리는 그 습관을 유지해왔어.

너는 내 옆의 작고 낮은 의자에 앉아 내 치맛자락을 붙잡은 채 '엄마가 여기 있어! 엄마가 여기 있어!'라고 노래하며 행복해했단다.

하지만 난 늘 네 곁에 있을 수는 없었어. 이따금 외출도 해야 했으니까. 넌 내가 외출하는 걸 몹시 싫어했지. 언젠가 저녁에는 내 외출을 막으려고 아직 온기가 남은 프라이팬 바닥에 네 볼을 갖다 댄 적도 있어. 넌 살짝 화상을 입었고, 난 네 심리를 이해했지. 상처를 붕대로 감아주고는 어쨌든 외출했단다. 침대에 누워서도 통증이 계속되자 넌 할머니한테 가서 할머니의 손을 꼭 잡고 잠이 들었지……

(클레르 여사의 목소리가 아직도 귓가에 선연하군요. 어

머니의 얘기를 좀 더 들려줄게요, 뮤리엘.)

　　우리 사이가 틀어질 때도 있었어. 드문 경우였지만 내가 설명 없이 네게 다짜고짜 명령을 내릴 때였지.

　　할머니와 내가 너를 경마장에 데려간 적이 있어. 너로서는 난생처음인 진귀한 구경이었지.

　　조랑말들의 경주, 그 많은 개들이며 광대들이며 코끼리들, 네로 황제와 로마의 화재 재현. 쇼가 끝나자 화려한 스펙터클에 취한 네가 집에 가지 않겠다고 떼를 썼어. 거기 그대로 앉아 다시 쇼가 시작되길 기다리겠다며. 할머니는 네게 **설명**하려 했지만, 짜증이 치민 내가 물건처럼 네 손을 덥석 잡고서 다짜고짜 끌고 와버렸지.

　　그때 삯마차에서 네가 부린 난동이란 가히 기념비적이었어. 내 블라우스의 한쪽 소매가 찢기기까지 했고 난동이 집까지 오는 내내 계속됐어. 급기야 넌 난생처음 볼기를 얻어맞았고 화가 나서 카펫 위를 데굴데굴 구르며 꺽꺽거렸어. 그때 너는 네가 동공을 떨며 꺽꺽거리면 내가 불안해한다는 것을 눈치챘고, 그 뒤로 투정이 먹히지 않을 때마다 그 방법을 썼단다.

　　급기야 난 우리 가족 주치의를 불렀고 네 발작 증세를 호소했어. 주치의가 네 아버지의 뇌막염과는 아무 관계 없다고 날 안심시켰고, 특별한 무기를 사용해도 좋다고 허가했어.

　다음번에 카펫에서 굴렀을 때, 넌 순간 숨이 멎는 차가운 물세례를 맞고 어안이 벙벙해졌지. 너의 시선이 빈 잔이 들린 내 손으로 향했어. 네 담당 하녀인 잔느가 유리병을 들고 있다가 빈 잔에 물을 채웠지. 당황스럽고 견디기 힘들었을 테지만 결정적이진 못했던지, 넌 기가 한 풀 꺾인 채로 두어 번 더 생떼거리를 부리다가 세 번째 물세례에 백기를 들었어. 물병으로 기강을 바로세울 수 있었지만, 넌 나를 결코 완전히 용서하지 않았지.

클레르의 기억 끝

*

　뮤리엘, 당신이 원했으니, 다음 얘기는 내가 직접 할게요.

　다섯 살 때였어요. 클레르 여사가 다소 서두르며 거실에서 내게 읽기 수업을 했어요. 난 클레르 여사가 서두르는 걸 좋아하지 않았죠. 클레르 여사가 책을 훑다가 알파벳 D란을 펼치며 낭독했어요. D... I... A. 내가 머뭇거리자 클레르 여사가 니스 칠한 원목 책상을 연필로 짧게 두 번 탁탁 쳤고, 그 기세에 놀란 나는 마비 상태가 되었죠. 클레르 여사가 말했어요. "자, D... I... A는 어떻게 읽지?" 내가 대답했죠. "모르겠어요, 엄마." "그럼 D... I... O는?" "디오!" "D... I... U는?" "디우!" "아주 잘했어, 그럼 이제 D... I... A는?"

귓속 깊숙한 곳에서 연필 소리가 다시 탁탁 두 번 울렸죠. 대답을 못할까 봐 겁이 더럭 나더니, 아니나 다를까 대답이 안 나왔어요. D... I... A는 내게 블랙홀이었어요.

클레르 여사가 말했죠. "디오, 디우를 읽으면서 D... I... A는 읽을 줄 몰라? 그게 말이 되니? 일부러 그러는 거지!"

어머니의 억측에 나는 사색이 되었죠. 내가 어떻게 일부러 모른 척할 수 있다는 것인지? 클레르 여사는 나를 이해하지 못했어요. 상황이 점점 고조되었죠. 클레르 여사가 내게 위협을 가했지만 허사였어요. 나는 뇌 기능이 정지된 채 절망 속으로 침잠했죠. D... I... A라는 괴물이 가공할 만한 덩치로 부풀었어요. 결국 약속 시간에 늦은 클레르 여사가 문소리를 거칠게 내며 부랴부랴 나가버렸죠.

나는 할머니에게 달려가 사정을 하소연했어요. 할머니가 간식을 주며 조곤조곤한 목소리로 물었죠. "그래서 정말 D... I... A가 어떻게 읽는 건지 몰라?" 할머니의 다정함에 치유받은 내가 대답했어요. "네, 할머니, D... I... A면 '디아' 아닌가라는 생각이 들긴 했는데…… (어떻게 설명해야 할지 몰랐어요, 아마 연필 소리 때문에 생각이 막혔어요, 라는 말이 하고 싶었을 거예요.) 아, 그러고 보니 정말 디아네요!"

그날 밤, 클레르 여사가 귀가했을 때 나는 외쳤죠. "알아냈어요! D... I... A는 디아예요!" 클레르 여사는 안도한 표정으로 나를 안아줬지만, 내가 일부러 모른 척했다는 의심은 여전히 거두지 않았죠(그로부터 45년이 흘러 임종 전날, 클레르 여사는 다시 그 이야기를 꺼냈고 난 조용히 그렇지 않다고 대답해줬어요).

클레르 여사가 말했어요. "세상엔 두 종류의 사람이 있단다. 속이는 사람과 속는 사람. 둘 중에 선택해야 한다면, 차라리 속는 사람이 되어야 한다. 그편이 더 깨끗하거든. 시간도 벌 수 있고."

내가 대답했죠. "알겠어요, 엄마. 속는 사람이 될게요."

뮤리엘이 클로드에게

3월 10일, 저녁
이제야 이해가 돼요. 당신은 클레르 여사한테는 피

에르 씨의 연장이고, 그래서 당신을 다른 여자와 나눌
수 없는 거예요.

당신 어머니가 안쓰러워요.

D... I... A 사건에서는 훗날의 몇몇 갈등이 예견되는
군요.

당신은 아무 의무도 없는 어린 왕자 같은 외동아들
이었던 거예요. 어머니의 상상에 내맡겨진 채 위태로운
어린 시절을 보냈다고 할까요. 이어서 아홉 살이 된 당신
은 학교에 갔죠. 수준 높은 수업을 받았지만, 오전 7시부
터 저녁 8시까지 진짜 스포츠나 공작 활동이라고는 일절
없는 학교였죠. 우리 영국인의 눈에 그건 거의 어린이에
대한 범죄 행위예요. 당신은 현실 감각이 결여되었고 천
성적으로 이기주의가 강해요. 하지만 당신은 당신 식대
로 어머니에게 저항했고, 앤이나 나보다 더 멀리 나갔죠.

당신은 우리 자매에게 당신의 문제를 의논했고, 당신
의 문제는 우리의 문제와 뒤섞여버렸어요. 허락도 없이
말이에요. 당신은 우리의 삶을 단순화시킨다면서 복잡
하게 만들었어요. 우리에게 시간을 허비하게 하더니 돌
연 우리를 개종시켰죠.

당신의 글을 읽자니 나도 당신에게 내 아버지에 대

해 몇 마디 하고 싶어지는군요. 들어볼래요?

　　찰스 필립 브라운은 다갈색 머리칼에 작고 다부진 체격과 부드러운 인상의 소유자였어요. 다섯 형제의 맏형으로 매우 강인하고, 차분한 성격이었죠. 부모님은 농부였어요. 찰스 필립 브라운은 독립심이 강했고 끈질겼으며 성실하고 창조적이었죠. 그의 미소는 사람을 끌었고요. 그는 배로 바다를 한 바퀴 돌며 **실제로** 세상이 둥글다는 것을 깨달았고, 다시 한번 일주하며 좁다는 것도 알게 됐어요. 하여 이곳에서 무언가를 구입하여 저곳에서 되팔면 가족을 먹여 살릴 돈벌이가 되겠다는 생각을 하기에 이르렀죠. 그는 혼자서 경험을 쌓으며 인맥을 넓혀나갔어요.

　　1876년 서른 살 때, 아버지는 당시 스물한 살이던 엄마를 만나 결혼했어요. 엄마는 시골 의사의 딸이었는데, 학교 친구들이 '아기 염소'라는 별명을 붙여주었죠. 신앙심이 깊고 외골수인 데다 헌신적이며 완고하고 나름대로 관대했거든요.

　　아버지의 사업이 번창했어요. 아버지는 런던에서 두 시간 남짓 떨어진 곳에 정원과 농장이 딸린 대저택을 구입했죠. 농장에서 이어지는 강의 한쪽 기슭과 작은 섬까지 우리 땅이었어요. 섬에는 불규칙하게 작동하는 낡은 물레방아도 있었죠.

두 분은 행복한 가정을 꾸렸어요.

금세 네 명의 아이들이 태어났죠. 나는 아버지를 닮아 머리칼이 갈색이었고 앤은 고모들 중 한 명처럼 짙은 갈색, 알렉스와 찰스, 두 남동생은 엄마를 닮아 금발이었어요. 아버지는 말의 목덜미에 나를 앉힌 채 말을 타고서 들판을 산보하곤 했어요. 우리 두 자매는 늘 붙어 다녔고, 두 남동생도 마찬가지였죠.

아버지는 말레이시아에서 황열로 돌아가셨어요.

엄마는 대저택과 정원을 세놓을 수밖에 없었고, 당신이 알고 있는 농장과 섬과 물레방아만을 거처로 유지했어요. 섬 기슭의 낡은 건축물을 시골집으로 개조했고 작년에 공사가 완공되었죠.

엄마는 아이들을 좋은 학교에 입학시켰고, 때가 되자 장남을 옥스퍼드로 떠나보냈죠.

우린 이렇게 함께 살고 있고요!

뮤리엘이 클로드에게

3월 11일

난 아름답지도, 귀엽지도, 매력적이지도 않아요. (천만에! 천만에! 천만에! 당신은 그 모든 미덕을 갖췄어요, 라고 클로드는 생각했다.) 나는 평범하고, 당신은 그것이 마음에 드는 듯해요. 당신이 왜 나를 사랑하는지 모르겠어요. 당신 어머니의 주치의가 작년에 파리에서 나를 진찰했죠. 당신 어머니가 지켜보는 앞에서. 의사는 내가 과로하긴 했지만 건강하다는 진단을 내렸어요. 그러니까 내 눈은 과도한 불굴의 독서열로 인해 내 스스로 망친 것이죠. 내 영국인 주치의도 내게 결혼하는 대로 청소년 시절의 건강을 되찾을 거라고 장담했고요. 종합하자면, 난 업무와 그 밖의 일들에 치여 있을 뿐이라는 결론이에요.

여기 당신 어머니의 편지가 또 날아왔네요. 짤막하지만 더욱 흉포한 편지가. 당신 어머니와 함께 사는 앤에게도 분명 그 여파가 미쳤을 거예요. 그 애가 떠날 수 있도록 도와야 해요.

어머니의 피가 끓어넘치고 있어요.

3월 12일

혹시 며칠 예정으로 이곳에 올 거라면 갈아입을 옷가지를 챙겨오세요. 당신과 나, 우리는 빗속을 걷는 걸 좋아하니까요. 알렉스의 사냥 조끼가 당신이 입을 수 있을 만큼 넉넉할까요?

일전에 필라에 대해 끼적거린 내 메모를 다시 읽어봤

어요. '지난 이야기'라고 생각했더군요.

아니, 천만에요! 내 숨통을 조이는 **현재진행형** 이야기예요!

어때요, 실망하지 않았나요? 당연해요. 나도 이럴 줄 몰랐으니까요. 여기 와서 내 머릿속을 훤히 밝혀줘요. 당신의 학생이 뒤처지고 있고, 당신을 따라잡길 원해요. 그 학생은 오늘은 당신한테 웃을 마음이 아닐 거예요. 땅바닥에 주저앉아 당신에겐 눈길도 주지 않은 채 혼자 괴로워하겠죠. 그러다가 당신이 손을 내밀면, **내일 아침**엔 모든 것이 순조로울 거예요. 좀 굼뜬 학생이거든요.

오늘 밤, 우범 지역 순찰을 무사히 마치길.

3월 13일

흉측하기 이를 데 없어요. 『제르미날』 말이에요. 당신이 도착하기 전에 끝내려 했는데. 당장은 그런 책은 다시 권하지 말아요. 피가 흥건한 장면들은 질색이거든요. 나를 끝도 없는 엄청난 비극 한가운데로 몰아넣은 졸라에게 감사를 표해야겠군요.

혹시 의심이 든다면, 내가 당신과 함께, 의심하고 있다는 사실을 기억해요.

서로를 아는 것, 그것이 우리의 당면 과제예요. 며칠

후면 당신이 이곳에 있겠군요.

클로드가 클레르에게

3월 15일

너무 적극적인 반대는 부작용을 낳을 수 있어요. 내가 군에 있을 때 우리의 서신을 방해했던 것이 제방이었지만, 그것이 호수를 형성했고 이어 홍수가 났죠.

우리의 건강 문제. 네, 사실이에요. 좀 더 면밀히 검사해볼게요. 약속드려요.

내가 어머니를 사랑한다는 걸 잊지 마세요. 충분히 고민하고, 섣불리 행동하지 않겠습니다.

뮤리엘의 일기

3월 23일

나흘이 지났다.

클로드는 더 이상 여기에 없다. 그의 침실에도, 거실에도, 우물가에도, 어디에도 없다. 나는 그에게 익숙해졌건만. 우리가 언제 생선을 함께 익혔던가? 우리가 언제 감기에 걸린 아기 돼지 두 마리에게 따뜻한 사료를 주고 짚단으로 침대를 만들어주며 함께 돌보았던가? 그 모든 것이 바로 어제 일 같기만 하다. 그가 나흘이라는 새로운 삶을 가져왔다가 도로 가져가버렸다.

그에게 내가 그를 조금 사랑하기 시작했노라고 말했다. 굳이 말로 할 필요는 없었다. 빤히 보였으니까. 하지만 그가 너무 의심이 많았다. 희미하긴 하다. 생각하면 순간 호흡이 멎기도 하고, 가라앉았다가 다시 떠오르고, 화가 치민다. 그의 영혼은 나와 다른 방식으로 나약하고, 그것이 때론 내게 상처가 된다.

나와 **무탈하게** 어울리면서도 선량하고 강인하고 존경할 만한 남자들은 있다. 이를테면 뛰어난 기독교도 영국인이라든가······

곤혹스럽다. 사랑받는 것 때문이 아니라 클로드라는 사람이 포함된 그 모든 변화 때문에······ 나의 게으름이 반기를 든다.

클로드한테 수업을 받을 때, 나는 정신이 너무 팽팽해진 나머지 마음이 닫혀버린다. 만일 우리가 결혼하게 된다면, 피로해지는 법 없이 그 모든 것에 대해 이야기하리라.

지금은 노력이 필요하다. 우리는 우리만의 오솔길을 재단하고 있다.

(섬의) 뮤리엘이 (런던의) 클로드에게

3월 23일

당신에게 코르누아이에 대해 얘기해주고 싶어요. 내가 정말 사랑하는 곳이죠. 그곳에 대한 내 사랑이 하도 열렬해서 엄마는 피식 웃지만, 당신도 그곳을 보게 되면 내 마음을 이해하게 될 거예요. 당신을 알기 직전까지 그곳에서 숱한 어두운 시간들에 이은 밝은 시간들을 보냈어요. 앤은 우리에게 파리에서 오직 당신 어머니와 당신, 아니면 새로 사귄 친구들 이야기만 늘어놓는 탐탁지 않은 편지들을 보내요.

벌써 3년 전이로군요. 나는 시험을 치른 직후라 기진했었죠. 크네이프 수도원에 가기 전의 당신보다 더 열악한 상태였어요. 나를 잘 아는 엄마가 야생의 상태가 보존된 후미진 그곳에 가기로 결정 내렸죠. 가면 내가 파도 앞에서 눈물을 흘릴 거라나요. 알렉스는 나의 무의식적 은신처였어요. 화강암으로 지어진 작달막한 집들이 수평선을 뒤덮었죠. 우리는 눈보라 치는 한밤중에 커다랗고 털이 수북한 검은 말에 이끌려 그곳에 도착했어요. 거기서 그렇게 황홀한 석 주를 보냈죠.

우리는 여름에 가기로 해요. 바위며 황량한 벌판이며 금작화 수풀, 그곳의 모든 것이 회색과 황금빛으로 물들어 있을 거예요. 파도가 높이 솟아오르며 절벽을 공격하는가 하면 동굴 속에서 포효하다가 물러나곤 하겠죠. 갈매기들의 울음소리 아래서 파도 꼭대기에 누우면 물보라가 우리를 때리며 뭍으로 쓸어버릴 거예요. 대양이 잠잠한 날도 있겠죠. 그러면 바다가 전혀 아름답지 않고 진녹색으로 번쩍일 거예요. 우리는 커다란 동굴로 내려갈 것이고, 거기서 무얼 할지는 그때 말해줄게요.

3월 24일

해변에서 당신한테 내가 느끼기 시작한 감정에 대해 고백한 적이 있죠. 난 그 감정이 확정적인 줄 알았어요.

불행히도 전혀 그렇지 않아요. 그 감정이 사라져버렸죠. 우리의 영혼을 잇던 긴장감이 흩어졌어요. 당신을 사랑하긴 하지만 적당한 감정이고 늘 그런 것도 아니에요. 만일 내 감정이 확고했더라면, 당신을 만나지 않고도 몇 년을 버틸 수 있었을 거예요.

삶을 방해하는 건 사랑이 아니라 사랑의 불안이에요.

그러니까 지난 석 달간 내 삶을 어지럽힌 건 당신이 아니라 바로 나예요.

자원봉사 간호사들 교육에 참가한 적이 있는데 그때 우리를 가르친 의사가 이렇게 말했죠. "자신의 감수성과 수치심과 혐오감을 호주머니 속에 꼭꼭 숨겨둘 수 없는 사람이라면 즉시 집으로 돌아가세요! 역한 일들을 기쁘게 해낼 수 없다면 간호사가 아니니까."

3월 25일

나는 모든 것을 무릅쓰고서만 당신을 사랑할 거예요. 백주에 모래바람에 부식되고, 살점이 뜯겨 연골만 남은 채로.

우리가 길을 잃었던 수풀로 피신했어요. 거대한 떡갈나무를 손으로 스치며, 처녀림의 여린 가지를 살짝 헤치니 펼쳐지는 앵초 카펫이란!

아무것도 아닌 것에 느끼는 행복은 정말 기분 좋아요. 행복해지는 유일한 방식이기까지 하죠!

설사 최종적으로 '예스'라는 답이 떨어지지 않는다 해도 우리는 친구로 남을 거예요. 나는 당신 없는 삶을 원하지 않아요.

3월 27일, 오전

당신 어머니는 나를 증오하느라 자신을 소모하고 있어요. 그분의 투쟁적 편지를 멈추게 하고 싶어요. 내가 직접 만나 뵈러 가야 할까요……? 우리 엄마는 반대예요. 나에 대해서는 아무 걱정 말아요.

당신 어머니의 불만 중 한 가지는 내가 당신을 좋아하지 않는다는 것이죠. 좋아했었는데. 당신 아버지에 대한 그분의 사랑을 좋아했죠. 난 당신 어머니와 단둘이 대화하고 싶고, 나에 대한 모든 불만이나 비난을 직접 듣고 싶어요. 그럼 그중 일부는 절로 해결될 것이고, 나머지는 실체가 분명해지겠죠.

3월 27일, 저녁

엄마와 함께 우리 가족의 오랜 주치의를 찾아뵈었어요. 내가 태어날 때부터 지켜봐왔고 종종 날 업어주기까지 하셨죠. 엄마가 당신 어머니의 주장에 불안해했거든요. 현재 내 건강 상태를 알고 싶었던 거죠. 엄마가 의사 선생님께 **우리**에 대해서도 이야기하더니 결론지었어요.

"저도 제 딸이 영국인과 결혼하는 게 더 좋아요."

"그게 뭐 중요하다고요. 두 사람이 사랑하나요? 그거면 충분하죠."

의사 선생님이 나를 진찰했어요. 그 결과 맥박이 느리고, 얼굴에 쉽게 열이 오르고(수차례 얼굴이 붉어졌죠), 피로가 누적됐다는(지난 1월부터 쌓여온 것으로 당신이 원인이죠) 진단이 내려졌어요. 종합하면 내가 **단단한 종처럼 건강**하고 그것을 의사인 자신이 보증한다는 거였죠.

앤이 책상에서 당신 어머니의 메모를 발견했다더군

요. 내용은 다음과 같아요. 〈그래요, 날 떠나요, 우리 더는 보지 맙시다. 앤 양과 나 사이에도 불구하고 **그 모든 일**에는 어쩔 수 없으니까. 하지만 우리가 서로를 외면할 수는 없는 일. 혹시 마주친다면, 인사는 나누기로 해요.〉

서로를 얼마나 좋아했던 두 사람인지요!

3월 27일, 밤

난 **요즘의** 당신 어머니가 싫어요. 우리를 갈라놓기 위해서라면 무슨 짓이든 하니까요. 나와 당신 어머니가 어떤 관계였는지 이야기해볼게요.

웨일스에서 당신 어머니는 내 건강을 염려하며 당신의 건강에 대해 한참 동안 이야기했어요. 주로 당신의 과로며 두통이며 감기 얘기였는데 거기에 내가 더는 이해할 수도 없는 파스칼의 『팡세』까지 뒤섞여 어찌나 구구절절 이어졌는지 나중에는 나도 머리가 지끈거렸죠. 하지만 당신 어머니의 진심에 깊은 감명을 받았어요. 그분은 **당신을 위해** 고군분투하는 거였거든요.

나는 당신 어머니의 사리사욕 없는 태도와 열정과 폭넓은 호기심, 그리고 젊은이들을 대하는 자애로움을 존경해요.

처음에 우리는 딱히 서로 맞는 사람들은 아니었어

요. 하지만 파리와 스위스에서 함께 지내게 되었고, 내가 병이 나자 당신 어머니가 극진하게 돌봐줬죠. 오죽하면 앤처럼 내게도 **프랑스 어머니**가 되었을까요. 당신 어머니는 날 당신의 주치의에게도 데려가고, 단골 양장점이며 친구들 집에도 데려갔어요. 나를 '내 아이'라고 부를 정도였죠. 입장이 바뀌어 당신 어머니가 아프셨을 때는 내가 돌봐드렸고요.

난 당신 어머니가 주최했던 '젊은이들을 위한 수요일' 모임에도 참석했어요. 혹시 내가 좌절해 있으면 당신 어머니가 기운을 북돋워주었죠. 우리의 우정은 가슴에 기반을 둔 것이었어요. 머리가 아니라. 나는 자애로운 당신 어머니 집에서 한 달을 보냈어요. 당신 침실의 당신 물건들 사이에서 잠을 자고, 당신 할머니의 침대 발치에서 당신 어머니와 숱한 밤을 보내며 당신 어머니를 이해하게 됐어요. 당신 어머니는 인내심을 발휘하여 내 프랑스어를 바로잡아주었고, 내가 망설이면 꾸짖어주었죠. 파리에서 보내는 마지막 주에는 그곳을 떠난다는 생각에 울적했고 그런 나를 유일하게 당신 어머니가 달래주었어요!

난 당신 어머니가 좋아요. 자신의 생각을 확신하거나 다른 사람들의 일에 끼어들 때는 제외하고요. 어린 당신을 키우며 간직해온 당신 아버지에 대한 사랑도 눈부

시고요. 당신 어머니가 당신한테 결코 사랑을 육체적으로 느껴본 적이 없다는 말을 했다고 했죠? 내게는 그것 때문에도 당신 어머니가 커 보였어요.

　나는 완두콩 나무 화단 옆 손수레에 앉아 이 편지를 쓰고 있어요.

(가장자리에 술 장식이 달린 아름답고 톡톡한 편지지에)

　3월 28일, 성금요일!
　성금요일을 느끼지도 못하고 나의 영적 성장을 위해 성주간을 이용하지도 않은 것은 이번이 처음이에요. 심지어 아침에 엄마와 함께 성당에 가서도 여느 날과 다름없이 보냈고요. 하지만 점심 식사 후에는 내 방으로 올라와 당신이 **내** 종교에 다가갈 수 있는 최선의 방법을 고민했어요.

　혹시 매일 아침저녁, 내가 무릎을 꿇고서 기도하는 모습을 보고 싶지 않나요? (그렇고말고요! 그렇고말고요! 클로드는 생각했다.)

　물론 비겁한 기도도 있어요. 하지만 고결하고 필수적인 기도도 있죠.

　왜 이번 성금요일은 다를까요? 왜 나는 흘려버린 성금요일을 후회하지 않는 걸까요?

크리스마스 이후로, 내가 보통 영성체에 들이는 것
보다 더 큰 노력을 했거든요.

당신이 그리스도에 대한 신앙심이 없다는 것을 일부
러 잊었거든요.

성금요일은 우리 주 예수의 죽음을 묵상하는 날이
에요. 그의 가르침 속에서 살고, 그의 사랑과 은혜에 감
읍하며, 한 해 전체를 위한 결심을 하고, 부활절 영성체
를 준비하는 날이죠.

어렸을 때 나는 지금 이 편지지처럼 예쁜 종이에 연
필로 장문의 결심을 적으며 지난해에 작성했던 종이와
비교해보곤 했어요. 이제 당신에게도 똑같은 방법을 적
용해보려고요.

무릎을 꿇고서, 주 예수가 돌아가신 이야기와 마지
막 말씀을 다시 읽었어요. 십계에 의거하여 나 자신을 점
검하고, 습득해야 할 덕목을 메모했고요. 겸손과 인내.
뱀장어처럼 내게서 빠져나간 내게 너무나 필요한 덕목들
이죠.

난 여전히 무릎을 꿇은 채예요. 방 안에 신의 존재가
느껴져요. 십자가에서 하신 말씀 중에 '아버지시여, 저
들을 용서하소서. 저들은 자신이 하는 짓을 모르고 있
습니다.'를 골라, 주위에 붙여놓았죠.

작년에 작성했던 메모를 읽어볼게요. 〈도덕적 싸움은 혼자 벌이는 싸움이다.〉, 〈우리의 최대 강점으로 알려진 것이 종종 최대 약점이기도 하다.〉 종이에 작은 숫자며 기호며 수정 부호 등 당신을 웃음 짓게 만들 온갖 표시들과 함께 수많은 괄호와 원과 사각형이 가득하군요.

올해 쓴 걸 낭독할게요.

〈작은 일들을 큰일처럼 하자.

클로드에게 실제의 나보다 더 나은 모습으로 나에 대해 이야기하지 말자.

나는 클로드에게 흔들리고 있다. 이것을 어떻게 신성화해야 할까?

엄마에 대한 태도: 1. 언쟁과 대립을 피하기. 2. 애정을 표현하기. 3. 엄마가 필요한 것을 미리 살펴, 엄마의 요구를 방지하기.〉

열세 살 때, 난 신께 이렇게 말했어요. "주여, 제가 여기 있나이다. 저는 당신 것입니다. 저를 받아주세요. 당신을 위해 일하겠습니다."

스스로를 신의 소유로 간주했죠. 열아홉 살에 오랜 준비를 거쳐 이 맹세를 다시 한번 했고, 성당에서 영성체를 한 뒤 신께 나를 바쳤어요. 구체적인 결과가 따른 구체적인 행동이었죠.

1년 전, 영성체를 하며 내 의식 속을 파헤쳤고 거기서 당신에 대한 누이로서의 애정을 발견했어요. 신께 기도했죠. "주여, 저는 클로드를 남동생처럼 사랑합니다. 당신은 저보다 먼저 그 사실을 알고 계셨죠. 이 사랑이 클로드에게, 또 저와 모두에게 힘이 될 수 있도록 이 사랑을 허락해주세요."

가톨릭 신자에게 영성체는 어떤 의미일까요? 우리에게 영성체는 강렬함과 숭고함의 정점이에요. 대부분은 영성체를 하는 일이 드물죠, 다들 부활절에나 하거든요. 만일 의식 속에 의혹이 남아 있다면, 머릿속이 맑아질 때까지 금식한 채 예배당에서 기도해야 해요.

난 내 결혼에 대해 생각해본 적이 한 번도 없어요.

그랬는데 크리스마스 이후로 당신에게 반복해서 안 된다, 안 된다, 안 된다, 고 말해야 하는 것이 죽음과도 같은 고통이었죠. 당신에 대한 애정이 커져갔거든요. 애써 이렇게 생각했죠. '클로드가 안타깝겠지만, 친구를 잘 사귀는 성격이니까 극복할 거야.'

네, 이것이 1년 전의 내 생각이었어요. 그런데 지금은 성금요일에 1년의 결심 대신 이런 장문의 편지를 쓰고 있다니. 이미 토요일이 다가오고 있으니 만회하기에도 너무 늦어버렸죠. 당신에 대한 내 감정은 좀 달라요, 빠르진 않지만 좀 더 깊다고 할까요.

난 그리스도를 향한 신앙심을 절대 포기하지 않을
거예요.

3월 29일

오늘 아침에 엄마가 이런 말을 했어요. "네가 왜 당
장 좋은지 싫은지 분명하게 대답하지 않는지 이해할 수
가 없구나. 만일 거절하기가 쉬울 것 같으면 당장 포기
해. 너를 위해, 우리를 위해, 그리고 평화를 위해." 엄마
는 1월에 엄마가 우리를 궁지에 몰았다는 것을 인정하지
않아요. 우리는 아직 서로를 발견하는 중이고 그런 과정
없이 '사랑'이라는 단어를 말할 수 없다고 대답했어요.

나는 지금 이 편지를 딕과 마르타의 집에서 쓰고 있
어요. 당신이 말했었죠. "딕과 마르타는 그들의 집 문턱
에 들어서는 즉시 내 마음에 연고를 발라줘요."

정원을 돌봤어요. 조수 한 명을 데리고서요. 아직 어
린애 티를 못 벗었지만 내 주위를 이리저리 뛰어다니며
능숙한 솜씨를 발휘했죠. 섬에도 조수가 한 명 있는데,
그이는 우람하고 마찬가지로 능숙하지만, 제 주위를 뛰
어다니지는 않아요. 이 아이는 장미나무 두 그루가 심긴
자기만의 작은 정원도 갖고 있어요.

정원을 일구며 우리가 겪었던 강제성 없이 우리의 자

연스러운 성장과 축복받은 무지에 대해 생각해봤어요.

우리가 회복할 수 있을까요……? 우리는 과연 회복을 원하는 걸까요?

엄마가 당신을 지금 나보다 먼저 그 자리에 이르도록 밀어붙였어요. 우리는 시간이 필요하고, 많이 만나야만 해요.

엄마가 당신 어머니께 우리 주치의 소견서를 보냈어요. 아무 말도 덧붙이지 않고 내가 건강하다는 진단서만 보냈죠.

데일 씨의 맏딸 캐롤린은 주저 없이 당신 어머니 편을 들었어요! 여기에 당신 어머니 편이 있어서 얼마나 다행인지.

내 마음은 정해졌어요. 난 당신 어머니를 존경하고 좋아해요. 당신 어머니는 절대 믿지 않겠지만.

어머니를 행복하게 해드려요. 환자잖아요. 그 사실을 잊지 말아요.

4월 2일

당신 어머니가 말씀하신 **경제적** 측면에 대해 생각해봤어요. 일전에 지나가는 말로 걱정하셨거든요.

딕과 마르타는 결혼 당시 궁핍했었죠. 두 사람은 경제적으로 빠듯한 생활 속에서 닥치는 대로 갖가지 일들을 했고, 그 속에서 딸이 태어났어요. 딸아이의 놀이 위주로 유치원을 차렸다가, 이어 아이들을 위한 학원을 세웠고, 번창했죠. 당시엔 다른 사람들이 생각하지 못했던 업종이었어요. 그렇게 학교를 번갈아 운영하며 서로의 예술이 성공할 때까지 기다릴 수 있는 여유가 생겼죠.

가르치는 일은 나의 소명이고, 난 정규직이 필요해요. 당신도 가르치는 일을 할 수 있을 거예요. 난 내 옷을 직접 지어 입고, 앤처럼 내 몫의 상속 재산을 요청할 생각이죠. 당신이 얘기했던 당신 어머니가 건드릴 수 없는 당신 몫의 상속 재산과 합친다면, 우린 맨손으로 출발하는 것과 거리가 멀어요. 당신은 글을 쓰도록 해요, 그게 당신한텐 자연스러운 일일 테니까. 만일 고정 수입을 원한다면 상사의 프랑스 관련 서류와 서신을 담당하면 될 거예요.

우린 걱정할 필요가 없어요.

4월 3일

의혹이 머리에서 떠나질 않아요. 심지어 마르타도 도움이 되지 않아요. 당신이 필요해요.

어렸을 때 살아 있는 개양귀비의 초록색 꽃받침을 찢은 적이 있어요. 그 안이 보고 싶었거든요. 분홍색과 하얀색 꽃이 접힌 채 오그라들어 있었죠. 만일 내가 좀 더 섬세했고, 꽃이 더 자라 꽃대가 늘어졌다면, 찢기는 일은 모면했을 거예요. 바로 우리 엄마가 우리를 다룬 방식이기도 하죠.

만일 내가 잘못을 저지른 뒤 양식 있는 누군가에게 충고를 구했는데, 그가 내가 잘못이 없다고 말한다면 화가 날 거예요.

친구라면 모름지기 쓴소리를 해줘야죠, 칭송이 아니라.

혹여 당신이 모든 것을 망치고 싶다면 나를 떠받들도록 해요.

돌풍 소리가 들려요. "난 자유롭고 싶어! 내 삶을 내 손으로 창조하고 싶다고! 아니, 아니, 아니야!"

나는 모든 것을 물들이고 변화시킬 새로운 빛을 기다리고 있어요.

4월 6일

우린 오직 '사랑'에 대해서만 이야기하는군요.

사랑의 최종 목적은 무엇일까요? 아이를 만드는 것.

식물세계의 자연현상에 대해선 알고 있어요. 같은 힘이 남자를 여자에게 향하게 하는 거겠죠? 그 원초적

본능이면 목적을 달성하기에 충분하고요. 당신, 당신은 이미 시도해봤잖아요!

거기엔 위대한 사랑 따위는 필요 없나요? 사랑 없이도 만사형통이에요? **정신적** 사랑은요? 그건 어떤 의미인가요?

생각들이 머릿속을 맴돌아요. 내 안에서 자라나는 사랑은 뜬구름이 아니에요. 현실에 발을 디딘 사랑이죠. 딕과 마르타처럼.

당신은 내가 삶을 **다르게** 볼 수 있도록 해주었어요…… 그런데 이제 난 모든 것을 혼자 알아나가야 해요. 하지만 내게 사랑은, 오직 당신뿐이에요. 당신이 날 사랑하는 걸 알아요. 그런 걸 안다고 표현할 수 있다면 말이에요. 우리 주변에서 우리를 두고 **사랑**이라는 단어를 꺼내고 있어요. 나한텐 아직 **단어**에 불과할 뿐인데(기분은 좋지만요. 당신도 마찬가지겠죠?). 사랑이 우리의 겨울을 초토화시켰어요.

속상해요! 딕, 마르타 부부와 헤어져야 해요. 나는 당신이 묵었던 방에 앉아 있어요. 이 집엔 가정부가 없어요. 딕과 마르타가 좀 더 둘만 있고 싶어 했거든요. 두 사람은 기동대처럼 가정을 꾸리고 있죠. 마르타가 우리의 좋은 소식을 기다려요.

4월 7일

드디어! 드디어! 당신이 당연하게도 나를 심하게 혼냈어요. 그러지 않았다면 유감이었을 거예요. 날 **매가리 없는** 사람으로 취급했죠. 고마워하지는 않을래요. 아직 충분하지 않으니까.

만일 우리가 서로를 알지 못했다면, 우리는 신에 대한 대화를 나누었을 것이고 나는 우리의 신이 닮지 않았다고 말했을 거예요. 하지만 난 우리의 신이 같다는 것을 알아요.

『제르미날』과 『니벨룽겐의 반지』를 대조해봤어요. 나중에 읽어봐요.

우선 살아보자고요. 라벨은 그 후에 붙이고.

엊저녁에 알렉스에게 우리에 대해 이야기했어요. 곧 혹스러웠죠. 알렉스가 묵묵무언으로 듣기만 하더니, 벽난로 벤치에서 일어나 내게 몸을 숙여 키스했어요. 평소의 그 애를 생각하면 놀라운 행동이었죠. 그리고 말했어요. "세 사람의 우정은 어찌 되는 건지. 난 클로드 씨가 앤 누나 때문에 여기 오는 줄 알았어. 나로선 클로드 씨가 결코 좋아지지 않았어. 질투심 때문이었던 것 같아."

만일 당신과 나, 우리가 친구일 뿐이라면, 알렉스는 당신에게 중요하지 않아요. 그러나 우리 관계가 그 이상이 된다면, 당신과 알렉스가 서로를 높이 평가하게 되리라 확신해요. 찰스는 이런 일에 아무 의견이 없어요.

4월 9일

숲 속에서 우리의 납빛 연못을 다시 찾아냈어요. 나는 이끼로 덮인 나무둥치에 앉아 개구리들이 폴짝 튀어 오르기를 기다리고 있었죠. 나처럼. 개구리들도 자기들만의 파란만장한 역사가 있을 거예요.

당신은 내 편지를 기다렸겠지만…… 억지로 쓴 편지는 기다림보다 못할 거예요.

내가 정말 **매가리가 없나요?** 지난 3년간 수시로 아프긴 했어요. **당신 어머니가 옳았던 걸까요?**

나의 좋은 점을 발견할 때 그것이 과연 내 것인지 아니면 당신의 영향인지 더는 알 수가 없어요.

당신한테, **냉정하지 않은** 말을 생각으로 건넬 때에도, 난 그것이 지속되지 않을 거라는 두려움 때문에 최대한 완화하곤 해요.

4월 15일

앤에게 여성 인체해부학 서적을 보냈어요. 앤이 아마 당신에게 질문을 던질지도 몰라요. 앤은 나보다 독서량이 많지 않아요. 그 애가 예술가의 삶에서 무얼 배우는지 모르겠어요. 내 목적은 앤이 나처럼 자연적 현상에 대한 공포와 두려움에서 벗어나는 거예요.

두 가지 중에서 선택을 하기 위해선, 두 가지 모두를 알아야 해요. 나는 선과 악 중에 선택을 할 수 없어요. 아마 선만을 알고 있을 테니까요.

앤이 클로드에게

5월 6일

당신 집에서 보낸 마지막 날, 당신 어머니가 말씀하셨어요. "만일 클로드가 뮤리엘과 결혼한다면, 난 평생토록 클로드와 뮤리엘은 물론이거니와, 그 애들의 자식들도 보지 않을 거예요."

그러고도 남을 양반이죠. 딱한 마음이 들었어요.

그날 밤, 당신과 뮤리엘 언니에 대해 생각했어요. 두 사람은 공통점이 있어요. 자신들이 선택한 일을 열심히 한다는 것. 그게 언어를 배우는 것이든, 타인을 돕는 것이든 말이에요. 둘 다 용기가 있고, 일하는 중엔 피로를 못 느끼지만 일이 끝나고 나면 체력에 타격을 입죠.

두 사람 다 내가 없는 면을 갖고 있어요. 난 그걸 나폴레옹 근성이라고 부를래요.

클로드의 일기

5월 15일

클레르 여사를 데리러 파리에 갔다. 우리는 도버로 향하는 여객선 선두의 별빛 아래서 갑판에 앉았다. 클레르 여사가 말했다.

"부다페스트의 작은 섬 생각나니?"

작은 섬이 눈앞에 떠올랐다. 나는 열여섯 살이었고, 우리는 유럽 일주 중이었다. 전날 늦게까지 집시 음악을 들은 터였다. 클레르 여사가 슬쩍 나를 나무랐는데 내용은 기억나지 않지만 아무튼 나는 꾸중이 온당하지 못하다고 생각했다. 순식간에 D... I... A, 디아와 같은 식의 실랑이가 벌어졌고, 우리는 우리가 서로 맞지 않으며 각자 따로 여행을 하는 편이 낫겠다는 결론을 내렸다. 일주권을 둘로 나누고, 가죽 벨트에서 내가 갖고 있던 나폴레옹 금화 여행 경비를 꺼냈다. 나는 미성년자이므로 경비가 덜 들 것인바 3분의 2를 건넸으나, 클레르 여사는 굳이 절반만 받았다.

　다음 날 우리는 마지막 점심 식사를 함께 했다. 그때
는 이미 둘 다 원망이 가신 뒤였고, 우리는 헤어지지 않
았다.

　열다섯 살 때 꾸었던 강렬한 꿈이 기억 속에 되살아
난다.

　내 유년 시절의 연인이었던 클레르 여사가 반벌거숭
이의 몸을 예스러운 보석으로 치장하고서 엄숙하게 내
방으로 걸어 들어왔다. 이어 매춘부 같은 동작으로 내
위에 눕더니, 무엇인지 모를 뾰족한 것으로 내 성기를 뚫
고 들어와 장갑의 손가락을 넓히듯 좁은 통로를 넓혔다.
지독하게 아팠다. 옆구리로 식은땀이 흘렀다. 클레르 여
사가 사라졌다.

　잠시 뒤, 클레르 여사가 더욱 요란한 원색의 관습적
인 장식품으로 치장하고서 다시 돌아왔다. 이어 뾰족한
것으로 나를 다시 뚫었다. 힘을 덜 주었지만 보다 깊이
찔렀고 극도로 고통스러웠다. 클레르 여사가 내 안 깊은
곳의 무언가를 찌른 듯했다. 극심한 경련과 함께 액체가
분사되며 내가 잠에서 깨어났기 때문이다.

　그 꿈을 꾸고 난 이후로 클레르 여사가 내게 더는 육

체적으로 소중하지 않았다. 관계가 단절되었다. 효심은 훼손되지 않았지만, 주체할 수 없는 독립심이 내 안에 들끓었다. 나는 클레르 여사와 정반대면서도 클레르 여사를 닮은 여자를 찾으려고 애썼다.

클레르 여사가 말했다.

"네 아버지는 네가 우선이었다. 난 오직 네 아버지 생각뿐이었는데. 네가 태어나면서 날 어찌나 서운하게 했던지 널 내게 보여주는데 쳐다보기도 싫더구나. 그래서 안 보겠다고 했더니 네 할아버지가 노발대발하셨어. 네 아버지는 재미있다는 듯 웃었지. 내가 잠이 들자 네 아버지가 다들 나가게 하고는, 너를 내 옆 베개 위에 눕혔어. 너와 내가 마주 본 채 단둘이 잠자게 해주었지. 내가 눈을 떴을 때 네가 보였단다. 아무도 없고 우리 둘뿐이었어. 난 너를 안았어. 꼭 자석 같았지. 울음이 터져 나왔단다. 바로 이거야, 생각이 들더라. 네 아버지가 내 울음소리를 듣고는, 들어왔어.

나중에 네 아버지가 죽고 나서 우리는 다시 단둘이 되었지. 너는 내 책임이었어. 난 너를 '나의 기념물'이라고 부르며 하나씩 하나씩 가르쳤단다. 너를 위해 라틴어와 그리스어를 내가 직접 배웠고, 네가 여행과 언어에 대한 열정을 충족시키고 네 방식대로 모험과 경험을 통해 스스로 성장하도록 도왔어.

너를 잃을까 봐 두렵지는 않았어. 다만 네가 자신을 혹사하는 것이 두려웠지.

때가 되면 넌 스스로 즐거운 일을 하며 돈벌이를 할 것이고 그러다가 가정도 꾸리게 될 거야.

무턱대고 가정부터 꾸리는 건 위험할 수 있어. 넌 크네이프 수도원에서 요양도 해야 했고 병원 신세도 졌어. 아직도 허약한 상태지. 넌 아마 사상가가 될 것 같아. 다른 건 할 수 없을 거야. 정규 직장은 네게 맞지 않아. 뮤리엘은 성품이 바르지만, 지난 3년 동안 손상된 눈이 치료되면 얼마 지나지 않아 또다시 눈을 손상시키길 반복하면서 절반의 시간을 안과 치료에 허비했어. 듣자 하니 아마 작가나 간호사가 될 것 같아. 지금 너희 두 사람은 불이 붙었고, 무엇보다 결혼을 강요받았어. 그렇지 않고서야 너희가 먼저 그런 생각을 했을 리 없지.

데일 씨 부부가 브라운 가족과 막역한 사이고 최근에 우리와도 가까워졌으니 그이들한테 우리 모두를 위한 조언을 구하는 것이 좋겠다고 생각했다.

이 문제에 대한 내 생각을 그이들한테 편지로 보냈더니, 우리더러 자기네 집에 머물라고 하더구나. 당장 내일 우리를 점심 식사에 초대했어."

클레르 여사는 완곡한 표현을 썼고, 그래서 더 완고

해 보였다. 나와 뮤리엘을 떼어놓으려는 의지가 느껴졌다. 말이 넘치거나 모자라지 않고 정확했다.

식사 자리는 단출했다. 나이 어린 동생들은 참석하지 않았다. 캐롤린은 클레르 여사에게 다정한 친구였다. 캐롤린이 클레르 여사에게 말했다. "우리 아버지는 타고난 심판관인 데다, 아주 인간적인 분이죠. 아버지가 해결책을 찾을 거예요."

데일 씨가 선언했다.

"우리는 혹시 모를 혼사에 대해 의논하기 위해 이 자리에 모였습니다. 제가 **찬성**하는 입장과 **반대**하는 입장 모두의 의견을 들어봤습니다. 문제가 간단하더군요. 양측 모두가 애정으로 연결돼 있으니까요. 두 젊은이는 서로를 원하지만 당장 결혼하고 싶어 하진 않아요, 그저 원할 때 자유롭게 결정하고 싶은 거죠. 아가씨의 어머니는 어느 쪽으로든 거취가 하루빨리 결정되길 바라고, 청년의 어머니는 현재 두 사람의 건강 상태로는 결혼이 불가능하다고 생각합니다.

저와 제 아내와 제 딸은 고민 끝에 양가에 다음의 제안을 드리기로 했어요. 요컨대 뮤리엘과 클로드가 양가 어머니의 의견을 존중하여 1년 동안 떨어져 지내는 겁니다. 1년 동안 만나지도 서신도 교환하지 않으면서 각자 체력 회복에 전념하는 거죠. 희생하라는 겁니다. 만일 1년이 지난 뒤에도 두 사람이 결혼하고 싶어 한다거나 우정을 이어나가길 원한다면, 그때는 뮤리엘의 어머니나 클로드의 어머니 두 분 모두 반대하지 못하는 걸로요. 똑같은 내용을 내일 브라운 여사와 뮤리엘에게도 제안할 겁니다."

클레르 여사는 완벽한 승리를 바랐지만, 1년 뒤에 일이 어찌 될지는 알 수 없는 노릇이었다.

나는 박탈감을 느꼈다. 뮤리엘과 내가 서로를 절실히 만나야 할 때 제시된 그 해결책이 비인간적이라고 생각되었다.

이윽고 데일 씨가 화제를 돌렸다. 데일 부인과 캐롤린이 클레르 여사에게 키스했고, 우리 모자는 팔짱을 낀 채 그 집을 나왔다.

다음 날, 뮤리엘과 미시즈 브라운이 데일 씨 집에서 점심 식사를 했고 똑같은 제안을 받았다. 미시즈 브라운은 1년 뒤에는 결혼할 것인지 아닌지 반드시 결정해야 한다는 조건을 제시했다. 뮤리엘의 얼굴이 심하게 달아올랐다. 데일 씨는 자신의 제안이 정당화된 것은 아니라고 설명했다. 미시즈 브라운은 뮤리엘의 건강 상태에 대한 클레르 여사의 확신을 반박했다. 캐롤린이 말했다.

"뮤리엘이 충격을 받았나 봐요, 얼굴이 안 좋아 보여

요."

미시즈 브라운이 대답했다.

"그건 우리 모두 마찬가지예요."

뮤리엘이 말했다.

"집에 가서 생각해봐요."

뮤리엘이 클로드에게

5월 18일

데일 씨 집에서 점심 식사를 한 뒤, 혹시나 하는 마음에 엄마와 함께 당신 집에 들렀어요. 아무도 없더군요. 우리더러 1년 동안 헤어져 있으라네요…… 생각도 못 했던 일이에요. 지금으로서는 머릿속이 마비된 듯 아무 생각도 나지 않아요.

우리는 사냥꾼에게 쫓기는 짐승들 같아요.

데일 씨가 말하길 당신 어머니가 진정으로 고통스러워한다더군요. 우린 아무것도 급할 것이 없는데, 당신 어머니는 그렇지 않은가 보죠?

속히 여기로 와요.

앤이 도착했어요. 우리의 이별엔 앤도 포함될 거예요.

우리에게 신의 가호가 있기를!

그들에겐 오직 세 단어뿐이에요. 사랑, 우정, 거리 두기. 이 세 상황은 끊임없이 뒤섞이고, 무어라 규정할 수 없는데 말이죠.

클로드의 일기

5월 22일

서둘러 섬으로 갔다. 따뜻한 환영을 받았다. 위험이 뮤리엘과 나를 결속시켰고, 우리의 믿음이 미시즈 브라운과 앤에게 스며들었다. 두 사람이 우리를 조심스럽게 대했다. 여유로운 휴가 분위기가 흘렀다. 우리 **삼총사**는 여전히 자유롭게 건재하다.

새끼 돼지 열두 마리는 몰라볼 정도로 투실해졌다. 나는 정원을 돌며 각 화단의 식물들을 익혔다.

뮤리엘과 앤이 퐁파두르 부인이 루이 15세를 '프랑스' 라고 지칭하던 문장을 읊었다. "프랑스! 당신 커피가 바닥나겠어!"(18세기에는 커피가 특권층만이 향유하는 귀한 음식이었고, 원두를 볶고 갈아서 내리는 과정이 몹시 복잡하고 까다로웠기에 루이 15세는 커피만큼은 직접 만들어 마셨다. 루이 15세가 커피를 불에 올려놓고 한눈을 팔았고 그 때문에 커피가 끓어 넘치려 하자, 루이 15세의 애첩이었던 퐁파두르 부인이 "프랑스, 조심해, 당신 커피가 바닥나겠어!"라고 주의를 주었다. 왕을 별칭으로 부른 데다 반말까지 쓴 이 말은 궁정 사람들에게 충격을 주었고, 널리 퍼져나가 현재까지도 여러 문학 작품이나 일상어에 인용되고 있다.—옮긴이)

자매가 내게 말했다. "봉주르, 프랑스!"

나는 이 이름이 좋았고, 두 사람도 마찬가지였다. 그들은 한 시간 동안 나를 그렇게 불렀다.

뮤리엘이 앤에게 말했다.

"생각해보니 클로드는 **프랑스**만 되는 게 아니야. 우리한테 돈키호테와 단테의 시를 읽어주었고, 그리스도 생생하게 알려줬잖아. 그뿐이야? 쇼펜하우어니 크누트 함순이니 입센이니 톨스토이에도 눈뜨게 해주었어. 클로드는 차라리 우리 영국인들에게는 영국을 제외한 유럽 대륙이야. 클로드를 **대륙**이라고 부르자."

다음 날, 자매가 내게 말했다. "봉주르, 대륙!"

하지만 음성학적으로 썩 좋게 들리지 않자 이내 포기했다. 다만 내가 너무 말이 많을 때면 뮤리엘이 이렇게 말했다. "대륙의 유능한 판매원이라면 섬의 청중이 피로할 때를 눈치채야 해요."

뮤리엘이 클로드에게

5월 25일

우리가 용기를 잃지 않는다면 이 이별은 대수롭지 않을 거예요. 우리 둘 중 하나가 죽는 경우를 생각해봐요.

우리는 이 제안을 받아들여야 해요. 앤도 그렇게 생각하고요.

난 당신 삶의 한 요소일 뿐이에요.

당신의 침실이 준비됐어요.

나는 조랑말과 함께 역으로 가서 당신이 탄 정오 열차를 기다릴 거예요.

당신한텐 어머니뿐이에요. 난 엄마도 있고, 거기에 앤과 남동생들과 섬도 있어요. 당신보다 더 불만을 가질 수 없죠.

한 해는 언제 시작하는 걸까요? 지금 당장은 왜 안 될까요? 그럼 그만큼 빨리 끝날 거 아니겠어요? 당장 다음 월요일이나 아니면 당신의 스물세 살 생일에는 안 되나요?

그토록 숱했던 우리의 내적 갈등을 뒤로한 채, 이제 우리를 후려치는 건 외부의 힘이군요.

우리 각자 일기를 쓴 다음, 그것을 서로에게 보내기로 해요.

이별

뮤리엘의 일기

1902년 5월 29일

몇 시간 전에 클로드가 떠났다.

이제 내가 할 일은 무엇일까? 1년 후에 그가 돌아올 때까지 더욱 강하고 다정하고 너그러운 최고의 여자가 되는 것이다.

5월 31일

걱정이 되어 잠에서 깨어났다. 엄마가 클로드 때문인지 내게 힘주어 키스했

클로드의 일기

1902년 5월 29일

두 시간 전까지만 해도 우린 함께 있었다. 1월 한겨울처럼 목이 메어온다. 하지만 이제는 뮤리엘도 조금은 날 사랑한다. 이전엔 기대도 못 했던 일이었으니, 지금 내게 남은 추억이나 희망과 함께 기뻐할 수도 있으련만.

얼마나 행복했던 섬에서의 사흘이었던지! 앤과 미시즈 브라운과 함께 꽃

다. 나는 나중에야 깨달았지만. 소나타를 연주하려고 해보았지만, 나를 지배하는 건 클로드와 피로뿐이다. 앤이 함께 정원에 나가자고 했지만 거절한 채, 홀로 피아노에 앉았다. 울음이 터져 나왔다. 울음이 차라리 위안이 된다. 이별이 이토록 고통스럽다니, 놀라울 따름이다. 달갑지 않다. 최선의 치료약은 런던에서 일하는 것이다. 고아원 원장에게 편지를 썼다.

미사가 끝난 뒤 예배당에 남아 클로드를 위해 영성체를 드렸다. 이것이 무슨 의미인지는 나도 모른다. 다만 **클로드를 위해** 그렇게 했다. 눈물이 흐른다. 신을 영접했을 때 젖은 입

에 둘러싸인 시간들. 길가에 도착하니 뮤리엘이 조랑말 멜키오르가 이끄는 이륜마차에 앉아 있었다. 멜키오르는 뚜벅뚜벅 걸었고, 뮤리엘은 채찍을 휘두르는 시늉을 했다.

앤과 뮤리엘이 내가 보고 싶었던 모습 그대로 피아노를 치며 노래했다. 둘 다 목소리에 평소보다 더 자신이 없어 보였다.

뮤리엘과의 마지막 밤 산책. 우리는 다시 한번 바다와 육지의 경계에 앉았다. 대체 어디서 그런 용기가 나서 그녀를 팔로 감싸 안은 것인지! 머릿속에서 이런 소리가 들렸다. '안 돼, 아직은 아니야. 서두르지 마. 거기서 더 나가면 안 돼.'

술로 이렇게 말했다. "클로드, 클로드." 신이 헤아리시고 나를 진정시켜주셨다.

클로드를 따르기 위해 나는 모든 것을 떠날 준비가 된 것일까?

그는 최고의 남자는 아니지만, 다른 남자들과 다르다.

1년 뒤에도 여전히 그가 나를 사랑한다면, 내게 그의 사랑을 느끼게 해달라고 청하리라.

그가 나를 납치하려는 해적이라면, 나는 어떠한 저항도 하지 않을 것이다.

6월 2일
이제 더는 울지 않는다. 해거름의 태양 속에 클로드가 있다. 나는 클로드

꽃들이 만발한 풀밭에서의 마지막 점심 식사. 칼로 에는 듯한 출발. 이런 것들은 나중에서야 느끼는 것이다.

6월 2일
캐롤린 데일과 무도회에 가서 함께 춤을 추었다. **그녀들**은 오지 않았다.

없는 삶에 적응하고 있다. 비할 바 없이 안정적인 삶이다. 이 삶에 익숙해질 것인가?

내가 진정되고 나니 이번엔 앤이 우울해 보인다.

6월 7일

엄마가 내가 한 달 동안 런던에서 일하는 것을 승낙했다. 사촌 자매와 함께 수도원에 다시 가보았다. 혹시 예배당의 기도석에 앉아 있는 클로드를 볼 수 있지 않을까 기대했었다. 그가 내 주위를 떠다니

6월 4일

국회의 또 다른 토론. 만일 우리나라 국회와 비교한다면, 뮤리엘과 나와의 차이쯤 될 것이다.

자정에 귀가하다가 골목길의 땅바닥에서 잠이 든 딱한 사내 둘을 보았다. 하나는 웅크리고 있었고, 다른 하나는 도랑에 널브러져 있었다.

저들을 어찌해야 할까?

6월 8일

스위스에 있을 때 어느 날, 뮤리엘이 결혼 케이크 한 조각을 건네며 말했다. "우리 이거 먹어요. 그럼 우리가 사랑하는 사람의 꿈을 꿀 수 있대요." 다음 날 아침, 뮤리엘이 웃으

는 기분이었다. 나는 명랑했고 수다스러웠지만, 이내 가벼운 두통을 일으켰다.

내가 클로드를 사랑하는 것일까? 모르겠다. 그가 필요한가? 그렇지 않다. 그렇다면 그의 곁에 있고 싶고, 그와 함께 살고 싶은가? 아니다.

노랫소리가 들려온다. "신은 그를 사랑하는 자들을 벌하신다네." 슬그머니 웃음이 나왔다. 이건 클로드 얘기잖아!

맙소사, 그가 나에 대한 사랑을 멈추기를. 나는 그것이 무슨 의미인지 모르기 때문이다.

며 말했다. "당신 꿈을 꿨어요. 하지만 무효예요. 우리가 케이크를 바꿔 먹었으니까." ……사실이었다. 그것은 뮤리엘이 유일하게 애교를 부린 순간이었다.

거울의 미로, 파리의 노트르담 대성당, 호수의 폭풍우, 열차의 추위, 섬의 안개…… 나는 믿음이 있다.

6월 9일, 런던

꿈. 뮤리엘이 내 곁에 누워 자고 있었다. 우리의 몸은 서로 닿지 않았다. 나는 그 이상 아무것도 바라지 않았다.

오늘 밤에도 그녀가 왔다. 나는 대담성을 발휘하여, 그녀의 허리에 팔을 두르려 했지만 소매에 박힌

못에 저지당하며 잠에서 깨어났다.

6월 11일

눈의 통증, 두통, 우울증. 내가 과연 자격이 있는 것일까?

데일 씨 댁에 다녀온 알렉스를 만났다. 알렉스도 우리의 이별에 동의한다.

6월 11일, 런던

클레르 여사가 아프다. 오늘 아침, 반짝 기운을 낸 것은 나를 비난하기 위해서였다. 이어 클레르 여사는 자신이 더는 이럴 이유가 없으며, 행복해야 마땅한데 외려 신경쇠약증에 걸렸다면서 흐느꼈다. 신경쇠약증은 클레르 여사가 다른 사람들한테 수없이 남용했던 단어다. 나는 클레르 여사를 「햄릿」 공연에 데려갔고, 이것이 일시적 치료 효과가 있었다.

6월 12일

일전에 미시즈 브라운이 말했다. "오, 1년 뒤엔,

6월 13일, 런던

고아원의 대강당으로

들어갔다. 원장 수녀는 밖으로 나갔다. 아이들이 함께 공놀이를 하자고 청했고, 기쁜 마음으로 함께 즐겼다. 저녁 식사 때 내가 기도를 해야 했다. 어떻게 하는 건지 잘 기억이 나지 않아 머뭇거렸다.

열두 살짜리 아이들이 어찌나 귀여운지! 이미 플로리와 세실과 글래디, 에밀, 로즈의 얼굴과 이름을 익혔다. 아이들의 이름이 크리스마스 장식처럼 내 머릿속에 걸려 있다.

내가 클로드처럼 걷고 있다는 것을 인식하지 못한 채, 아이들과 세 시간 동안 산보했다.

지하 부엌에서 열린 제빵 수업은 유익한 만큼이나 즐거웠다.

어떻게든 두 사람의 거취가 정해지겠군요!"

뮤리엘이 의심스러운 표정으로 고개를 주억거렸다.

내 사랑은 나와 함께 사는 어린애 같다. 때론 잠이 들고, 때론 배가 고프다.

우리는 영국에서 살게 될까, 아니면 프랑스에서 살게 될까?

뮤리엘은 순식간에 프랑스어를 배웠다. 내가 영어를 배운 것보다 더 빠르고 능숙하게. 독일어를 배울 때도 마찬가지일 것이다. 눈을 조심하기를!

내 숙소는 토인비 홀 옆이다! 길에서 클로드와 마주칠까 두려워하면서도 내 눈은 그를 찾아 헤매고 있다.

6월 15일, 런던

침대에 누워: 클로드, 설사 짧은 순간이었다 해도 그런 식으로 여자를 안 것은 잘못이에요. **임자**를 만날 때까지 욕망이 쌓이도록 내버려두어야 했어요. 분산되는 모든 것은 약해지는 법이죠. 만일 이 문제에 대해 당신 생각이 변함없다면(내 생각은 바뀌지 않을 거예요), 내게 구애하지 말아요.

외젠 프로망탱의 『도미니크』에서 도미니크는 마들렌이 결혼하기 전에 그녀에게 자신의 사랑을 보여줘야 했어요. 당신도 당신의 사랑을 내게 **보여주지** 않았죠.

내가 아는 건 **진짜 당신**의 고삐를 쥐고 있는 **통제된 당신**일 뿐이에요. 내가 당신을 사랑하는지 아닌지 어떻게 알 수 있을까요?

만일 내 안에 사랑이 있다면, 거의 보이지 않고 커지지도 않는 별과 같을 거예요.

오늘, 예배당에서 젊은 목자가 감동적인 설교를 했다. 기도의 힘을 믿고 그리스도를 믿는 남자, 가난한 사람들을 위하는 자신의 일에 나를 협력자로 삼는 남자를 남편으로 맞아

들이는 충만감이란 대단하
리라. 나는 내 주위를 떠다
니는 클로드를 차갑게 노
려보며 말했다. "난 당신을
사랑할 수 없어요." 그러다
가도 이내 미소를 지어 보
인다. 나는 클로드를 사랑
한다. 나의 가장 가까운 친
구, 나의 남동생. 그는 젊으
니까 발전하리라. 난 그의
가치관이 아니라 인간 됨됨
이를 믿는다.

　　설교가 끝난 뒤에는 찬
송가를 불렀다. 신부님이
설교단에서 우리를 굽어보
았다. 나는 외투를 걸치고,
아무것도 아니지만 내 목
을 포근하게 감싸 한없이
나를 즐겁게 해주는 스카
프를 둘렀다. 신부님이 다
시 한번 우리를 굽어보았
다. 순간 나는 계속해서 찬

송하면서, 스카프를 젖혀 목과 예쁜 비단 블라우스를 드러냈다. 또한, 순간 클로드를 떠올렸다. "본능적인 거예요, 나쁜 게 아니에요." 당신은 이렇게 말하겠지요, 클로드. 아니, 그렇게 말하면 틀릴 거예요. 왜냐하면 나는, 적어도 나는, 그게 나쁘고, 나쁘고, 또 나쁘다는 걸 알기 때문이에요.

내일 내가 일 때문에 잠시 토인비 홀에 들르게 돼요. 어쩌다 보니 그렇게 됐고, 나로서도 어쩔 수 없었어요. 여기저기 두리번거리며 당신을 찾는 버릇을 자제해야겠죠? 당신은 아이들 사이에서 나를 찾으며 내 버릇을 이어받는 기쁨을 누리길 바랄게요.

6월 16일, 런던

젊은이들로 가득 찬 당신의 사무실 안마당을 가로질렀어요. 다행히 당신은 거기 없었죠.

난 당신과 평범한 우정을 다시 이어나갈 수 없을 것 같아요.

당신은 내가 당신을 사랑하도록 강요할 수 있었는데, 절대 그러지 않았어요. 이젠 너무 늦었고, 우리의 차이가 우리 둘을 위해 다행이라는 생각이 들어요.

6월 20일, 런던

그의 구역에서 내 시선은 계속해서 그를 찾아 헤맨다. 그를 만나면 이렇게 말해줄 것이다. "당신은 나한테 맞는 남편감이 아니에요."

사실 클로드가 내게 정말로 구애한 적은 없다. 아니면 혹시 노트르담 대성당의 탑 위에서? 하지만 그것도 구애라고 할 수 있을까? 그는 내가 그를 사랑할 수밖에 없도록 조치를 취한 것뿐이다. 그게 전부다.

'잘 자요, 클로드! 난 당신을 사랑하지 않아요.'

사실일까? 그러길 바란다.

이 빈민가 신부님들의 얼굴은 어찌나 멋지고 좋은지! 어제 그 신부님들 중 한 분이 우리를 만나러 왔고, 고아들 한 명 한 명과 이야기를 나누었다. 나는 여러 가정의 집을 방문하기도 했다. 거기서 얼마나 많은 소박하고 순수한 영웅들을 만났던지! 또한 거의 괴물과 다름없는 사람들을 만나기도 했다.

6월 21일, 런던

길을 잃고 헤맸다. 클로드, 나의 친구여, 오늘 너는 대체 무슨 일로 나를 이토록 번뇌하게 하는 것인지? 내가 과연 너를 사랑하게 될까? 천만에!

로열 아카데미에서 전시회가 있었다. 검은 옷을 입은 호리호리한 여인들을 볼 때마다 속으로 외쳤다. 클레르 여사! 키가 훌쩍 큰 청년들을 볼 때마다 속으로 외쳤다. 클로드! 충분히 그들이 올 수도 있었다. 그림들이 내 시야를 가렸다. 이렇게 소리치고 싶었다. "클로드, 대체 어디 있어?

6월 21일, 런던

클레르 여사와 함께 연극 「트릴비」를 보러 갔다. 배우들의 연기가 훌륭했다. 트릴비는 너였어, 뮤리엘, 리틀 빌리는 나였고! 우리를 갈라놓은 클레르 여사가 말했다. "불쌍한 트릴비! 불쌍한 리틀 빌리!" ……우리가 만일 우리 마음대로 서로의 곁에서 살 수 있었다면, 확신이 들었을 때 비로소 아이를 갖지 않았을까?

앤 또한 진주다.

어느 구석에 숨었어?"

「구빈법」을 읽는 데 몰두했다. 진이 빠진다. 내일 하루 동안 휴가가 주어졌다. 클로드를 위한 하루. 왜냐하면 오늘 나는 거의 그를 사랑했기 때문이다.

다른 고아원으로 발령받았다. 이제 클로드로부터 일직선으로 300미터 거리에 있게 된다.

6월 24일

교도소 방문. 클로드의 거리에서 있지도 않은 상점들을 찾으며 지체했다. 그와 이별한 뒤 처음으로 그의 꿈을 꾸었다. 이것에 대해 써야 할까? 클로드도 자신이 꾼 꿈에 대해 쓰겠다고 하지 않았는가.

꿈. 우리의 이마가 거

의 맞닿아 있었다. 우리는
서글펐고, 말이 없었다. 엄
마가 그곳 어딘가에 있었
다. 나는 새카만 꽃의 배젖
을 손에 쥐었다가 둘로 쪼
개어 씨들을 손바닥에 대
고 눌렀다. 내가 손을 내
밀어 보여주자, 클로드가
내 손을 잡아 가까이 들여
다보며 말했다. "이것들이
무슨 의미죠?" 그가 말하
는 '이것들'은 '손금'이었다.
그는 씨가 아니라 내 손금
을 보았으니까. 그는 내 손
을 잡는 것을 좋아했다. 엄
마의 존재가 느껴졌고, 우
리의 이별 선언도 상기되
었다. 우리는 함께 있어서
는 안 되었다. 우리의 입술
이 서로를 향해 달싹거렸
다. 나는 잠에서 깨어났고
일순 모든 것이 사라져버렸

다. 이제껏 내 남동생과 그 정도의 입술 키스를 해본 적이 없었고, 다른 어떤 남자와도 마찬가지다. 그것은 기쁨이 배제된 숙명 같은 것이었다.

나는 결혼하지 않을 것이다. 이곳에서 일하리라.

6월 25일

신문 판매상 아주머니가 왕의 대관식 때 되팔기 위해 5실링짜리 훈장을 매입함으로써 경제적 위기를 맞았다. 왕이 병을 앓는 바람에 훈장 판매가 중단되었기 때문이다.

아주머니가 우리 고아원의 무료급식소에 와서 말했다. "난 날 곤경에 빠뜨리는 신을 사랑한다우. 설사 못 먹고 굶주린다 해도 신을 생각하면 마음이 즐거워지거든."

클로드의 방에서 30미터 거리에 있는 발리올 하우스에 바로 면해 있는 방에서 차를 마셨다. 일전에 클로드가 자기 방을 보여 준 적이 있다.

경마에서 돈을 잃는 바람에 파경에 이른 가족을 보았다. 경마가 가난한 사람들에게 해가 될 줄은 몰랐다. 복권 판매가 영국에서 금지되었으면 좋겠다.

6월 26일
길에서 클로드를 만나기를 꿈꾼다. 짧고 강렬하게, 스치듯.

6월 29일, 섬
그가 떠난 지 한 달이

6월 28일
열두 달 중 한 달이 흘렀다. 대영 박물관의 이동

되었다. 이곳은 최악이다. 끝나지 않는 의문이 다시 시작되었다. '나는 그를 사랑하는 것일까?' 엄격한 목소리가 나를 꾸짖는다. '그는 네 남편감도 이상형도 아니야. 다른 남자들에게 눈을 돌려!'

하지만 끈질기게 느껴지는 그의 존재감, 이것엔 무언가 의미가 있다! 게다가 내 눈물은 허상이 아닌 실제가 아닌가!

엄마나 앤에게는 결코 클로드에 대해 이야기하지 않았다.

내 직업은 독신이어야 가능하다. 왜 난 일에 모든 걸 바치지 않는 것일까? 왜 클로드에게 경고하지 않은 것일까?

비가 그쳤다. 대문으로 식 게시판 틈 사이로 뮤리엘의 얼굴을 본 것 같다. 빈민을 위한 연회에서 또 웨이터 노릇을 하기로 했지만 이번엔 그녀가 없다.

나가서 중얼거렸다. '클로드, 네가 날 나다울 수 있도록 도왔어. 너 한 사람에게 헌신하는 일, 영원히, 지금 당장. 난 그럴 수 없어. 하지만 네가 돌아와서 사랑으로 날 감싼다면, 기회가 있을 거야.'

7월 3일, 섬

앤이 걱정된다. 생각이 다른 데 가 있다. 무기력한 데다 팔까지 삐었다. 앤에게 물었다. "엄마가 내 걱정을 하시니?" "응, 언니가 클로드를 포기할지 의문이라고."

7월 4일, 섬

세 시간 내내 풀을 베어 말리는 작업을 했다! 갈퀴질에 맞추어 노래를 불렀

7월 2일, 런던

친구 녀석 하나한테서 뮤리엘이 내 사무실 옆의 고아원에서 지낸다는 얘기를 들었다. 그녀와 우연히 마주칠 수도 있다. 그 경우 어찌해야 할까?

달려가 그녀의 손을 잡고서 잠시 이야기를 나눌 것이다. 그것은 계획에 없던 운명의 선물이 되리라.

(이 부분에서 클로드의 수첩 여러 장에 파란 색연필

다. "클로드, 가슴이 뛰고 숨이 막혀와…… 어서 와서 건초 작업 좀 도와줘!"

저절로 말이 나왔다. 때로는 생각과 다른 말들이 튀어나온다. 이를테면 이런 것들. "얼마나 널 사랑하는지! 어서 나를 데려가줘!"

7월 5일, 섬

저녁 식사 시간. 엄마가 내 양보다 더 많이 먹기를 강요할 때가 있고, 나는 그냥 따른다. 수치스럽기 이를 데 없다!

크리스마스 이후 처음으로 엊저녁에 이어 오늘 아침, 감정이 폭발했다. 신께서 나를 클로드의 아내로 정하셨기를!

로 엑스 자들이 그려져 있고 '반복'이라고 쓰여 있다.)

7월 15일, 런던

다시 런던이다. 마침내 클로드가 파리로 돌아갔다. 좀 더 자유로워진 기분이다. 간밤에 꿈을 꾸었는데, 잠에서 한 번 깨어났던 것만 기억난다. 신이 보낸 이전의 꿈들과는 다른 느낌이다.

방에서 조용히 옷을 입었다. 앤도 함께였다. 아련한 클로드가 침대에서 내 뒤에 앉아 있었다. 그가 손끝으로 벌거벗은 내 옆구리를 스치더니 꿀에라도 담근 듯 핥았다. 저속하고 비도덕적이었다. "그만해요!" 내가 외쳤지만 그는 멈추지 않았다. "허용하지 않겠어요!" 내가 소리치며 분노의 눈초리로 노려보았다. 그가 사라졌다.

하잘것없는 퇴폐적인
꿈.

이제 클로드가 멀어졌
다. 안도감이 든다. 우리는
가치관이 다르다. 열 달 후
에 나는 결정을 내릴 수 있
을까? 그가 내가 꼭 필요하
지 않다는 것을 깨닫게 될
수도 있다.

7월 20일, 런던

오늘 밤은 내가 처음으
로 책임교사가 되었다. 이
고아원에서 유일한 성인인
것이다.

이제 더는 '클로드에게
보낼 이 일기'를 쓰지 않겠
다. 그는 아무 변화가 없다.
만일 내가 일기를 쓴다면,
오직 나만을 위한 것이다.
나는 절대 결혼하지 않을
것이다.

클로드를 위한
뮤리엘의 일기
끝

자신을 위한 뮤리엘의 일기

7월 26일, 런던

'실제 감정과 꾸민 감정'
에 대한 해리엇 마티노의
연구서를 읽었다.

내가 연극을 하고 있는
것일까? 나는 결단코 **나를
위해** 클로드와 결혼하고 싶
어 하지 않았다. 내가 결혼
하고 싶어 한다면 오직 **그
를 위해서**다.

만일 그가 다른 여자
를 사랑한다면 모든 것이
제자리를 찾을 것이다.

아이들과 종종 문제를

7월 28일, 파리

꿈. 나는 커튼이 쳐진
창문을 지켜보고 있었다.
창문이 열렸다. 내게 잔잔
한 미소를 짓는 앤이 보였
고, 뮤리엘은 없었다. 앤이
뮤리엘을 불렀다. 소리가
들리지 않아 앤의 입술의
움직임으로 짐작할 수 있
었다. 뮤리엘이 나타났다.
약속 시간에 늦은 사람처
럼 양손을 흔들며 달려왔
다. 그게 전부다.

겪는다. 로지가 수업에 일부러 늦게 오고 있다. 로지 때문에 다른 아이들끼리만 예배당에 보내고 나는 뒤늦게 로지를 데리고 합류했다. 로지는 찬송도 부르려 하지 않는다. 치미는 분노를 영성체를 드리며 가라앉혔다.

8월 2일, 런던

어제로 클로드와 그의 어머니를 만난 지 3년이 되었다. 클로드의 존재가 약화되었다. 그를 꼭 다시 만나고 싶지는 않다. 하지만 나는 그가 내 생각을 이끌었던 방식으로 살아갈 것이다.

수평선 끝에 한 점이 남아 있다. 내가 결국 승낙을 해야 한다는 생각과 맞

8월 1일, 파리

타인을 향한 자신의 감정이 금지되도록 내버려두는 것은 의지박약이 아닐까?

닿는 지점이. 그 점이 멀어지고 있다.

부엌에서 말괄량이 여자아이들과 함께 양고기를 썰었다. 왜 클로드에 대한 내 감정은 이 고기처럼 깔끔하게 나뉘지 않는 것일까?

이 소녀들을 창조하신 신께 영광을! 다들 얼마나 열정으로 끓어넘치는지! 거기에 대해 책을 쓸 수도 있을 것이다.

8월 17일, 섬

클로드에게서 놓여나 일주일간 섬에 와 있다. 그는 **더 이상 여기에 없다**. 앤은 내가 클로드에 대해 이야기하면 회피한다. 내 결정에 영향을 끼칠까 두려

8월 15일, 오스트리아 티롤

클레르 여사와 알프스 산맥 인스부르크 근처 산의 산장에 묵고 있다. 내가 만일 뮤리엘과 결혼한다면 어머니와 마지막으로 함께 보내는 여름이 되리라. 어머니를 즐겁게 해주기 위해

운 것일까? 더는 날 사랑하지 않는 걸까? 제발 아니기를!

8월 22일, 섬

내 생각처럼 모든 게 해결된 것이 아니었다. 아무렴, 아무렴, 클로드가 섬까지 따라왔다. 하지만 훨씬 얌전하게. 글쎄 내가 정원에서 '**나를 잊지 말아요**'(물망초—옮긴이)를 심으며 이런 생각을 하는 것이 아닌가. '이건 클로드를 위한 거야. 내년 5월이면 꽃을 활짝 피우겠구나!'

하지만 나는 1년간의 이 휴식이 좋다.

노력 중이다.

산장 주인의 두 딸은 대학생이다. 그들이 내게 펜싱을 가르치며, 보호복과 투구로 가리지 않은 유일한 부위인 내 왼쪽 어깨를 가격했다. 나는 그들의 어머니가 솜을 넣어 만든 권투장갑을 끼고서 그들에게 권투를 가르치며, 훅을 날렸다.

새벽과 해거름이면 두 여학생이 나를 사슴사냥에 데려갔다. 산 위에 그들의 사냥용 은신처가 있었다. 이곳의 경사진 마룻바닥에서 옷을 입은 채 잠이 드는가 하면, 물이 없어 맥주로 손을 씻기도 했다. 알렉스가 들으면 재미있어할 텐데.

두 자매 중 하나는 열

여덟 살이었고 매우 짙게 그늘진 눈매가 매력적인 아름다운 아가씨였다. 그녀는 약혼했다가 파혼한 터라, 다들 그녀를 염려했다.

어느 날 저녁, 나는 엔지니어 한 명과 함께 인스부르크에 갔다. 그가 나를 퉁퉁한 여인네들이 능숙하게 요들송을 부르는 엄청나게 큰 술집에 데려갔다. 술집을 나오며 나는 별들에게 인사를 건넸다.

혼자 산장으로 올라가기 위해 어둡고 빽빽한 잡목림을 통과하며 무려 두 시간을 걸어야 했다. 여기저기 구멍이 숭숭 뚫린 좁고 경사진 오솔길을 막 오르려 할 때였다. 유연하고 불길한 웬 그림자가 나보다 앞서 오솔길 속으로 스며들었다. 나는 우뚝 걸음을 멈추고는 고민하다가 애써 용기를 내어 오솔길에 발을 들였다. 달빛이 거의 비치지 않았다. 나는 권총에 손을 가져갔다. 혹시 아까 피웠던 티롤 파이프 기운 때문인가? 식은땀이 흘렀다. 혹여 아까 그 불길한 그림자나 오솔길을 내려오는 누군가와 맞닥뜨리지나 않을까 두려웠다. 결국 아무 일도 일어나지 않았고, 두려움도 잦아들었다. 나의 누이들이여, 당신들이라면 조금도 겁내지 않았을 거예요.

8월 25일

날이 밝기 전, 일찌감치 사냥용 은신처로 향했다. 산의 좀 더 높은 곳에 다른 사내 세 명이 일정 간

8월 27일

꿈. 그가 들어왔다. 나는 누이처럼 그의 손을 잡

고 싶었지만 오해를 불러일으킬까 두려워 단념했다. 또한 남동생을 대하듯 키스하고 싶었지만 같은 이유로 단념했다. 내가 침대에서 뒤척였고, 엄마가 엄마 방에서 외쳤다. "무슨 일이니?" 나는 잠에서 깨어났고, 클로드에 대해 말하기 위해 미끼를 던지며 엄마에게 대답했다. "내일이면 1년의 4분의 1이 지나는 거예요." 엄마는 미끼를 물지 않았다.

8월 30일, 섬

클로드가 이곳에 다시 스며들었다. 그는 중립적이고 나도 고통스럽지 않다.

만일 내가 무언가를 한다면 그에게 웃음을 지어 보이는 일이리라.

격으로 매복해 있었다. 아직 어스레했다. 사슴이 나타나지 않았다. 동이 터오며, 첫 햇살의 신선한 기운이 뻗쳐왔다. 시시각각 풍경이 변해가는 속에서 나는 조용히 기다렸다. 느린 구름의 소용돌이가 주홍빛 햇살로 곱게 물들었다.

나는 극도로 긴장한 채 흥분 상태였다.

수평선 끝의 표면이 붕 떠오르는가 싶더니 뮤리엘, 네 머리칼 같은 첫 황금빛 화살을 날리더군.

나는 누구의 것인지 모를 명령에 복종하며 총을 내려놓고는, 네가 포함된 그 절대적 아름다움에 나를 **맡겼어**, 뮤리엘. 네가 이 말뜻을 이해할는지 모르겠군(클로드는 2년이 지난 후에 데일 씨한테 전해 듣기로는 그는 클레르 여사와 함께 오스트리아에 있다고 한다.

『부활』을 읽었다.

클로드, 나를 잊은 거야? 그러길 바라.

야 뮤리엘의 고백을 읽으며 그녀도 높이 솟은 보리밭에 누워 푸른 하늘을 마주한 채 그와 유사한 체험을 했음을 알게 된다).

100발자국 남짓 떨어진 곳의 공터에 암사슴 한 마리가 모습을 드러냈다. 나는 망원경을 통해 사슴을 지켜보았다. 무언가를 찾고 있는 듯했다.

내 총은 총알이 둥글어서 이 거리에서는 정확한 조준 사격이 불가능했다.

산 위쪽에 있던 동료들이 길을 에둘러 사슴을 몰아주면서 쏘라고 외쳤다. 적당한 크기의 짐승은 무조건 쏘아야 한다면서.

나는 암사슴을 겨냥한 뒤 방아쇠를 당겼다. 사슴

이 폴짝 뛰어올랐다. 다시 한 발. 총알을 맞지 않은 사슴이 잡목림 속으로 후다닥 뛰어 달아났다.

나는 순간 실망했지만, 이내 사슴의 운명에 반색했다.

9월 1일

마침내 나의 정신적 지주인 니체와 니체 전문가인 쥘 드 고티에의 글을 읽기 시작했고, 책에 빠져 다른 일들에는 소홀해졌다. 니체는 내가 그토록 찾던 것들에 대해 이야기하고 있다. 나의 누이들에게 그의 말을 들려주고 싶다. 여기에 인용해본다.

9월 7일, 섬

클로드의 사진이나 글씨를 보고 싶다는 강렬한 충동이 솟구친다. 위험하다! 자제하겠다.

클로드가 좋아하는 테니스를 쳤다. 두 세트가 끝나자 시야가 흐려졌다. 집

〈세상은 우리가 주는 것 외에는 다른 관심이 없

으로 돌아와 침대에 누워야 했다. 나도 활동적이고, 명랑하고, 지치지 않으면 좋으련만! 다시 규칙적으로 낮잠을 자야 할까? 정원 일을 줄여야 할까?

우울증이 다시 도졌다. 내가 '싫다'는 말을 입에 달고 지낸 듯하다.

오늘 아침, 비판을 극도로 자제하는 앤과 엄마가 따로따로 내게 말했다. "요새 왜 그렇게 뜨악해?"

나는 엄마의 침대로 파고들며 엄마의 손을 잡았다. 내 눈이 젖어 있었다. 나는 잠이 들었다.

클로드가 내 머리와 마음속을 거닐고 있다. 설사 그가 나를 다시 만나지 않는다 해도 나는 그를 영원히 사랑할 것이다. 다른 누

는 무심한 물질이다.〉

〈여전히 보상받고 싶은가, 오 고결한 자여! ……급료도 없고, 회계도 없는 것을……〉

〈인간은 목적이 아니라 다리, 즉 매개체다. 늙은 신은 죽었다.〉

〈삶은 늘 스스로를 넘어서려는 것이다.〉

〈가장 큰 악은 가장 큰 초인적인 선을 위해 필수불가결하다.〉

나의 누이들이여, 이 모든 것이 얼마나 내 가슴에 깊이 와 박혔는지 상상이 가나요? 나는 읽고 생각

구도 아닌 그를.

빌리 사촌 오빠가 며칠 간 이곳에서 지낸다. 오빠는 쉰다섯 살이다. 어렸을 때 나는 오빠를 무척 따랐고, 오빠는 나를 어깨에 태웠다. 오빠는 충직하고 행복한 남편의 광채로 빛나는 사람이다.

9월 26일, 섬

내가 독일어를 공부한다는 것을 우연히 알게 된 알렉스가 내 눈을 걱정하며 쓴소리를 했다.

섬은 파도 소리로 둘러싸여 있다. 나는 오후 내내 혼자 바닷가에 있었고 행복했다. 이제 더는 '엄마는 날 싫어해'라고 되뇌지 않고, '엄마는 날 사랑해'라고 되뇐다. 나는 편안해졌다.

하는 것 외에 더는 아무것도 하지 않아요. 두통이 다시 시작됐지만 이 정도는 가벼운 대가예요.

조금 더 들어봐요.

〈도덕은 타고난 습성에 특별히 유용한 태도다.〉

〈물자체(物自體)〉(칸트 철학의 기본개념으로 인간의 인식 밖에 존재하며, 지각과 사유를 통한 인식과는 별개로 그 자체로 존재하는 객관적 실체—옮긴이)는 혹여 존재한다 해도 그 자체로 인식되지 않는다.

따라서 우리는 물자체가 존재하는지 아닌지 알 수 없다.〉

나는 이 사상들에 흠

다시 나를 극복한 것이다.

뻑 취했어요. 다음의 마지막 문구들에 내 삶을 맡길 겁니다.

〈행복이 아닌 발전을 갈망하라.〉

〈자기 자신에 대한 잔인함, 그것은 가장 큰 미덕이다.〉

우리에게 얼마나 많은 해결의 열쇠가 되는지!

나는 자라투스트라와 함께 살고 있어요. 나중에 얘기하죠. 그가 나를 **수도사**로 만들었거든요.

모든 게 확실해지면 뮤리엘에게 즉시 이 일기를 보낼 겁니다.

뮤리엘도 안도하며 기뻐할 것이고, 우리 삼총사

도 예전으로 돌아갈 수 있겠죠. 나는 곧장 런던으로 돌아가지 않고 독일로 갈 거예요.

1월엔 뮤리엘과 당장이라도 아이를 갖고 싶었죠. 지금은 차분한 마음으로 그때를 되돌아봅니다. 내가 회복된 거죠.

나는 다른 여자는 생각하지 않아요. 파리에서 우선 앤과 재회할 거예요.

10월 3일, 파리

오늘 밤, 우리의 이야기를 세세하게 되짚어보았다. 언젠가 이것을 책으로 쓸 작정이다. 뮤리엘도 우리가 겪은 어려움이 다른 사람들에게 도움이 될 거라고 말했다(이 책은 53년 뒤에 제작된다).

10월 4일, 섬

나는 집에서 규칙적인 새 삶을 시작했다. 그 삶이 클로드라는 불씨를 꺼뜨리지는 않을 것이다. 그가 더 이상 나를 사랑하지 않을 거라는 생각도 더는 허용하지 않는다. 그럼에도 나는 클로드가 배제된 섬에서의 이 삶이 좋다.

머리카락이 빠지고 있다! 엄마가 말했다. "천만에, 걱정할 정도는 아니야! 곧 다시 자라날 거고!" 이어 엄마가 화제를 돌렸다.

나만 생각하면 머리칼 쯤이야 빠지든 말든 상관없지만, 클로드를 생각하면 그렇지 않다. 나는 가능한 한 완벽한 상태로 그에게 가고 싶다. 하키도 다시 하고 싶고, 감기에도 걸리지 않고, 건강하게. 5월 말이나 6월 초면 그가 이곳에 온다.

10월 5일, 섬

안과에 혼자 가고 싶었지만 엄마가 굳이 동행하고 싶어 했다. 그래서 고약하게 굴었다. 드러내지 않고 묻어둔 분노와 익숙한 그 뒤의 여파.

나는 완전체인 클로드를 원한다. 그게 아니라면 싫다.

만일 거부당한다면 그것은 죽음이리라.

10월 8일, 섬

나는 클로드를 사랑한다. 잠도 이룰 수 없다. 그가 내 방 창문 앞에 서 있었다. 나는 문을 열고 달려가 그를 부둥켜안은 뒤, 거실로 데려와 재웠다. 그를 소파에 누이고 이불로 감싸주었다. 꿈이 어찌나 생생하던지 아침이 되자 그를 보기 위해 거실로 달려가고 싶을 지경이었다.

앤과 엄마에게 얘기하고 싶어서 애가 탄다. 하지

만 안 된다. **그래선 안 된
다.** 만일 클로드가 더 이상
날 사랑하지 않는다면?

10월 12일, 섬

혼란스러운 꿈. 엄마와
앤과 클로드와 내가 간간이
상대를 바꾸어가며 짝을 지
어, 숲 속을 거닐고 있었다.
엄마와 앤이 내가 클로드를
사랑하는 것을 눈치채게 해
서는 안 되었지만, 클로드는
마치 두 사람에게 그 사실을
알리고 싶은 듯 행동했다.

만일 클로드가 지금의
내 상태를 안다면, 로엔그
린(바그너의 오페라 「로엔그
린」의 동명 주인공—옮긴이)
처럼 급히 달려올 것이다.

나는 그와 볼을 맞댄 채
잠이 든다. 다른 남자와 이
럴 수 있을까? 도저히 그럴

10월 13일, 파리

혹여 내가 결혼한다면,
아주 늦게 하게 될 것이고,
상대는 건강하고 소박하며
선량하고 말수가 적은 여성
일 것이다.

수 없음에 실소가 나온다.

마음에 평화가 깃들었
다. 엄마와 이 행복한 섬 생
활에 대해, 신께 감사드린
다. 반년은 금세 지나가리
라. 여자에 대한 그의 생각
이 성숙하기를. 그의 순수
함을 위해 기도드린다.

두 가지 삶을 모두 영
유할 수 있다면 좋겠다. 클
로드와 결혼하여 이곳에서
멀리 떨어져 사는 삶, 그리
고 이곳에서 엄마와 함께
사는 삶.

데일 씨 아들이 알렉스
에게 편지를 보냈다. 파리
에서 클로드와 그의 어머
니를 만났고 그들이 잘 지
낸다고 알려왔다.

이곳 아이들 중 약간
사시인 프레디가 우화를 준
비하지 못했다. 사연은 이

러했다. "토요일 저녁에 우리 아빠 소가 도망쳤어요. 그 바람에 울타리 말뚝이 네 개나 부서졌고요."

"그러니까 아빠 소가 기록을 경신할 때마다 선생님이 우화를 듣지 못하는 일이 없도록 토요일 전에 준비해놓으렴." 내가 말했더니, 프레디가 멋쩍게 웃었다.

10월 27일, 섬

돌발 사건. 클로드가 전보처럼 간략하게 기술한 편지를 보냈다. 내용은 이러하다.

1. 그와 가장 막역했던 친구가 죽었다. 나는 그 친구가 쓴 시도 외우는데.

2. 루즈 오케스트라 홀에서 클로드와 앤이 만났다.

3. 그의 어머니에게 그

의 일기를 앤에게 보내도
좋다는 동의를 얻었다. 앤
이 일기를 읽고 내게 발송
할 것이다.

　꿈보다 더 꿈같은 일들
이다……

10월 28일, 섬

　역시 짤막한, 클로드의
두 번째 편지. 1년이 지났
고, 그의 일기가 모든 것을
말해주리라는 내용이다.

　클로드가 더 이상 날
사랑하지 않는다! 맙소사,
주여, 제게 힘을 주소서!
그는 1년의 시간이 더 필요
하고, 나를 더 이상 사랑하
지 않는다는 것을 깨달은
이상 내게 사실을 말해야
할 의무를 느꼈다. 나는 내
사랑을 인정하기 시작했는
데, 그는 더 이상 날 사랑

10월 29일, 파리

　루즈 오케스트라 홀에
서 앤을 발견했다. 나는 클
레르 여사와 함께였다. 급
히 메모를 휘갈겨 앤에게
전달시켰다.

　나는 클레르 여사에게
선언했다.

　"뮤리엘과 결혼하지 않
기로 결정했어요. 내가 하
고 싶은 것을 하기 위해서
는 혼자가 되어야 하거든
요. 뮤리엘에게도 편지를
쓸 거예요. 우리는 다시 누

하지 않는다. 벌써 몇 번이나 이 문장을 되뇌었는지.

친구의 비보를 접한 클로드가 마냥 안쓰러웠고, 어리석게도 그가 나를 필요로 하리라는 생각에 달려가 위로하고 싶었는데.

이제 내겐 기도만이 남았다.

엄마한테 우리 둘 사이가 끝났고, 잘된 거라고 말하리라.

왜 나는 신께 감사드리지 않는 걸까? 클로드의 사랑을 멈춰달라고 호소하지 않았던가? 신이 나의 기도를 들어준 것이다. 그게 전부다.

그 건조한 편지들······ 나 자신이 두렵다. 나는 비겁한 인간이다. 꺼져버려!

이와 남동생으로 돌아왔고, 원하는 만큼 이 관계를 지속할 거예요. 난 독일로 떠나요."

클레르 여사는 일단 반발했다. "1년의 시험 기간을 갖기로 했잖아." "6개월 만에 어머니가 원하는 결과를 얻었잖아요." 내가 대답하자 클레르 여사가 결국 물러서며 일갈했다. "끝난 건 끝난 거야. 그 아이들 편질랑은 내게 보이지 마라. 내 앞에서 그 아이들 얘기도 절대 꺼내지 말고."

나는 당장이라도 앤을 만날 수 있었다. 뮤리엘에게 편지를 썼다.

〈앤에게 내 일기를 줄게요. 앤이 그것을 읽고 당신에게 보낼 거예요.〉

클로드가 더는 널 원하지 않는다잖아. 그와 함께하는 삶이 겁이 났니? 힘들이지 않고 결혼 생활을 하려고 했어? 자, 이게 그 대가야!

클로드, 이제 정말 작별이야? 파리에서 이미 들었던 작은 목소리가 모든 소리를 덮고 끈질기게 들려온다. '당신, 당신은 언젠가 사랑하게 될 거예요.' 사실이야, 그렇지 않아?

그러니까 네가 나를 향한 사랑으로 애를 태웠을 때 내가 너를 거부하길 **잘한** 거지? 난 내 **승낙**이 너에게 불행이 될 줄 알고 있었거든.

맙소사, 신이시여, 제게 평화를 주세요, 이기심 없이 그를 사랑하고, 이해

10월 31일

뮤리엘이 답신을 보냈다.

〈앤을 귀찮게 하지 말아요.〉

나도 답신을 보냈다.

〈앤이 이미 내 일기를 받았어요.

난 아내나 자식 없이 공부를 하기로 했어요. 당신도 안심이 되는 소식일 거예요.

만일 당신과 앤이 조용한 삶을 원한다면, 내게 작별을 고하면 돼요.

만일 **우리 삼총사가** 계속되기를 원한다면, 나는 준비가 됐어요.〉

클로드의 편지
끝

하게 해주세요, 제가 그가
원하는 일을 할 수 있게 해
주세요.

내 사랑은 비현실적이
었다. 확실한 기반이 오직
한 가지였으니까. 바로 나
를 향한 클로드의 거창한
사랑, 그가 자신 속에 묻어
두고 내가 간간이 인지하
는 정도였던 부드럽고 신성
하고 매혹적인 사랑. 결국
이렇게 끝이 났다.
    나를 위해서도 잘됐고,
나를 더는 사랑하지 않는
클로드를 위해서도 아주
잘됐다.
    하지만 그는 내게 누이
로 남아달라는 청조차 하
지 않았다!
    나는 다시 엄마에게 고
약해졌다.

자신을 위한 뮤리엘의 일기
계속

11월 1일, 섬

괴테는 말했다.

〈그대의 사랑이 바다처럼 깊고 밤처럼 고요하기를.〉

만일 클로드가 내게 '예스'인지 '노'인지 질문을 던졌더라면, 나는 '예스'라고 대답했을까? 망설여지고, 판단이 서지 않는다.

나는 결정할 수 없었으리라. 그런데 그가 결단했다.

나의 입술은 말한다. "신이시여, 감사합니다! 클로드를 위해, 저를 위해, 감사드립니다!" 하지만 내 마음은 그렇게 말하지 못한다.

아직 아무것도 모르는 앤이 내게 편지를 썼다. 〈클로드는 멋져. 얼마나 건장하고 훤칠하던지.〉

11월 2일, 섬

오늘 아침, 마을에서 클로드의 친구의 삶에 대해 수업했다. 그의 시 두 편을 번역해서 낭송해주었다. 남자아이들이 홀린 듯 수업을 들었다. 이 아이들을 떠나야 한다면 못내 안타까울 것이다. 설사 살기 좋은 마을이라

할지라도 해야 할 일은 산적해 있다.

11월 4일, 섬

클로드에게서는 아무 소식이 없다. 하지만 앤의 편지가 도착했다. 진짜 편지라 할 법한 편지가. 앤이 일기를 읽었고 내게 곧 일기를 보낼 것이다. 클로드가 더는 결혼할 마음이 없다고 한다.

맙소사, 신이시여, 제게 용기를 주소서!

어느 날, 나에 이어 앤이 클로드에게 빠져들 것인가? 앤도 이제는 어엿한 여자다.

그 애한테 내가 클로드를 사랑한다는 것을(내겐 이제 확고한 사실이다), 눈치채게 해서는 안 된다!

이제 나는 고독한 나의 길을 자유롭게 걸을 수 있게 되었다.

신이시여, 제게 이 조용한 집과 나를 필요로 하는 엄마를 주셔서 감사합니다.

클로드도 **파괴**하면서 괴로웠으리라.

남자들은 종종 여자가 자기를 원하게 만들어놓고는 이어 몹시 괴로워하면서도 '아니, 고맙지만 됐어'라고 말하기도 하는가?

그의 누이? 그럴 수 없을 것 같다. 하지만 그가 없이 보내는 평생? 그건 더 못할 것 같다.

뮤리엘이 클로드에게 쓴
부치지 않은 편지

12월 6일, 섬

당신의 대답은 '노'이고, 내 대답은 '예스'예요.

의자게임처럼 우리의 처지가 뒤바뀌었군요.

그러니까 이제 더는 내가 당신을 사랑하길 바라지 않는단 말이죠?

만일 당신이 여기 온다면 당신이 느낄 수 있도록 당신을 사랑할 거예요. 앤과 엄마도 마찬가지고요, 그 두 사람도 당신의 마음을 바꾸기 위해 애쓸 거예요.

당신을 만날 수 있다면 내 사랑이 당신의 사랑을 일깨울 수 있을 텐데.

여기 오면 안 돼요.

12월 11일, 섬

클로드의 일기가 도착했고, 이제 막 다 읽었다. 새벽 3시.

클로드는 아무 나쁜 짓도 저지르지 않았다. 그는 애정이 필요하고, 여전히 나의 남동생일 것이다.

내 생전에 자식은 결코 없을 것이다. 남편 또한 결코 없을 것이다. 신이 내게 다른 임무를 주셨다.

우선은 이런 생각이 들었다. '클로드를 다시 만날 수 있을까? 절대 그럴 수 없어!'

하지만 **그가 내 안에 있는 이상**, 달라질 게 무엇이겠는가?

그가 염려스럽지만, 그를 믿는다.

그에게 편지를 썼다. 〈나는 당신의 누이예요.〉

12월 14일, 섬

클로드는 사랑으로 가슴을 떨었는데, 내가 그를 밀어냈다.

그는 단둘이 세계를 순례하자고도 했고, 아기며 하다못해 가구에 대해서도 이야기했다.

나는 준비가 되지 않았었다.

나한텐 나만큼이나 굳은 남자가 필요하리라. 하지만 내가 과연 그 남자를 사랑할 수 있을까?

오늘 나는 준비가 됐다.

그런데 그가 나를 기다리다 못해 고행자의 길을 택했다.

그가 말했다. "기뻐해요, 내 사랑이 죽었으니까. 봐

요, 더는 꼼짝도 하지 않아요."

　내 목구멍 깊숙한 곳에 아직도 승낙의 '예스'가 걸려
있다.

　행인들 틈에서 눈물을 삼키며 길을 걸었다. 나는 혼
자 외쳤다. "아! 그렇게 해요, 너무 좋아요……"

　앤이 편지를 쓰지 않는다…… 당연하잖아, 바보! 네
가 그러라고 시켰으면서. **앤은 네 말을 곧이곧대로 믿어.**
앤이 널 위로할 이유가 전혀 없는 거야……

　나는 내 뒤로 뿌리를 길게 드리운 이 어처구니없는
사랑과 함께 혼자 남겨졌다.

　이 고통이 나를 성장시키기를!

　울기 위해 밤을 기다렸고, 밤이 되었는데, 울음은 안
나오고 몸만 떨린다.

　삶이 버겁다. 수업은 순조롭게 굴러가는데, 내 마음
은 더 이상 거기에 없다.

　클로드는 혼자서, 사랑 없이 일할 수 있을까?

　내게 아무 계산하지 않고 모든 시간을 **주었던** 그가
아니던가!

자신을 위한 뮤리엘의 일기

끝

1903년 뮤리엘의 일기

(1902년 11월 21일부터 1903년 5월 말까지, 섬에서)

이 새로운 일기는 내가 죽은 뒤 요긴하게 쓰이리라는 기대 속에서 작성하는 것이다. 클로드가 알아서 진실은 간직하되 쓸모없는 곁가지들을 쳐내야 할 것이다. 다른 이들이 읽을 수 있다는 것을 의식하면 내가 이 일기를 자유롭게 쓸 수 없을 테니까.

앤, 부탁건대 우리가 만난 이후의 내 편지들과 글들은 읽지 말고 죄다 클로드에게 전해줘. 내 생전에 그가 나를 이용하기를 바랐던 것처럼 이 모든 것도 그가 마음껏 사용하기를.

클로드로서도 그의 '노' 이후에 이어진 나의 **진짜 삶**을 알고 싶을 것이다.

내 자존심이 이 고백을 허락하지 않지만, 나는 영웅이 될 기회를 찾았고 지금이 바로 그 기회다!

지난 6개월간의 내 일기를 다시 읽어본 뒤, 그것에

눈물을 흘려야 할까? 아니다.

클로드는 선한 동기로 나를 나 자신으로 만들어주었다. 나는 그 선물을 받아 가난한 사람들에게 넘겼다. 그의 우정에 대해서는 나중에 이야기하도록 하자. 우선은 내가 거리를 둘 필요가 있다.

이 글을 쓰기 위해 엄마에게 **바쳐야** 할 시간 중에 30분을 훔쳤다. 아! 혼자 있고 싶어라!

11월 22일
클로드의 편지. 요약하면 이렇다.

1. 당신의 자비심은 표면적인 것에 불과해요.
2. 나는 여자 친구들이 있어요.

나는 신음하며 기도했다.

그의 일기를 받은 것이 보름 전인데.

아직도 목이 메어온다. **여자 친구들**이라는 말이 귓가에 쟁쟁하다.

그의 도덕심을 이해할 수 없다.

오늘 밤, 나는 하얀 문 옆에 무릎을 꿇고서 그의 손이 잡았던 빗장을 손으로 스친다.

지금 내 상황은 혼자인 것만도 못하다. 엄마를 피했

다. 엄마와 함께 있으면 내가 더 음울해지니까.

클로드에 대한 사랑을 멈출까? 그럴 수 없다. 하지만 마음 뒤편으로 밀어놓을 수는 있다.

〈당신의 자비심은 표면적인 것에 불과해요……〉 혁신적인 이론을 정립하는 것보다 타인을 위해 종일토록 수고하는 것이 더 어렵지 않을까? 둘 다 해야 하는 것일까?

클로드, 오직 널 보기 위해 널 만나고 싶어. 그러고 나서 더 보고 싶다면 그건 어쩔 수 없지. 오직 내 이성만이 너의 결정을 받아들였어. 너의 여자 친구들 문제는……

예전처럼 너의 사상을 배우고 따르고 싶어, 비록 그것들이 충격적일지라도.

넌 내게 말했어. "사랑해."

내가 대답했지. "기다려."

네게 이렇게 말하려고 했어. "날 가져."

네가 말했지. "가버려."

11월 24일

네게 내 사랑을 숨김으로써 내가 거짓말을 한 것일까?

너와의 우정을 위해 내가 치르는 고통을 안다면, 넌

내 우정을 거절할 거야.

네 곁에서 내가 차분할 수 없다는 걸 네가 안다면.

좀 있으면 앤이 올 것이다. 그 애의 어깨에 기대어 울고 싶다. 아니, 안 될 말이다.

11월 30일

너의 편지들을 새로운 시선으로 다시 읽었어. 넌 나를 정말 사랑했구나! 나도 네게 마음을 열었어. 우리 당장 결혼하자! 이것 외엔 모든 게 거짓이야!

네게 달려가 널 붙들고 흔들며 설득하고 싶어. 내 사랑이 널 지원할 텐데. 넌 그걸 몰라!

아이들? 여기서 엄마와 함께 내가 기르면 돼. 아니면 파리 근처에서, 네 뜻대로.

난 네가 필요해. 걷잡을 길이 없어. 넌 어디 있니? 그 여자들과 함께 있어?

네 편지의 잔인함은 내겐 네 사랑의 증거야. 넌 도끼로 우리를 찍었고, 따라서 네 사랑은 죽지 않았어.

12월 7일

또다시 클로드의 편지. 〈우리가 함께 차분하게 '노'를 인정한다면, 고통도 없을 거예요.〉

아니, 만일 우리가 자유로웠고, 마음껏 만나고 연락

했더라면.

그래, 우리가 강제로 헤어졌기 때문이야.

내가 1년 동안 기다린다면(과연 그럴 수 있을까?) 클로
드가 나를 부를까?

만일 내가 클로드보다 두 살 많은 대신 두 살 어렸더
라면, 더 잘 기다렸으리라.

그는 내 건강 상태에 지레 겁을 먹은 것일까?

지난 3월에 그가 내게 이런 편지를 보냈다. 〈만일 언
젠가 당신이 날 사랑하게 된다면, 당신을 포기하기 위해
들인 노력이 내게서 다른 일을 위한 모든 용기를 거둘 거
예요.〉

그의 소중한 일!

그는 어떻게 여자들을 만날 시간을 내는 것일까? 그
여자들한테서 무얼 찾는 걸까? 그는 호기심이 너무 왕성
하다.

나는 그의 여자이자 누이이고 친구이며 그가 원할
모든 것이다.

12월 7일, 일요일

또 그의 편지. 〈내 마음속의 당신에게 영광을!〉 내가
너한테 하고 싶은 말이야. 〈우리는 조금이라도 사랑받지
않으면 전적으로 사랑하지는 않아요.〉 그렇다면 네가 날

조금은 사랑하는 거구나!

비록 너는 날 더 이상 사랑하지 않지만 나는 널 생각하며 미소를 지어. 신께서 허락한다면 난 널 영원히 사랑할 거야.

크리스마스에 난 널 내 가슴속에 가둘 거야. 그럼 표면은 아무 이상 없이 매끄럽겠지.

부모는 자식이 스무 살이 되면 문밖으로 내보내야 하고, 같이 살자고 하면 안 돼.

12월 16일

크리스마스엔 커다란 바구니를 들고 길거리로 나가 꽃을 판 다음, 공장에서 청소부로 일할 것이다. 그것들이 어떤 것인지 알기 위해서.

12월 17일

클로드의 편지! 그가 떠난 이후 처음으로 받는, 잔인함이 없는 진정한 편지. 그의 편지를 읽고 또 읽었다. 다시는 이런 편지를 못 받을까 봐 두려웠다. 나의 애도가 잠시 멈추었다. 그가 나를 이렇게 불렀다. 〈나의 누이여……〉

이렇게 슬플 데가!

12월 18일

클로드 꿈을 꾸었다. 나는 사랑을 숨긴 누이였다. 우리는 현미경으로 식물을 관찰하는 중이었다. 길게 세로로 자른 풀잎과 거기에 다닥다닥 붙은 씨들을 보았다. 클로드가 가까이 붙어 있는 바람에 나는 더는 풀잎에 몰두할 수 없었다. 그가 내가 풀잎을 잘 볼 수 있도록 단단한 손으로 나의 목덜미를 눌러 머리를 현미경에 바짝 붙여주었다. 숨이 막혔다. 나는 그의 손목을 잡으며 쓰러졌고, 꿈에서 깨어났다.

그것은 가벼운 소동으로 끝이 난 두 번째 식물 꿈이었다.

나는 성경으로 돌아가 말씀을 구했다.

나는 기다린다. 그의 '노'를 믿지 않는다.

12월 21일, 일요일

앤이 집에 왔다. 그 애한테서 클로드 얘기를 어떻게 듣지? 그 애가 눈치채는 것을 신께서 막아주기를!

1902년, 크리스마스

어둠 속에서 자기보다 높이 있는 남자들을 사랑하고, 그 사랑이 묵인되는 불쌍한 여자들은 늘 있기 마련이다. 어쩌면 그것이 내 운명일지 모른다. 만일 그것이 순수하고 한결같다면 그런 사랑은 설사 상대 남자가 모른다 해도 그에게 힘이요, 재산이다. 내 사랑은 순수하지 않다. 요구하는 사랑이기 때문이다. 또한 한결같지도 않다.

나의 오만이 클로드를 잃는 것을 받아들이려 하지 않는다. 결론은 이미 났는데.

앤과 나, 우리는 이야기를 나누었다. 클로드가 독일을 여행하는 터라 자주 못 보았고, 봄에 만날 거라고 한다. 앤은 내가 더러 다른 사람들한테 지나치게 대뜸 조언하는 경향이 있다고 조심스럽게 말하며 소소한 두어 가지 예를 들었다. 하지만 핵심 사항, 요컨대 내가 클로드가 앤에게 먼저 일기를 읽게 한 것에 반발부터 한 것에 대해서는 침묵했다.

나는 아무 대답도 하지 않았다.

혹여 언젠가 너희들, 너희 두 사람이 서로 사랑하게 된다면, 절대 아무것도 알아선 안 돼. 바로 너희 둘 때문에, 내가 앤의 목에 매달려 죄다 털어놓지 못하는 거야.

1902년, 생실베스트르(12월 31일)

1년 전에는 사랑이라는 단어가 발음되지 않았다. 얼마나 가벼운 시기였던지!

그때 클로드가 **내 삶을 바꿔주겠다**는 편지를 보냈다. 나는 나를 조용히 내버려둬달라는 장문의 답장을 보낸 뒤, 편지를 찢어버렸다. 클로드, 그도 조언이란 걸 했었다!

1903년, 1월 1일

가족 모임. 남자가 여섯 명이나 왔다. 나는 클로드만을 기다린다.

오늘 아침, 알렉스와 단둘이 태양에 반짝이는 하얀 겨울 풍경 속에서 늪지대를 따라 사냥을 떠났다. 클로드도 나와 함께 거기에 있었다.

내 사랑은 클로드의 사랑만큼 강렬했던 적이 없지만, 일단 한번 불이 붙자 꺼질 줄을 모른다. 그의 사랑이 기쁨의 폭죽이었다면, 내 사랑은 나도 모르게 불이 지펴진 아궁이라고 할까. 그의 사랑은 완전히 사그라졌다. 내 사랑은 영원하기만 한데.

1월 5일

1년 전 어제 토요일에, 클로드가 처음으로 섬에 왔다. 파리 생활에도 불구하고 그때 나는 아직 아이였다. 그가 나를 건드리지도 않은 채 여자로 만들었다.

앤이 그에게 문을 열어주었고 거실로 데려왔다. 약속된 시간이었지만, 나는 그가 있는 쪽을 쳐다보지도 않은 채 화단에서 삽질을 멈추지 않았다. 화단 일을 계속하고 싶었다. 왜 안 되겠는가? 하고 싶은 일을 계속해야 한다는 건, 내 생각이기도 하지만 그의 생각이기도 했다. 나중에 그가 마치 어제 만난 듯 내게 악수를 하러 오리라. 그는 내 편지가 왜 점차 뜸해지다가 멈추었는지 알고 있었다. 그의 행보도 거의 나와 비슷했다. 그것은 그의 어머니의 요청 때문이었다.

나는 애써 태연을 가장한 채 화단 일을 계속했다. 머리엔 챙 없는 빨간색 리넨 모자를 눌러썼고, 남자용 장화를 신었다. 이제 나는 바로 집 가까이에 붙어 삽질을 했다. 거실의 커다란 창문 앞에 쪼르르 한 줄을 내는 일만 남았다. 클로드는 엄마와 앤과 함께 거실에 있을 터였다. 나는 삽질에 맞추어 노래를 흥얼거리는 것을 중단했다. 그가 과연 날 부르거나 창문을 두드릴까? 가슴이 쿵쾅거렸다. 해가 기울었고, 거실에 불이 켜졌다. 삽이 집의 벽돌에 부딪치며 요란한 소리를 냈다. 마치 클로드, 그를 치기라도 한 듯. 쾌감이 느껴졌다. 나는 연장들을 제자리에 놓기 위해 집에서 멀어졌다.

손을 씻은 뒤 거실로 들어가니, 클로드가 일어났다. 놀란 그의 눈과 내 눈이 마주쳤다. 우리는 악수를 나누었다. 나는 그에게 대충 몇 마디 건네며 얼굴이 달아오르는 것을 느꼈다. 그 치명적인 홍조를 앤과 엄마도 보았고, 불행하게도! 그 원인을 곧바로 해석했다.

물론 나는 그를 사랑하지 않았다. 외려 중단된 편지 때문에 약간의 원한마저 품고 있었다. 심지어 그것은 내가 그에게 가까이 다가가는 것이 더디게 된 원인이기도 했다.

저녁에 나는 소파에 누워 있었다. 클로드와 앤이 교육에 대한 사상들을 큰 소리로 낭송하도록 내버려둔 채.

돌연 내가 클로드에게 무뚝뚝한 목소리로 크게 외쳤다. "당신은 나중에 자식들을 시골에서 키우도록 해요. 그게 엄청난 차이를 만들 테니까!"

클로드가 내게 등을 보인 채, "네"라고 대답했다. 이유가 궁금할 정도로 기어들어가는 목소리였다. 나중에야 이유를 알았다. 그는 그때 이미 자기 아이들의 엄마가 나이기를 바랐다.

1월 14일

자기 어머니가 개입한 경위를 자세히 알게 되었을 때 그의 얼굴이 일그러졌다. 떠나면서 그가 내게 낮게 물었다. "그럼, 이제 다시 편지를 보내도 되나요?" "네." "내가 원하는 건 뭐든?" "네." "다시 찾아와도 돼요?" "네." 그의 미간의 주름이 하나둘 펴졌다.

다음은 그와 이별하기 전에 마지막으로 함께 보낸
날의 이야기다.

데일 씨의 제안이 있고 나서 일주일 뒤 결정이 내려
졌다. 우리는 1년 동안 헤어져 있을 것이고 그때도 원한
다면 자유 의지대로 결혼할 수 있었다.

나는 사촌 자매 줄리를 조랑말이 끄는 이륜마차에
태워 데리고 다녔다. 줄리가 물었다. "앤하고 클로드 씨
하고 곧 약혼하지 않아?" 내가 놀라서 대답했다. "무슨
말도 안 되는 소리야? 우린 다 같이 절친한 친구들이야.
클로드 씨가 내일 작별 인사를 하러 올 거야."

클로드가 도착했다. 나는 작은 완두콩의 껍질을 함
께 벗기자고 청했고, 그가 기쁘게 수락하며 말했다.

"혹시 우리가 작별 인사를 할 기회가 생기지 않으면,
예전에 한밤중에 섬 기슭에 앉아서 했던 일을 기억하기
로 해요."

내가 대답했다.

"네."

시간이 흘렀고, 그가 떠나는 날이 되었다.

1시 기차를 타야 했다. 그가 나와 앤에게 노래를 불
러달라고 청했다. 나는 전혀 내키지 않았지만, 피아노에

앉아 몇 가지 멜로디를 두드리며 차갑게 물었다.

"이거요?"

그가 대답했다.

"네."

감정이 폭발하여 끝까지 마치지 못할까 봐 두려웠
다. 하지만 해냈다. 클로드가 매우 낮은 목소리로 말했
다.

"감사해요."

나는 두 번째 노래를 목청껏 불렀다.

전에 없이 홀쭉해진 엄마가 들어왔고, 좀 더 잘 듣기
위해 뒤로 물러난 클로드 옆에 앉았다. 이번에는 앤이 가
녀리고 섬세한 목소리로 노래했다. 클로드가 우리 뒤에
와 있었다.

클로드 혼자만의 점심 식사 시간. 우리 셋은 식사하
는 그를 지켜보았다. 클로드는 처음엔 수줍어하더니 점
차 왕성한 식욕을 드러냈다. 농장에서 생산된 식품들로
영양소별로 골고루 구성된 점심 식사였다. 꽃이 만발한
사과나무 밑에서 우물거리며 그가 말했다.

"제가 호강하는군요, 먹을 게 너무 많아요."

그러면서도 그는 전부 먹어치웠다.

앤이 손목시계를 보았다. 떠날 시간이었다. 나는 그
에게 미나리아재비를, 앤은 박하 잎을 주었다. 클로드가

자전거에 올라탔고, 내가 명랑하게 말했다.

"내가 문을 열게요."

그는 이미 페달을 밟고 있었다.

나는 앤과 엄마에게 제안했다.

"우리 테니스 칠까요?"

앤과 엄마가 서로를 바라본 채 묵묵부답이었다.

나는 생각했다. '앞으로 처참해질까, 아니면 아무것도 아닌 것이 될까? 1년 뒤에 클로드에게 뭐라고 편지를 쓰지?'

엄마가 말했다. "넌 클로드를 사랑해."

내가 질색하는 말. 만일 그렇다면 나 스스로 깨닫고 싶다. 그런 말은 절대 남이 해주는 것이 아니다.

1903년 1월 19일

바람, 구름, 엄마의 두통, 나는 지독한 감기에 걸려 예정된 계획들을 중단한 채 침대에 누워 있다. 클로드의 열병이 내게로 옮아왔다. 길거리에서 꽃을 팔다가 공장에서 청소를 하다가 벌어지는 불가능한 만남을 꿈꾼다.

나의 비밀 상자를 열었다. 자그마한 클로드 사진을 꺼내어 들여다보았다. 머릿속에 그의 얼굴이 어찌나 선명한지 사진이 필요 없었다.

아무것도 흥미로운 것이 없다. 돈을 벌 수 있는 고되고 엄격한 일이 필요하다. 앤도 내 의견에 동의했다.

나는 엄마와 함께 살며 집안 건사와 농장 관리를 돕는 것이 지상에서 주어진 나의 임무라고 믿었다. 클로드가 그렇지 않다고 말해주었다. 그가 옳았다! 누구도 나를 진정으로 필요로 하지 않는 이곳에서 나는 번민한다. 앤조차 나를 위해 해줄 수 있는 것이 없다. 내가 핵심을 숨겼기 때문이다. 앤이 나를 힘주어 끌어안는 대신 예전처럼 내 볼을 깨물었다. 눈이 드러내지 않은 애정으로 반짝거린다. 그 애정을 내 존재 전체에 퍼뜨려주었으면!

신이시여! 제가 당신을 거의 잊었나이다. 저를 인도해주세요.

1903년 1월 25일, 런던

나는 런던에서 내 사랑을 잊기 위해 사랑으로 일한다. 클로드, 네게 달려가 네 손을 잡고 이렇게 말하고 싶은 강박관념에 시달리고 있어. "얘기하지 말자."

1년 전 오늘, 너와 함께 잊지 못할 하루를 보내기 위해 여기 왔었지. 기차역에 네가 없었어. 얼마나 찬란한 날이었던지.

네가 짚어준 입센의 『사랑의 코미디』를 읽었어. 씁쓸해, 그리고 틀렸어.

2월 28일, 런던

일하는 데 아무 문제가 없다. 평온해서인지 한동안 일기에 소홀했다. 나는 절망적이지 않다. 이 상태로 10년도 보낼 수 있을 것 같다. 매일 밤, 우리의 별에게 인사를 건넨다. 하늘에 떠 있다면 말이다.

3월 7일, 런던

복음서를 읽었다. 오늘 아침엔 너를 너무 사랑해, 간밤처럼 흐느끼는 요란한 마음이 아니라 부드럽게. 가로등 불빛에서 너의 얼굴이 비쳐 보여. 그를 존중하는 것보다 사랑하는 마음이 더 크다. 그의 얼굴을 보지 못한 지 300일이 되었다. 우리가 마지막 만남은 좀 망친 것 같아, 그렇지 않아?

난 스물다섯 살이고, 넌 스물세 살이야. 네가 마흔 살이 되면 아내를 얻고 싶겠지. 그땐 난 마흔두 살이고, 넌 스물다섯 살짜리를 아내로 맞이할 거야.

혹여 내가 존경할 수 있고 신뢰할 수 있는 남자를 만나고 그의 청혼을 받는다면, 우리의 사랑에 대해 빠짐없이 얘기할 거야. 그러고도 그가 나를 원한다면 너에 대한 사랑을 멈추지 않은 채 그와 결혼할 거야.

요즈음 교양 있고 금욕적이며 온화하고 잘생긴 남자를 보았다.

만일 클로드가 내가 자기를 사랑하는 걸 안다면, 과연 사정이 달라질 것인가? 만일 그가 내게 '**노**'를 보내기 전에, 나의 '**널 사랑해**'를 받았다면?

3월 22일, 런던

우리가 수도원과 해변과 숲 속에서 함께 보냈던 날들의 기념일들.

성가대에서 노래할 때는 클로드 없이도 삶이 만족스럽다. 런던에서 내가 맡은 책무가 나를 공허하지 않게 해준다.

4월 28일, 섬

이륜마차, 조랑말, 엄마와 나. 우리는 깊은 구덩이에 빠졌다. 클로드도 알았을까?

이 일기를 우리가 이별한 날짜인 5월 28일에 마감할 것이다.

5월 28일, 섬

나는 이제 끝난 줄 알았다. 그런데 천만에! 그리움이

재발했다.

클로드는 결코 돌아오지 않을 것이고, 나는 그를 결코 다시 만나지 못할 것이며, 그는 나를 결코 사랑하지 않을 것이다. 병을 앓기 시작했다. 나는 모두가 기피할 만큼 고약해졌다.

영원히 엄마와 멀리 떨어져 끊임없는 일의 연속 속에서 살아갈 수 있다면…… 이곳은 추억으로 넘쳐난다.

꿈. 아이들이 들어와 주사기 모양의 커다란 정원용 물뿌리개로 클로드를 적셨다. 내가 클로드를 데리고 구석으로 가자 그가 물뿌리개에 대해 물었다. 그의 눈을 잘 볼 수 없었다. 내가 별안간 외쳤다. "아, 오직 하나야! 진짜인 하나!"

나는 힘주어 그의 목에 두 팔을 두른 채 입술에 기나긴 키스를 했다. 놀랍게도 그가 가만히 있었다. 기적적인 키스. 신의 개입.

클로드가 나를 바라보았다. 무언가 결정적인 말을 하려는 듯…… 드디어 나는 이해할 수 있을 터였다. 가슴이 벅차올랐고, 그 바람에 잠에서 깨어났다. **그는 무슨 말을 하려 했을까?**

거울에 비치는 내 얼굴이 달라 보였다. 거울 속엔 다른 뮤리엘, **클로드의 뮤리엘**이 들어 있었다.

오직 마르타만이 진실을 알고 있다.

클로드, 넌 나와 앤 사이의 장애물이야. 예전과 반대가 되었지. 대체 왜?

내가 섬에서 사는 것에 반대한다고? 그래서 앤이 자유로울 수 있다는 것을 생각하면 위안이 될 거야. 올해 앤은 이곳에 겨우 8주 동안만 머물렀거든.

화이트채플로 돌아가기 위해 그곳에 방을 하나 얻었는데, 이번에도 다시 한번 내 눈이 나를 배신했다…… 나의 계획이 수포로 돌아갔다.

클로드, 너의 이름은 부드러워. 신께서 다른 사람들의 행복을 위해 널 잘 이끌어주실 거야. 네가 흐트러지는 것을 신께서 막아주시기를.

나는 멀리서 약간 구부정하고 커다란 널 보고 있어……

뮤리엘의 고백

1903년 6월 20일, 섬

내 삶에 폭탄이 투하되었고, 삶 전체가 뒤흔들렸다.
앤과 클로드, 세상 누구도 아닌 오직 이 두 사람을 위해
이를 기록으로 남긴다.

1903년 6월 18일부터 24일까지 작성 — 돌이킬 수
없는 일.

오늘 아침, 나는 교사들에게 배포된 소책자를 읽다
가 뜻하지 않게, 나한테 어린 시절부터 밴 '나쁜 습관'이
있고 그것이 내 육체와 뇌 기능을 저하시켰음을 알게 되
었다.

소책자를 인용해보겠다. 〈이런 습관의 결과로는 감
각의 둔화, 만성피로, 동공 확장 등이 있다. 생기 넘치고
쾌활한 여자아이가 침울해질 수 있다. 육체적, 정신적,
도덕적 균형이 위협을 받는 것이다.〉

이 참화는 회복 불가능한 것일까? 스물다섯 살이면 너무 늦은 것인가? 나는 본연의 나를 되찾을 수 있을까? 아마 도덕적으로는 가능하리라. 하지만 육체적으로는? 자연은 아무것도 용서하지 않는다.

나는 손상을 입었고, 오늘에야 비로소 그 사실을 알게 되었다.

그 습관은 일단 시작되면 희생자를 쉽사리 놓아주지 않는다. 나도 그 희생자 중 한 명이다. 시작은 여덟 살 때, 그러니까 17년 전이었다. 나는 더 이상 순수한 여성군에 속하지 않는다.

내가 아내가 되는 것을 허락하지 않은 신께 감사드린다.

따라서

1. 내 인생에 결혼이란 없다.

2. 나는 이 사실을 앤과 클로드에게 고백해야 할 의무가 있다. 어떤 수치심도 날 막지 못한다. 두 사람이 상상하는 모습이 아닌 실제의 나를 알려야 한다. 우리는 경험을 공유해왔고, 이 고백도 그중 하나다!

기억나는 대로 말해보겠다. 혹시 고백하기 전에 치료부터 해야 하는 것일까? 하지만 무언지 모를 힘이 내게 당장 말하라고 명령한다.

이것은 실리적 명령에 의한 것이다. 앤과 클로드는

나를 무결점 여자로 알고 있다. 사실은 그렇지 않다는 것을 두 사람이 알아야 한다.

여덟 살 때였다. 클라리스라는 여자애가 있었다. 나보다 한 살 많았는데, 우리 반에서 그 애가 1등, 내가 2등이었다. 머리는 예쁘게 땋아 얼굴 주위로 동그랗게 둘렀고 눈썹은 위로 살짝 올라갔으며 얼굴은 천사 같았다. 내게는 모든 면에서 표본이 되는 아이였다. 그 애의 가족이 우리 집에서 일주일 동안 휴가를 보내게 되었다. 집에 침대가 부족했던 터라 삼촌 집에 가 있는 앤 대신 그 애가 나와 커다란 침대를 함께 썼다.

나와 단둘이 되자 그 애가 긴 잠옷을 벗더니 개어서 털 이불 밑에 놓고는, 내 잠옷도 벗겨 개어서 자기 잠옷 옆에 두었다. 이어 이불을 덮더니 나를 끌어안았다. 나는 그 아이를 숭배했다. 두 소녀가 부둥켜안은 밤이었다. 한 명은 확고했고, 다른 한 명은 고분고분했다. 그 아이가 내게 신체의 특정 부위들, 그중에서도 특히 어느 한 곳을 어루만지면 기분이 좋아진다는 것을 가르쳐주었다. 우리는 같은 일을 매일 밤 되풀이하다가 새벽녘이 되면 잠옷을 도로 입었다. 그 애가 이 일은 우리 둘만의 비밀이며 절대 발설해서는 안 된다고 설명했다. 나는 그것이 나쁜 짓이라고 생각하지 않았다. 그 애의 마력에 흠뻑 빠져 있었고 그저 감사하는 마음이었다. 그 애가 떠나고 난 뒤에도 나는 더러 그 애의 부재를 아쉬워하며 혼자서 그것을 계속해나갔다.

열한 살 때까지는 특별한 기억이 없다. 이제 그것은 버려야 할 습관이 되었고, 나는 이유도 모르는 채 그저 참고 버티기 시작했다. 내 신체의 그 부분이 어디에 쓰이는지도, 아기가 어머니의 어디에서 만들어지는지도 모르던 때였다. 내 눈과 귀와 코도 민감한 부위였고 나는 다른 아이들이 이곳들을 건드리는 것을 허용하지 않았다. 다만 그 부위가 내밀한 곳이며 남들에게 보이지 말아야 하고, 누구에게도 심지어 엄마한테도 그곳에 대해 이야기해선 안 된다는 정도만 알았다. 내가 엄마한테 유일하게 볼기를 맞았던 것이 그것에 대한 얘기를 꺼냈기 때문이었다. 그때 엄마의 목적은 조신함을 길러주려는 것이었다. 엄마는 나를 모든 면에서 대범하고 관대하게 키웠지만, 그 문제에서만큼은 예외였다. 따라서 그것에 관해서는 당신한테 아무 말도 꺼내지 못하게 했다.

습관이 얼마간 나를 조용히 내버려두었다가, 이윽고 다시 찾아들었다. 나는 그것의 유혹에 빠져들었고 이후로도 더러는 맹렬하게, 같은 일이 반복되었다. 따라서 그것이 저항해야 하는 것임을 짐작할 수 있었다.

혐오스러운 죄과에 빠지는 걸 자제하지 못했을 때

면, 내가 무척 좋아했고 뜻이 잘 맞았던 사촌 언니에게 편지로 특별한 기색을 내비치며, 내용은 구체적으로 밝히지 않은 채 횟수만을 숫자로 알렸다. 언니는 내가 분노 조절에 실패한 것으로 여겼다.

아버지가 돌아가셨다. 나는 신을 아버지처럼 사랑했다. 예수도 마찬가지였다. 그래서 죄를 지었을 때면 예수의 가시면류관으로 향하고, 내 쪽으로 오는 천사들을 멀리해야 한다고 생각했다.

나는 내 보물들이 보관된 오래된 플러시 천 가방을 찾아 예쁜 예수 탄신 그림을 꺼냈다. 그림은 심이 매우 뾰족한 연필로 콕콕 찍은 작은 점들로 테두리를 둘렀는데, 각각의 점들이 그때그때 저지른 내 죄과의 표시였다. 나는 그림을 침대 머리에 핀으로 고정시켰다. 유혹을 물리쳤을 때는 커다란 기쁨이 밀려들었다.

열세 살 때 나는 '햇살'이라는 별명으로 불렸는데, 당시의 내 사진을 보면 이 별명이 이해된다. 좀 더 커서는 종종 '골을 부리는' 바람에 꾸중을 들었다.

열여섯 살 때 나는 학교 기숙사로 떠났다. 공부와 맡은 바 책임에 빠져 학교생활이 무척 즐거웠다. 독소가 내 안에서 잠들었다가 이따금 깨어나곤 했다.

열일곱 살 무렵, 어느 더운 여름날의 기억이 떠오른다. 나는 무르익은 보리밭에 등을 대고 누워 푸른 하늘을 바라보고 있었다. 주위에서 종달새들이 지저귀고, 나비들이 개양귀비들 사이를 팔랑거리며 날아다녔다. 나는 무언지 모를 힘에 이끌려 돌연 유혹에 굴복했다(클로드의 1902년 8월 25일 일기에 언급됨). 그것의 대대적인 귀환이었다. 나는 회한에 젖어 흐느꼈다. 이후 별을 마주 보며 도움을 청할 수 있도록 침대를 천창 쪽으로 밀어 옮겼고, 굳은 맹세를 다짐하는 팔찌를 꼈으며, 손이 닿는 곳에 성경을 두었다. 몇 달간의 승리와 느닷없는 허무한 패배가 교차하며 반복되었다. 나는 그것을 더러 차가운 발을 녹인다거나 금세 잠들게 하는 실용적 수단으로 간주했다.

어쨌든 그것에 굴복하는 일은 혐오스럽기 짝이 없었다.

오늘 밤은 버텨봤자 소용없다는 판단이 들면 입가에 퇴폐적인 미소가 흐르는 것이 느껴졌고 나는 유혹에 몸을 내맡기며 안도했다. 그래도 대부분은 투쟁을 벌인다. 그것이 나를 강압적으로 호출할 때면, 양손을 비비 꼬고 베개에 얼굴을 파묻으며 신께 애원했다. 만일 잠이 들거나 다른 데 몰두하는 것에 성공하지 못하면, 끔찍한 괴물이 자기를 맞을 때까지 끈질기게 날 찾아왔고, 나는 폭풍우처럼 빠르고 거세게 괴물을 받아들인 뒤에야 비로소 괴물을 물리치고 잊을 수 있었다. 그런 뒤에는 기도

하는 것을 스스로 금했다.

열여덟 살, 견진성사와 영성체가 내게 거의 완전한 승리를 안겨주었다. 드물게 재발한 경우엔 업무에 해를 끼치는 육체적, 정신적 무기력감이 뒤따랐고, 이것이 병석에 누워 있을 때조차 괴물과의 거리를 유지할 수 있게 해주었다.

파리에 머물렀을 때 약간 마신 포도주 때문이었는지 그것이 살짝 고개를 쳐든 적이 있었다. 최근 몇 년 동안은 가수면 상태에서도 죄를 지은 경우가 극히 드물었다.

클로드가 그것에 섞여든 적은 결코 없었다. 외려 그 반대였다. 우리가 가까웠던 시기인 1902년 1월부터 6월까지 단 한 번도 그것이 고개를 들지 않았으니까. 언젠가 클로드가 앤과 나에게 엄마가 해줄 법한 말들을 지나치듯 일깨운 적이 있다. 특별한 관계를 맺고 있는 젊은 여자들에 대한 이야기였는데, 나는 속으로 클라리스를 떠올렸다. 하지만 클로드는 내가 정확하게 이해할 수 있도록 충분히 이야기를 진전시키지 않았다.

게으른 하루를 보내고 기도도 하지 않은 밤이면, 근육과 정신이 과도하게 피로하면 죄짓기 좋은 상황이 된다.

『여성이 알아야 할 것』이라는 미국 책을 읽은 적이 있다. 내용이 훌륭했다. 만일 내가 신체의 그 부분이 언젠가 아이를 만드는 것에 일조한다는 걸 알았더라면, 클라리스에게 저항했을 것이다.

나는 오랫동안 여성의 성기가 몸속에 있고 겉으로 보이는 모든 기관은 성기와 아무 관계 없다고 믿어왔다.

만일 엄마가 클라리스를 내 침대에 넣지 않았더라면, 그 모든 세월 동안 난 **그것**을 몰랐으리라.

오랜 세월을 끌어왔고 아직도 완치되지 않은 내 눈의 질환이며 두통, 우울증, 행동해야 할 때 회피하는 버릇 등 그 모든 것이 그것에서 비롯되었을 수도 있을까?

다음은 내가 미국에서 받은 구원의 편지 복사본이다. 이 편지가 내게 적잖은 도움이 되었다.

가톨릭 여신도 리그

U. S. A.

친애하는 나의 젊은 친구에게

도움을 요청하는 당신의 편지가 내게 호감을 불러일으켰어요.

당신이 놓인 상황을 나는 아주 잘 이해할뿐더러 당신이 조금도 혐오스럽지 않답니다, 외려 당신의 솔직함에 찬사를 보내요.

우선 스스로에 대한 생각을 바꿔야 해요.

만일 한 어린아이가 위험한 줄 모르고 계단에서 위태위태하게 놀다가 굴러 머리를 부딪쳤다면, 당신은 그 어린아이에게 반감을 느끼고 떨어진 것에 대해 야단을 칠 건가요?

아니요, 아마 머리에 붕대를 둘러주며, 매사에 조심하도록 하고 이 사고는 잊으라고 말해주겠죠.

당신의 경우 이미 저항을 시도했으니 잘하고 있는 거예요.

이제 죄악에 대한 의식이 있는 이상, 투쟁을 멈춘다면 그 땐 비난받아 마땅하겠죠.

혹시 수면 중에 유혹에 굴복하는 일이 생긴다면 자신에게 이렇게 말하세요. "그건 내가 아니었어. 나는 그런 행동을 경멸하니까 아무리 자는 중이어도 깨어나서 침대에서 일어나 찬물로 목욕재계할 거야."

자책하느라 시간을 허비하지 마세요. 타인들에게 향하는 적극적인 삶을 영위하세요.

본의 아니게 익히게 된 유해한 신체 기관 사용 습관은 차차 멈출 거예요.

마음 깊이 당신을 지지합니다.

X 원장 부인.

P. S. 물 치료법과 호흡요법, 그리고 식이요법을 동봉합니다.

3부

앤과 클로드

앤과 클로드가 서로를 발견하다

클로드의 일기

1904년 1월, 파리

그동안 중유럽에서 철학자와 시인, 화가, 작가들을 만나며 글을 쓰고 번역을 했다. 나의 누이들 없이도 살아갈 수 있지만, 그들은 잊히지도 대체되지도 않았다. 우리는 뜨문뜨문 서신을 주고받는다.

1904년 초, 앤과 동시에 파리로 돌아왔다. 앤은 파리에 작업실이 있다. 뮤리엘은 여전히 눈 질환을 앓고 있고, 그 때문에 런던과 마을에서 일하지만 원하는 만큼 활발하게 활동하지는 못한다. 더욱 독실해진 것 같고, 앤에게 나에 대해 한 번도 언급한 적이 없으며, 자매가 멀리 떨어져 지내는 것을 아쉬워한다.

오늘은 앤을 예고 없이 방문해서 한 시간 동안 이야기를 나누었다. 나는 늘 환영받는다. 우리는 저녁에 함께 외출하곤 하던 습관을 되찾았다.

앤은 드러내서 말한 적은 없지만, **뮤리엘과 나에 대해** 자신이 가졌던 예전의 고정관념이 결코 이루어지지 않으리라는 것을 이제는 확신한다. 정말이지 아슬아슬하게 비켜가기는 했다.

앤은 이제 더는 언니에게 헌신하는 것이 최우선인 여동생이 아니다. 처음 만난 날 코안경을 벗었을 때와 같은 느낌이라고 할까. 그녀는 자신의 목표를 위해 이곳에 있고, 나는 그것이 마음에 든다. 나도 내가 하는 일을 그녀에게 보고했다. 우리는 서로를 발견해나가는 중이다.

1904년 2월 20일

몇 달이 흘렀다. 머지않아 내가 커다란 자전거를 타고서 섬을 떠난 지 2년이 된다. 앤이 오늘따라 유독 예뻐 보이고 목소리도 낭랑하다.

그녀가 자기 작업실의 커다란 테이블에서 최근에 작업한 스케치들을 보여주었다. 앤의 몸이 뜨겁다. 열기가 느껴진다. 작업실까지 뛰어온 터였다. 그녀가 숨을 헐떡거린다. 셔츠 속의 젖가슴의 형태가 뚜렷하면서도 은밀하다. 우리 사이엔 더 이상 뮤리엘이라는 장벽이 없다. 함께 강을 건너던 날 밤의 앤의 목소리며, 거울의 미로를 능숙하게 디뎌나가던 발이며, 총의 방아쇠를 당긴 뒤의 진동으로 내려앉던 어깨가 기억난다. 나는 혹시 유령 때문에 앤을 소홀히 여긴 것은 아닐까?

저 젖가슴을 이 손에 쥐고 싶다는 억제할 수 없는 충동이 다시 한번 솟구쳤다. 오늘 시도해보지 말란 법도 없지 않은가? 나는 나무에 매달린 과실의 무게를 가늠하듯 천천히, 조심스럽게, 마음을 행동으로 옮겼다.

앤이 비명을 지를까, 내 따귀를 갈길까?

그녀의 오른손이 내 손을 치우려는 듯 다가왔다. 그런데…… 그게 아니었다! 앤의 손이 내 손에 살짝 포개어지더니 자신의 가슴을 움켜쥐는 것을 도왔다.

우리는 놀란 채 서로를 바라보았다. 모든 위압적인 배경이 스르르 무너져 내렸다. 앤의 가정부가 문을 두드렸다. 두드림이 일정 간격으로 거듭되면서 강도가 세지다가 이윽고 멈추었다. 가정부가 떠났다. 어쩌면 자물쇠 구멍에 눈을 대고 우리를 엿보았던 것은 아닐까? 가정부는 클레르 여사의 가정부와 자매지간이다. 어쩔 수 없는 노릇이다. 앤이 우리의 오른손을 한꺼번에 거두더니 왼손으로 자기 셔츠의 단추 두 개를 끄르고는, 내 손을 그 안으로 미끄러뜨리며 자신의 맨 젖가슴에 도로 올려놓았다. 도무지 믿기지 않았다. 나는 그녀의 젖가슴으로 천천히 얼굴을 가져갔다. 앤이 말했다.

"서두르지 말자. 우선은 여기까지. 나도 마음이 있었

는데, 당신이 그걸 알아맞혔어…… (그녀가 내게 처음으로 반말을 했다!) 생각해봤는데, 올여름에 호숫가에서 열흘 동안 함께 보내면 어때? (나는 고개를 주억거리는 것으로 동의했다.) 난 내일모레 파리를 떠나."

앤이 내게 입술을 맡겼다.

그녀는 런던으로 떠났고, 나는 로마로 떠났다.

앤이 (로마의) 클로드에게

2월 28일, 런던

우리가 처음으로 만났던 날, 당신은 당신이 좋아한다는 와츠와 그의 그림 〈희망〉에 대해 이야기함으로써 내게 깊은 인상을 남겼어. 그 그림을 좋아하는 이유가 나와 똑같았거든. 이제껏 살아오는 내내, 내 곁엔 늘 나를 매혹시키는 우월한 여자애가 있었어. 그 애는 모든 분야에서 1등이었고, 게임이나 운동경기를 하는 족족 나를 이겼어. 나는 탄복을 금치 못했지. 그 애는 자기의 피아노 소리보다 내 바이올린 소리를 더 좋아했지만, 노래를 하면 그 애의 목소리가 내 목소리를 덮었어. 그 애는 시를 썼고, 우리 마을에서 올리는 연극 무대의 유일한 진짜 배우이기도 했지. 그 애는 바로 뮤리엘 언니야.

당신과 언니의 이야기를 들으면서 내 갈등은 정리됐

어. 두 설교자를 대치시키듯 당신과 언니를 소개시키면서 흐뭇했지. 내가 두 사람 사이에서 빠져준 건, 배려 때문이 아니라 명백한 사실 때문이었어. 강렬하지만 짧게 질투도 했지. 나 스스로 당신과 언니 수준에 못 미친다고 느꼈거든. 첫눈에 두 사람이 결혼하는 그림이 그려졌어. 아니나 다를까, 여러 가지 사건 속에서도 두 사람은 서로 사랑했어. 당신이 언니와 약혼을 하다시피 한 형태로 떠나기 직전에, 꽃이 만발한 사과나무 밑에서 마지막 점심 식사를 하는 동안 흡족한 마음이었어.

언니의 망설임이란 적이 놀라웠어. 더는 당당한 모습이 아니었지. 당신의 일기를 읽으며 비로소 머릿속이 환해졌어. 그중 몇 장은 필사를 해두었지. 내게 한 줄기 서광이 비쳤다고 할까. 누구랄 것도 없이 둘 다 자기의 생각이 확고한 사람들이다 보니 어울릴 수가 없었던 거야.

당신과 나, 우린 다시 만났어. 전과 다름없이 당신은 내게 내 작업에 대한 놀라운 자신감을 심어주었지. 그날, 변화하는 당신의 시선과 마주칠 엄두가 나지 않았어. 내 시선도 못지않게 변화했을 거야. 당신이 내 가슴에 손을 집어넣었으니까. 그게 우리의 시작이었지.

뮤리엘 언니와 당신은 나의 양극단이었고, 나는 끊임없이 당신과 가까워졌어. 난 여전히 뮤리엘 언니를 사랑해. 비록 정신적으로는 언니에게서 벗어나 당신 가까이 있지만.

1904년 3월 15일, 숲 속에서

당신을 보고 싶은 마음에 자꾸 기분이 가라앉아. 이럴 때 나 같은 초보가 어찌해야 하는지 말해주겠어?

혹시 당신도 괴로워? 그럴 리 만무하겠지. 당신은 늘 그렇듯 바쁠 거야. 나 같은 초보가 해야 할 일은 이렇게 당신에게 편지나 쓰는 건지도 모르겠어……

소나기가 쏟아져…… 빗물이 이제 더는 나 혼자만의 것이 아닌 내 살갗을 때리고 있어…… 빗물이여, 내 두려움을 씻어다오! 나도 저쪽으로 달아나는 저 작은 토끼처럼 자유롭고 싶어. 난 당신 거야, 클로드, 철저히.

3월 20일, 첼시

엄마가 뮤리엘 언니의 병간호를 도와달라고 부탁했어. 부드럽게 거절했지. 섬에 가면 작업을 단편적으로밖에 할 수 없을 것이고, 그럼 난 분노하겠지. 엄마는 내게 늘 더 많은 걸 요구할 테고. 뮤리엘 언니는 엄마의 계획을 몰라. 알았다면 엄마를 말렸을 거야. 언니한테 편지를 쓰긴 하지만 그나마 눈 때문에 엄마가 편지를 읽어줘야 하거든.

난 당신과 함께 우리의 생각과 방식대로 살아가는 삶이 필요해.

오후 4시에 내 입술에 당신의 입술을 느꼈어. 혹시 내 생각 했어? 기억나?

3월 30일, 첼시

엄마의 편지. 내가 집에 돌아오면 뮤리엘 언니가 시력 회복 여부가 달린 치료를 잘 받을 수 있을 거라나. 아무래도 결국 그 감옥으로 들어가게 될 것 같아. 뮤리엘 언니만 있다면 좋겠지만, 그곳엔 내 소매를 붙들어 매어 놓고 나를 강제로 위선자가 되게 하는 보이지 않는 규율과 분위기가 존재하거든.

뮤리엘 언니가 나는 불만스럽고도 소중해.

4월 13일, 섬

어제 섬에 도착했어. 당신의 충고를 따랐지. 〈한계를 정해.〉

뮤리엘 언니는 스스로를 더 잘 통제하려다 보니(언니의 고백을 참고해) 갑자기 완전히 식물인간이 되어버렸어. 언니는 시야가 여전히 뿌옇고, 다시 고기를 먹는 데 성공했어.

여기서 원하는 내가 할 일이란 이런 것들이야. 집 주

위의 꽃밭 가꾸기(엄마가 꽃을 좋아하니까), 새 식구가 된 개 조련시키기(그래도 어리고 귀여워), 뮤리엘 언니 대신 두 달 뒤에 열리는 자선 바자회 준비하기.

뮤리엘 언니에게 이렇게 대꾸했어. "난 이런 온갖 잡다한 일 때문이 아니라 오직 언니의 눈을 위해 온 거야. 난 조각가라고."

뮤리엘 언니가 부모님에 대한 우리의 의무에 대해 이야기했고, 난 그 문제에 관한 한 더는 언니와 생각이 같지 않다고 말해줬지.

언니는 내가 얼마나 변했는지 몰라. 오전 11시까지는 내가 자유 시간을 갖는 걸로 합의를 보았지만 나한텐 충분하지 않았어. 언니나 엄마한테도 마찬가지였고!

난 말로, 또 침묵으로 싸워야 했어. 만일 언니와 엄마처럼 그저 그런 소소한 일상에 매몰된다면, 뇌가 텅 비어버리고 말 거야. 나로선 저 대단한 자선 바자회까지 견디는 것이 최선이야. 엄마와 언니는 내가 여름 내내 여기 있길 바라지만!

1904년 4월 17일, 섬

난 이탈리아어도 배울 거야. 엄마 때문에 내 주소를 타자기로 치고 있어. 뮤리엘 언니에게 눈 건강을 묻는 편지를 써줘. 당신 편지는 내가 읽어주게 될 거야. 언니는 우리가 파리에서 만난다는 걸 알고 있어. 딱 그렇게만. 뜨개질도 하고, 내 부축을 받으며 산보도 하고, 내가 책 읽어주는 걸 듣기도 하지. 심한 통증은 더 이상 없어.

당신이 몇몇 부분에 대해 날 비난해준 게 기분이 좋아. 잘 찾아보면 다른 단점도 발견하게 될 거야.

당신도 마찬가지야, 당신도 늘 내가 바라는 모습은 아니라고.

4월 25일, 섬

당신의 편지! 그러니까 웨일스에서 밤중에 강을 건너며 내가 툴툴거렸을 때, 나한테 키스하고 싶었단 말이지? 다른 날도 기억나? 함께 술래잡기를 하던 날. 내가 정신이 얼얼하도록 나뭇가지에 세게 부딪쳤는데, 당신이 넘어지지 않도록 내 손목을 붙잡았던 거. 당신은 목이 메더니 얼굴도 다른 사람이 되었지. 난 당신의 손을 뿌리쳤어. 그때를 떠올리자니 한없이 즐겁기만 해……

1904년 5월 5일, 섬

스위스에서 어느 해인가 호텔에 엄청나게 멋을 부린 젊은 남자가 있었어. 좌우 대칭이 지나치리만큼 완벽한 잘생긴 남자였지. 내 동생이 그 남자한테 곧잘 말을 걸었어. 난 관심이 없었지만.

그런데 그 남자가 내 허리를 껴안는 꿈을 꾼 거야. 이튿날 그 남자를 바라보며 마음이 설레었어. 그를 위해 베토벤을 연주하는가 하면 활을 쏘기도 했지. 그 남자는 어느 날 아침, 동이 트기 전에 떠났어. 난 침대에서 일어나 산속을 오래도록 걸어 다녔어. 어슴푸레한 달빛 속에서, 희붐한 해돋이 속에서, 한낮의 태양 속에서, 그를 생각하며.

이 경우나 다른 비슷한 경우를 보아도 난 연애를 여러 번 할 것 같다는 생각이 들어. 난 호기심이 왕성하고 내 호기심은 절대 말릴 수 없는 무엇이거든.

조각 모형이 성공적이야. 천국에 와 있는 기분. 그런데 모형이 잘 나가다가 어설퍼졌어. 이젠 연옥이야. 따라서 가족한테 느끼는 위험한 위로에 빠져들었어……

안 돼! 난 혼자가 되고 싶다고. 때로 당신과 함께 있고 싶고, 일하고 싶어.

1904년 6월 11일, 섬

안과 의사가 뮤리엘 언니에게 넉 달간 눈 사용을 일절 금지시켰어. 언니와 서로 허심탄회하게 이야기를 나누게 된 지 벌써 2년이 넘었어. 언니의 **고백**에 대해 어떻게 생각해? 대답은 하고 싶을 때 해.

우리의 비밀을 간직하는 것이 여간 힘들지 않아. 엄마와 언니에게 당당히 말하고 싶어!

엄마와 엄청난 신경전을 벌이고 났더니 작업을 망쳤어. 아버지가 상속하신 내 몫의 돈을 요구했거든. 난 부자는 아니지만, 경제적 독립이 가능해.

내 몸은 도발적이고, 정신은 소심해. 언젠가 차에 치여 죽을 뻔한 적이 있어. 제일 먼저 조각품, 그다음에 당신, 뮤리엘 언니, 그리고 가족이 약간 안타까웠지. 알렉스가 내일 떠나. 이제 반죽할 시간을 좀 더 낼 수 있을 거야. 찰스는 벌써 항해를 하고 있어.

거울을 볼 때면, 당신한테 더 나은 모습을 보여주지 못해 안타까워. 산을 오르려다가 떨어진 건 어쩔 수 없지. 난 더는 전쟁에 적대적이지 않아. 후회하는 것도 더는 두렵지 않고. 당신이 뮤리엘 언니를 위해 **일기**에 인용한 문구들이 나를 변화시켰어.

내가 미처 당신을 떠날 준비가 되기도 전에 당신이 날 떠날까 봐 두려워.

날 이끌어주고, 깨뜨려줘. 목숨이 위태롭게 해줘. 당신이 필라를 사랑하는 걸 보았더라면, 내가 조각으로 만들었을 텐데. 난 불이 되고 싶어.

당신이 이런 말을 했지. "당신을 사랑해, 왜냐하면 난 당신이 필요하니까." 정말 옳은 말이야!

그래! 날 필요로 해줘!

아직 서로를 모르는 예술가들이 서로를 지나치게 많이 아는 예술가들보다 불만이 적은 법이지.

조심스러운 마음에 당신과 가까워지기를 주춤거렸다는 것이 창피하고 화가 나. 파리에 남았어야 했어.

석 달 전, 당신과 나, 우리는 충분히 멀리 나가지 못했어. 그 후로 난 무언지도 모를 것을 기다리고 있어. 기다림이 하도 간절해서 정신이 다 이상해질 정도로.

나의 남자여, 당신의 편지는 내게 찬물 세례이기도 하고 따뜻한 커피 한 잔이기도 해.

내가 나에 대해 너무 많은 말을 하고 있나? 당신은 당신에 대해 충분히 얘기하지 않아!

당신의 이 말이 좋아. "당신이 있지만, 세상도 있어." 나도 당당하게 같은 말을 해주고 싶어.

당신은 세세하지 않지만 고결한 방식으로, 그러니까 내가 왠지 몰라도 당신이 날 사랑한다고 느끼게끔 날 돌봐줘.

클로드의 일기

1904년 7월 2일, 루체른

전보: 〈화요일 정오에 루체른으로 당신한테 도착해.〉

특급열차를 탔다. 차축이 앤을 향해 전력 질주하는 것처럼 느껴졌다. 이글거리는 풍경이 눈 덮인 산악 풍경으로 변했다. 나는 이틀 전에 미리 도착해서 앤을 맞을 준비를 했다. 호수 위로 목제 발코니가 나 있는 방을 선택했다.

플랫폼에서 앤을 기다렸다. 기다란 열차가 비어 있었다. 앤이 없었다! 걱정스러웠다. 마침내 저 아래쪽에서 퉁퉁한 배낭을 멘 채 무거운 트렁크를 들고 내리는 앤을 발견했다. 내가 달려가자 앤이 볼을 내밀었다. 감정이 끊기지 않았다. 앤은 진지했고, 다소 여위었다. 우리는 트렁크에 앉아 짐꾼을 기다렸다. 앤이 말했다.

"뮤리엘 언니 덕분에 지금 내가 여기 있을 수 있는 거야. 눈이 아직 회복되지 않았는데도 날 보내줬어. 오늘이 언니 생일이거든. 내가 떠나는 걸 원치 않는 엄마에게, 자기 생일 선물로 날 스위스에 보내주라고 부탁했어. 당신과 만나는 건 몰라. 언니가 당신과 관련해서는 침묵의 장벽을 치고 있음에도 불구하고 너무나 사실대로 얘기하고 싶었지. 단둘이 있더라면 얘기했을지도 모르지만, 집안 분위기 때문에 그러지 못했어. 당신은 로마에서 아주 성공적이었나 봐. 신수가 훤한걸! 저기, 짐꾼이 오네."

앤은 침대가 두 개 놓인 오래된 방을 마음에 들어 하더니, 그중 하나를 가리키며 말했다. "오늘 밤에 난 저기서 잘게, 당신은 당신이 원하는 데서 자. 내일은 바위와 소나무들에 둘러싸이러 가자."

나는 앤의 이야기를 듣고, 모습을 바라보고, 여장을 풀도록 내버려두었다. 그녀가 여기 있는 것이 행복하다. 하지만 그녀를 전적으로 원하지는 않는다.

저녁에 앤이 내게 키스하며 쉴 새 없이 조잘거렸다.

"난 아이를 만들고 싶지 않아. 대신 조각을 만들고 싶지. 결혼하지 않은 커플들을 가끔씩 보는데, 부럽더라고. 맬서스의 『인구론』을 읽었는데, 동의가 되더라. 난 젊은 여자인 게 지긋지긋하면서도, 한편으로는 두려워. 당신네 나라의 그 유명한 사령관처럼 나도 내 몸에게 이렇게 말하지. '떨고 있구나, 몸뚱어리여, 하지만 내가 널 어디로 데려가는지 안다면 더 한층 심하게 떨 것이다.'(루이 14세 치하에서 가장 지략이 뛰어나고 용맹했던 사령관 중 한 사람인 앙리 드 라 트루 도베르뉴가 전쟁터에서 추위에 떨며 사망하기 직전에 자신에게 중얼거린 말이다―옮긴이)"

"멋지네!"

"자유로운 삶을 살았던 유명한 여성들의 전기도 읽

었어. 난 뮤리엘 언니의 종교적 원칙과 당장이라도 어떻게든 신에게 헌신하려는 의지에 더는 동의하지 않아. 나도 와츠처럼 작품으로 사람들을 감동시키면서 쓸모 있고 싶어. 뮤리엘과 당신을 보며 명백하다고 여겼던 운명적으로 정해진 커플 따위도 더는 믿지 않지. 우리가 시도하도록 강요받고 있다는 생각이 들어. 바로 그렇기 때문에 당신한테 내 젖가슴을 내맡겼던 거야. 바로 그렇기 때문에 내가 여기 있는 것이고. 우리는 시작 단계야. 서로를 진지한 상대로 받아들이기까지 고민이 많았지. 내가 당신을 사랑하는지 아닌지 잘 모르겠어. 하지만 당신은 날 교육하고 즐겁게 해주었고, 난 당신이 마음에 들어."

나는 앤이 자랑스러웠고, 조금은 쑥스러웠다. 그녀가 외려 나를 가르쳤는데. 뮤리엘과 이들의 어머니가 사라졌다. 앤에 대해 존경심, 보호본능, 부드러운 애정, 호기심, 매력이 느껴졌다. 어떤 남자도 그녀를 건드리지 않은 터였다. 앤이 말했다.

"필라에 대해서 더 얘기해줘, 자세하게."

하지만 녹록지 않은 여정인 영불해협을 건너며 쌓인 피로로 인해 앤은 내 품에서 이내 잠이 들었다.

앤이 머리칼을 한 움큼 잡아당기며 나를 깨웠다.

"자, 클로드! 어서 일어나! 한 시간 뒤에 배가 출발해."

그녀는 군인을 연상시키는 **빨간색 플란넬** 천을 마치 칼로 뚝뚝 자른 듯한, 어처구니없는 속옷을 입고 있었다.

배가 우리를 바위로 둘러싸인 곳으로 데려다주었다. 뒤로는 숲이 우거졌고 여기저기 흩어져 있는 거친 퇴석들과 공터들, 낡은 산장 하나가 보였다.

나는 배를 깔고 엎드렸다. 양쪽 팔꿈치 밑에 소나무 바늘잎이 느껴졌다. 나의 왼쪽 검지 끝에선 아주 조그마한 민달팽이가 가느다란 목으로 허공을 더듬고 있었고, 오른쪽 검지 끝에선 작은 완두콩처럼 오통통한 달팽이가 똑같은 행동을 하고 있었다.

앤이 연필로 이 연체동물들의 무해한 움직임을 정지시켰다.

나는 폭풍우가 칠 때 뮤리엘과 함께 탔던 것과 비슷한 나룻배에 서서 노를 저었다. 앤이 바다로 뛰어들더니 나룻배 밑을 통과했다.

앤이 작은 가위와 망치로 돌멩이 하나를 깎았는데, 그 형태와 돌에 낀 이끼 얼룩이 고대의 개 석상 같았다.

석양에 우리는 두꺼비들의 노래를 들었다. 앤이 말했다.

"이곳엔 온통 멋진 것들뿐이야……! 우리는 말할 것도 없고."

앤이 짧은 키스를 한 뒤 평온한 얼굴로 잠들었다.

아침이 되자, 앤이 나를 평원에 높이 솟은 체리나무 밑으로 데리고 가더니 외쳤다. "다리에 힘을 줘봐!" 그러고는 내 어깨에 올라타 아슬아슬하게 똑바로 서더니 나무로 건너뛰었다. 앤이 잘 익은 검은 체리들을 내게 던지고는 자기도 하나 깨물었다. 체리 씨 하나가 내 귀로 들어왔다. 앤이 외쳤다. "미안, 당신 코를 겨냥했던 건데." 그러면서 휘파람을 불어 나를 어이없게 만들었다.

우리는 솔방울로 저글링을 하고…… 개구리를 잡기도 했다…… 하지만 산장의 젊은 급사가 개구리 한 마리를 가져다가 구이를 하기 위해 다리는 따로 떼어낸 뒤 조리법에 맞게 몸통을 써는 것을 본 뒤로 중단했다.

우리의 키스가 진해졌다. 나는 이 선머슴 같은 여자와 결코 다른 아무것도 할 수 없을 것인가? 나의 인내심은 가장한 것이 아니다.

우리는 모래밭에서 화살과 총을 쏘았다. 앤이 뛰어난 기량을 발휘했다.

침대에서 알몸의 앤이 물었다.

"'코팽'이라는 단어가 저속한 거야?"

"아니, 구어적 표현이야. 초등학생들 용어지. '카마

라드[코팽(copain), 카마라드(camarade) 모두 친구, 동무라
는 뜻―옮긴이]'보다 더 따뜻하고 재미있고 친근하다고 할
까."

"그럼 난 당신의 코팽이야."

"응, 대부분의 시간에 우리는 코팽이야. 하지만 우린
그것만은 아니지. 코팽끼리는 떨리는 가슴으로 입술에
키스하지 않으니까. 난 당신이랑 키스할 때 가슴이 떨리
거든. 단순히 코팽이라면 **그 이상**을 바라지 않겠지."

"당신은 정말로 **그 이상**을 바라?"

"그렇기도 하고, 아니기도 해. 충분히 시간을 갖는
것도 좋으니까. 하지만 **그 이상**에 대한 호기심은 있어."

"응, 막연하고 집요하지. 그게 우리를 어디로 이끌
까?"

"우리가 준비한 장작에 성냥불을 붙이겠지."

"응, 그다음엔?"

"그다음엔 그 불이 우리를 어떻게 만들지 예견할 수
없어."

앤이 변한 목소리로 내 말을 메아리처럼 따라 했다.

"……**우리를 어떻게 만들지**…… 이리 와, 클로드, 지
금, 당장!"

그녀가 나를 자기 쪽으로 잡아당겼다.

그녀는 빨갛게 달아올랐고, 진지했다.

나는 부드럽게 시도했다.

그녀가 말했다.

"어서, 어서!"

나는 여전히 머뭇거렸다.

"뭐해, 어서 오라니까!"

그 말투에 나는 확신을 얻었다. 얄팍했던 경계가 무너졌다. 나는 그녀 안에 있다. 그녀가 친구, 그 이상이 아닌 눈으로 날 바라보았다.

하지만 이 놀이가 다른 모든 것을 무너뜨렸다. 우리는 그것을 알았다.

앤이 말했다.

"일어나야 할 일이었어. 난 좋아. 당신이 좋아하고, 친밀한 행위니까. 하지만 아직은 우리가 하나가 되지 않았어. 그저 덜 좋은 우리의 키스 같다고 할까."

"당신은 아직 불이 붙지 않았구나."

"당신은 불이 붙었어?"

"보면 몰라?"

"알아. 하지만 난 아직 아니야. 당신 혼자만의 놀이였다고 할까. 내게는 결코 일어나지 않을 일일까?"

"차차 발견해나가야겠지."

"그래. 당신이 일전에 얘기했었지, 클레르 여사는 당

신 아버지하고 평생 아무것도 느끼지 못했다고. 그건 정
상이 아니지?"

아흐레 날에 내가 열흘을 연장하자고 제안했지만,
앤이 거절했다. 그녀가 말했다.
"나도 그 생각을 해봤는데, 안 된다는 결론을 내렸
어. 당신을 위해서도, 날 위해서도. 우리한텐 완충장치
가 필요해. 좀 지나친 것보다는 지나치게 부족한 것이 차
라리 나아. 내일모레 언덕 꼭대기까지 나 혼자 떠날게.
그 근처에 아는 농부들도 있고, 거긴 돌들도 부드럽거든.
당신은 당신을 필요로 하는 클레르 여사와 바닷가에 가.
우린 곧 다시 만날 수 있어. 우린 자유롭잖아, 그게 얼마
나 아름다워!"
나는 완충장치를 받아들여야 했다.

앤이 배낭을 메고서 떠날 시간이 되었다. 그녀의 발
목은 가늘었고, 눈은 햇빛에 깜빡거렸다. 그녀가 말했
다. "포플러 옆을 지날 때 한 번 뒤돌아볼게." 그녀는 말
대로 했고, 엄숙하게 고개를 숙여 내게 인사를 보냈다.

앤이 클로드에게

1904년 7월 14일

당신을 떠나고 이틀이 흘렀어. 네 시간을 쉼 없이 걷고 또 걸었어. 전혀 피로하지 않았지. 간간이 말을 하기도 했어. 누구한테? 당신한테! 바위 위로 부서지는 낙수 위의 다리 난간에 서서 개울을 건넜어(내가 늘 하는 버릇이야). 나보다 더 높이 솟구치는 포말을 햇빛이 비추었지. 무지개 사이를 걸었어. 배낭이 가볍게 느껴지더라. 절제와 낭비 사이를 오가며 즐겼어. 난 태양에 타오르고, 당신에 타올라.

7월 20일

1년 전 당신의 편지를 다시 읽었어. 내용을 이젠 완전히 이해해. 편지 하나가 혼자서 할 수 있는 일에 놀라울 따름이야. 나도 뵈클린의 그림들을 좋아해. 레미 드 구르몽의 『사랑의 육체』를 보내줘.

클로드의 일기

1904년 8월 5일, 벨기에 노크

클레르 여사와 함께 벨기에의 바닷가 호텔에서 몇

주를 보냈다. 어머니를 행복하게 해주려고 노력했다. 뮤리엘과 머리 색이 비슷한 젊은 독일 여자와 가볍게 사귀었다. 앤에게 여기서 자전거로 10분 거리인 이웃 마을에 묵으러 오라고 청했다. 그녀를 위해 바닷가에 면한 방과 작은 창고 작업실을 세 얻었다. 그녀가 내일 온다.

8월 6일

그녀 대신, 편지가 도착했다. 〈재앙이야. 엄마와 뮤리엘 언니 모두 병석에 있어. 지체할 시간이 없어. 두 사람을 돌보러 떠나야 돼. 소름이 돋아.〉

부푼 기대로 그녀를 기다렸는데. 우리가 이 시간을 되잡을 수 있을까?

여드레 후, 또 다른 편지가 도착했다. 〈눈물이 나. 당신은 내 조각보다 더 진짜야. 편지를 자주 쓰지 못할 거야. 당신도 상상이 될 거야, 난 제자리걸음만 할 뿐이야.〉

1904년 12월 27일

5개월 뒤, 크리스마스가 이틀 지나고 나서 앤이 파리의 내게로 왔다. 그녀는 불안정했고, 불만스러웠으며, 자신에 대해 확신하지 못했다. 하지만 내게는 성숙하고 더 예뻐진 듯 보였다. 나는 생각을 말하지 않은 채 앤을 바라보았다. 앤이 내 눈에서 그것을 읽고는, 내게 뛰어올라 허벅지로 내 허리를 두르며 안겼다. 벌거벗은 채 머리부터 발끝까지 애무당하며, 그녀는 서서히 모든 불필요한 것들을 벗어버리고 오롯이 자신이 되었다. 마침내 그녀가 내 욕망을 느꼈다. 그리고 거기서 자신의 욕망을 길어 올렸다. 내가 그녀를 가졌을 때, 우리 둘 다에게 새로운 순간이었다. 그녀한테서 더는 호숫가의 선머슴 같은 여자 모습을 찾아볼 수 없었다. 그녀는 자신이 여자임에 놀라는 젊은 여인이었다. 그녀가 말했다.

"얼마나 기다렸던지. 얼마나 놀라운 보상인지!"

내가 말했다.

"난 불꽃이 되고 싶어."

그리고 그렇게 되었다.

1905년 1월 12일

우리는 앤의 아틀리에에서 내가 시간이 나는 즉시, 닥치는 대로, 매시간, 만났다. 하지만 난 일이 있었다. 잡지 창간을 공동으로 주관했고, 정해진 날짜에 번역 원고도 넘겨야 했다. 따라서 앤과 그리 자주 만날 수는 없었다.

어느 날, 앤이 불시에 속달우편으로 나를 불렀다. 그것은 그녀의 원칙에 위배되는 행동이었고, 그녀는 같은 일을 반복하지 않겠다고 다짐했다. 나는 모든 일정을 밀어둔 채 그녀에게 달려가 머물렀다.

나는 앤을 품에 안고서 침대로 데려갔다. 앤이 침대에서 빠져나가 재빠르게 목욕을 했다. 그녀는 내가 보는 앞에서 목욕하는 것을 더는 민망해하지 않는다.

"앤, 내가 오기만 하면, 당신은 바로 욕조로 달려가는군. 목욕은 매일 아침 하지 않아?"

"응, 모든 잘 배운 영국 여자들이 그렇듯. 하지만 오늘 오전 내내 더웠거든!"

"아름다운 불행이군! 만일 내가 허브 향 비누 대신 당신의 체취, 후끈해진 **당신**을 느끼고 싶다며 키스하기 전에 목욕하지 말라고 부탁하면 어떡할래?"

앤이 대답했다.

"따라야지."

두 번째 속달우편을 받았고, 나는 다시 한번 모든 것을 뒤로한 채 달려가서 '불꽃을 피웠다.'

앤이 클로드에게

1905년 1월 21일

클로드, 클로드, **너무** 행복해. 나의 욕망은 당신이 만족시켜줄수록 점점 커져가.

남자들은 사랑을 나누며 안정을 느껴? 난 그 반대야. 어제 그토록 실컷 당신을 가졌으면서도 더더욱 당신이 필요하거든. 어찌해야 좋을지 모르겠어. 당신은 나를 가득 채우고 있어. 당신이 멀어지면, 나는 텅 비어버려. 누가 그런 말을 했지?

당신이 원할 때 여기로 와, 그럼 최악일 거야. 당신이 한없이 멀리 있는 기분이야. 조각이 없었더라면, 난 두려웠을 거야.

당신과 온종일 함께 있더라도 당신은 종종 나를 떠나야 할 것이고, 그럼 어쨌든 난 고통스러울 거야. 난 어떤 경우에도 충족되지 않아.

그러다가 어느 날 결국 우리가 서로에게 싫증을 느낀다면? 당신은 그 경우를 상상할 수 있어?

할 수 있는 한 많이 나를 사랑해줘.

1905년 2월 4일

나의 클로드, 당신이 될 때 와, 하지만 잠깐 틈이 날 때는 말고. 잠깐 들르는 것이 아예 오지 않는 것보다 더 힘들거든. 당신을 온통 차지해버리는 당신의 일을 저주해. 난 기다림의 한계에 와 있어. 가족과 함께 있으며 불행했는데, 이제는 행복으로 불행해야 하다니. 날 야단치지 말고 치료해줘. 나를 제자리로 돌려줘.

밤늦게 와도 상관없어.

나의 조각이 우리의 사랑에 따라 다시 시작되는 기분이야.

당신의 앤이 자기 의사와 상관없이 당신이 원하는 것을 만들고 싶어 해.

이 종이는 당신의 살이고, 이 잉크는 나의 피야. 잉크가 살 속에 스미도록 나는 꼭꼭 눌러 글씨를 써. 당신이, 그리고 나 또한 좀처럼 잊지 못하는 필라가 왜 손바닥으로 당신의 얼굴을 밀쳤는지 이제야 이해가 돼.

왜냐고?

잘 생각해봐!

당신이 주장하듯 한 민족의 철학을 그 민족의 여자들이 섹스하는 방식에서 찾을 수 있다면, 대체 스페인인들의 사상은 얼마나 명료할 것인지!

클로드의 일기

3월 5일

이어서 도착한 두 통의 속달우편에는 도저히 응할 길이 없었다. 우리가 기획한 잡지의 창간호가 출간되었다. 앤은 잠을 이루지 않았다. 그녀는 자기는 상관없으며 충분히 이해한다고 말했고 또 그렇게 생각했지만, 그럼에도 그것은 그녀에게 당연하게 받아들여지지 않는 단절이었다.

만개한 앤이 내가 주는 것에 만족할 수 없으리라는 확신이 점차로 굳어져갔다. 내가 헌신적일수록, 우리 둘의 시간이 아름다울수록, 계속성에 대한 그녀의 갈망이 커져갔다.

나는 그녀가 원하는 만큼 곁에 있어주지 못해 슬펐고, 그녀는 내가 슬퍼하는 것에 슬펐다. 그녀가 말했다.

"당신이 선원이었다면 당신의 부재는 절대적이었을 거야. 하지만 그렇지 않으니 당신이 너무 절실해지면 난 아무 때고 당신을 불러. 늘 성공하는 건 아니지만. 또 당신이 한 시간 머물다 갈 요량으로 오더라도 내가 밤새 붙잡아둘 때도 있지. 난 그런 내가 합리적이라고 믿었지만, 실은 그렇지 않아. 우리의 의도는 각자 열심히 일하고 난 뒤에만 만나는 것이었는데, 내가 사랑에 갓 눈뜬 사랑의 신생아다 보니, 사랑이 모든 것의 열쇠가 되었어. 우린 서로의 말과 행동으로 사랑을 쌓아 올렸어. 마치 우리 둘이서 만든 커다란 석상 같다고 할까. 중요한 건 그것뿐이야. 하지만 난 당신을 너무 과하게 부르느니 차라리 당신을 잃는 게 나을 것 같아."

마침내 앤은 조각 작업에 착수할 수 있었고, 나무에 새로운 시기의 문을 여는 첫 칼질을 시작했다. 그녀의 가슴이 기쁨으로 용솟음쳤다.

　앤은 작업 시간을 정해놓고 그 시간에 나의 출입을 금지했다. 그녀가 말했다.
　"당신과 거리를 두고 그 시간을 즐기는 습관이 필요해. 당신도 그런 시간을 가져. 그럼 내가 당신한테 덜 부담이 될 거야."

앤과 클로드와 무프

클로드의 일기

1905년 3월 30일

석 달이 지났다. 나는 앤을 매우 자유분방한 러시아 여자 친구의 집에서 열린 보드카 댄스파티에 데려갔다.

새벽 2시경이 되자 열다섯 명 남짓의 손님만이 남았다. 전기가 몇 분 동안 끊겼다가 다시 켜지는 것이 간간이 되풀이되었다.

나는 기다랗고 낮은 소파에 앉아 있었다. 앤은 나한테서 네 발자국가량 떨어진 다른 소파에서 무프와 함께 뒹실거렸다. 무프가 앤에게 기울이는 지대한 관심이 느껴졌다. 작지만 큐브처럼 다부지고 턱수염이 터부룩한 슬라브 족으로 냉정하고 현학적인 얼굴에 힘이 장사일 것 같았다. 그들은 어둠 속에서 이 소파에서 저 소파로 미끄러져갔다.

다시 어둠이 찾아왔을 때 무언가가 내 귀를 스치더니 입술 하나가 내 입술에 키스했다. 나는 앤인 줄 알고 응했으나 이내 그렇지 않다는 걸 느꼈다. 내 입술이 굳어졌다. 좀 전에 담소를 나누었던 나보다 연상인 러시아 여자였다. 나는 앤을 데려온 것을 후회하며 뒤로 물러났다.

그 집에서 나오며 앤이 말했다.

"무프가 내 조각을 보러 오겠대. 당신을 안다고 하더라. 응낙했어. 나 잘한 거야?"

"내가 이 무도회에 당신을 데려온 건 친구들을 사귀게 하기 위해서야. 응, 무프를 알아. 서로 안 맞는다고 느끼며 수차례 대화를 나눈 적이 있지. 진지하고 지적인 친구야."

"내가 부른 게 아니야. 그 사람이 먼저 나한테 왔고 나도 호감을 느꼈어."

우리는 앤의 집으로 돌아왔다. 나는 좀 전의 입술 키스에 대해 이야기하며 내가 처음에 앤이라고 착각한 이유를 설명했다(앤이 내 손가락을 꼭 쥐었다). 이어 입술을 닦은 뒤 앤에게 키스했다.

4월 10일

무프가 앤을 방문했다. 그는 앤의 작품들에 대해 인

상적인 지적을 했다. 그 역시 화가이자 작가였다. 그가 자신의 작업실로 앤을 초대했다. 앤이 그의 작업실을 방문했고, 그가 앤에게 구애했다.

1905년 4월 15일

우리는 타올랐다가 사그라지는 우리의 불꽃을 늘 더 높이 쏘아 올렸다. 어느 날 앤이 말했다.

"혹시 뮤리엘 언니를 나보다 더 사랑했을 거라고 생각해?"

"글쎄, 상상할 수 없는걸. 그건 다른 세상이니까. 뮤리엘은 내겐 수수께끼로 남아 있어."

"내 생각엔 그랬을 것 같아. 난 당신을 알게 되었을 때 이미 언니와 짝을 지어버렸거든. 두 사람이 서로를 위해 만들어진 것 같았다고 할까. 거기엔 이유가 있어. 언니는 모든 운동에서 나를 이겼어. 그러니까 의지만 있었더라면 언니가 이 분야에서도 날 이겼겠지. 난 당신과 언니를 결혼시키는 데 거의 성공했어. 더러 강기슭에 갔던 날 밤처럼 질투심이 들 때도 있었어. '내겐 무엇이 남을까?'라는 회의가 들었지만 이내 당신과 언니의 사랑을 위해 마음을 다잡곤 했지. 이별에 관한 당신의 일기를 읽기 전까진 말이야. 당신의 일기는 내겐 성경이 되었어.

당신과 언니의 관계가 돌이킬 수 없는 것임을 깨달

앗지. 그때 비로소 난 사심을 갖고 당신을 쳐다보기 시작했고, 당신이 그걸 눈치채게 된 거야."

"당신은 서서히 선머슴이기를 멈췄지."

"당신이 그렇게 만든 거야, 클로드. 그 선머슴은 이미 당신을 열렬히 사랑했다고. 자기가 좋아하는 남자도 실은 자기를 원한다는 걸 알게 되었을 때의 뭉클함이란…… 혹시 무프를 질투해?"

"완전히. 그 친구는 나와 정반대이고 당신은 그 점에 끌리는 거야. 난 그 친구에 대해 선입견이 있어. 그 친구를 잘은 몰라도 당신이 과분하다고 생각해. 두 사람은 어울리지 않을뿐더러 두 사람을 연관 짓는 자체가 상상이 되지 않아. 당신이 그 친구한테 가져다줄 수 있는 건 보이는 반면, 그 친구가 당신한테 가져다줄 수 있는 건 전혀 보이지 않지. 내가 상관할 바는 아니지만."

앤이 말했다.

"당신이 시간 여유가 없어서 유감이야. 당신은 정말 내게 멋진 것들을 제시해주고, 나를 변화시켰거든. 그리고 이런 말을 했지. '명심하세요, 부인, 세상은 넓고 당신은 그 안에서 선택할 수 있으니까.' 그런데 내가 선택하고 싶은 게 바로 당신일 수 있으리라는 건 미처 염두에 두지 못했지. 당신을 원망할 수는 없어. 당신은 선교사이거나 감히 묶어둘 엄두조차 낼 수 없는 경주마니까. 내가 끝내는 나를 최우선으로 치는 남자를 필요로 하게 되지 않을까 싶어…… 난 당신을 사랑하는 것보다 사랑 그 자체가 더 좋거든. 당신이 그 사랑에 가장 가깝긴 하지만, 탐험을 위해 떠나고 싶다는 생각이 들어."

열흘 간 출장을 다녀와야 했다. 나는 하루를 앞당겨 돌아와서는 평소 앤과 만나던 시간에 앤의 작업실로 갔다. 늘 하던 대로 일정한 간격을 두고서 문을 네 번 두드렸다. 처음으로 아무런 응답이 없었다. 나는 다시 한번 문을 두드렸다. 침묵. 나는 외쳤다. "앤! 앤!"

무응답.

'외출했나 보군, 아니면 무프가 있던가.' 나는 짐작하며 자리를 떴다.

속달우편이 도착했다. 〈와줘.〉

앤이 말했다.

"아, 내가 문을 안 열었어. 안에 있었거든! 무프의 무릎에 앉아 있었는데 그이가 날 말렸어. 당신이 '앤! 앤!' 하고 불렀을 때 대답하고 싶었지만 그이가 그 커다란 손으로 내 입을 틀어막았어."

'콱 깨물지 그랬어!'

나는 생각했지만, 이렇게만 말했다.

"그 친구가 있을 땐 나도 들어가고 싶지 않아."

여드레 후에 속달우편이 도착했다. 〈당신은 무프가 날 가졌다고 생각해? 천만에. 아직이야. 거의 가깝게 가긴 했어. 그날 실은 내가 당신한테 대답하고 싶지 않았던 거야. 그이는 날 말리지 않았어.〉

닷새 뒤, 다시 속달우편. 〈당장 와줘.〉
나는 달려갔다.
"클로드, 무프와 내가 일을 치렀어. 오늘 오후에. 난 막 목욕을 끝냈어. 어서, 날 사랑해줘."
나는 그녀를 사랑해주었다.
"클로드! 우린 뭘까? 당신 무슨 짓을 한 거야? 난 또 무슨 짓을 한 거고? 그러고 싶지 않았어. 아직 그이를 사랑하지 않거든. 그런데 갑자기 그이가 밀어붙였고, 나도 그이가 걷잡을 수 없이 궁금해졌어. 그 순간은 마치 내가 내가 아닌 것 같았다고 할까. 그리고 도로 내가 되었지. 당신 또한 궁금해."
내가 말했다.
"그래, 무프는 굉장한 사내야."
"그럴지도. 하지만 당신과 내 관계는 절대적이야."
"그럼, 당신과 그 친구는? 절대적이 아니야?"
"아직은."
어느 날, 바에서 웬 폴란드 여자와 시시덕거리는 무

프를 보았다. 우리는 마른 시선을 교환했다. 나는 앤을 대신하여 상처를 입었다. 그녀에게 말하지 않으리라.

자정. 어느 벽에 세워진 무프의 멋진 자전거가 눈에 들어왔다. 굵직한 빨간색 타이어에 몸체가 니켈 도금으로 번쩍거렸다. 앞 타이어를 더듬어보니 빵빵했고, 바퀴 틀에 매달린 펌프가 반짝거리고 있었다.

장난 좀 쳐볼까?

나는 도둑처럼 정성스레 타이어의 바람을 빼고 나서 밸브 뚜껑을 닫은 뒤, 그 자리를 떠났다.

그는 잠시 상심했다가 타이어를 도로 부풀린 뒤, 자전거를 잘만 달릴 것이다!

앤이 내게 말했다. "뮤리엘 언니를 위해 쓴 당신의 일기가 내게 현실을 직시하게 했어. 당신은 인생에서 내가 당신을 필요로 하는 만큼 여자를 필요로 하지 않아. 난 당신이 내게 할애하는 시간만으로 만족할 수 있다고 믿었고, 그걸 토대로 관계를 구축했어. 그런데 당신이 만든 새로운 나는 내 의지와 상관없이 그 이상을 원해. 당신이 북돋운 내 호기심도 거기에 한몫했고."

앤은 또 이런 말을 했다. "더러 뮤리엘 언니 생각을 해? (나는 고갯짓으로 그렇다고 대답했다.) 언니는 아픈 눈

속에서 깊은 잠에 빠졌지만, 언젠가 깨어날 거야."

얼마 지나지 않아 앤은 두 명의 정기적인 애인을 갖게 되었다. 우리 둘 다 알고 있는 사실이었다. 앤이 구체적 사항은 생략한 채 우리 둘에게 그것을 알렸다. 우리는 견디기 힘들어했지만, 앤은 매우 잘 견뎠다.

앤이 내게 말했다. "뮤리엘 언니가 어떻게 생각할지를 상상하면…… 1년 전의 내 생각 또한 다르지 않았을 거야. 혐오감…… 이건 진짜가 아니야. 단지 어쩌다 보니 그렇게 된 것일 뿐. 이건 서로 다른 거야. 사고 같다고 할까. 내 본성은 곁에 오직 한 남자만을 두는 거니까. 딕과 마르타처럼 말이야.

난 뮤리엘 언니를 질투했지만 자제했어. 당신도 무프를 질투하지만 자제하는 것이고."

1905년 4월 30일

어느 날, 앤이 말했다.

"페르시아에 있는 무프의 친구들이 무프를 그곳으로 초대했는데, 나를 데려가고 싶어 해. 당신 생각은 어때?"

"페르시아는 엄청난 나라야. 당신이 가고 싶은지만

생각해."

앤이 대답했다.

"그렇다면, 갈래."

우리는 밤새도록 이어진 두 번의 작별 인사를 했다.

앤이 클로드에게

1905년, 5월 22일, 테헤란

파리를 떠나면서 당신한테 서운한 마음을 표현하지 못했고, 그 이유를 알았어. 무프 때문에 당신이 겪는 고통에 내가 적이 놀랐기 때문이야. 난 당신을 위해서 그이를 만난 것에 만족했었거든. 당신의 부담을 덜어줬으니까.

당신은 나의 삶이었어. 당신은 현명하고 용기 있게도 (아니면 이기적이든가), 나의 요구를 거절했지. 지금은 다 지난 일이고, 외려 당신한테 감사해.

당신이 날 무프에게로 이끌었고, 그것에 대해 고맙게 생각해.

(편지 두 통 분실)

1906년 1월 1일

난 늘 닿을 수 없는 사랑을 추구해. 그러다가 기진했고 공허해졌어. 돌연 비참의 구렁을 부유하게 되었지. 무프는 굉장히 친절해. 그이의 부인(왜냐하면 유부남이거든)은 러시아에 있어. 그들 부부는 서로를 완벽히 자유롭게 방치하고 있지. 무프의 친구들은 교양 있고 유쾌한 한 그룹을 형성하고 있어. 내겐 당신의 단 한 가지가 절대적으로 유감이었지. 무엇인지는 말하지 않을래. 난 섬으로 돌아가.

1906년 2월 20일, 섬

뮤리엘 언니는 보지 않고서 글 쓰는 법을 익혔어. 만일 언니가 당신한테 편지를 쓰면, 당신의 답장을 언니한테 읽어줄 사람이 엄마가 되기 십상이라는 점을 명심해. 언니 눈의 큰 시련이 이제 한 달 이상 가지 않을 거라고 해. 한 달이 지나면 여행도 할 수 있을 거야. 그렇게 되면 언니가 날 만나러 파리로 올 거야. 파리를 엄청나게 사랑했으니까. 언니는 지금은 파리가 위험하다고 생각해. 만일 언니의 원칙을 고수한 채 파리로 간다면 상처를 받을지도 몰라. 언니는 지난 두 해 동안 장님이었고 절대고독 속에 살았어.

언니가 말하더라. "클로드를 보고 싶어."

다른 모든 사람들과 그런 것처럼 당신하고도 언니는 우선 어린애처럼 굴 거야.

1906년 3월 8일, 섬

당신의 편지는 철옹성이군. 고마워.

완전한 결합은 신화일 뿐인 건가?

나의 예전 힘은 어디로 간 것일까? 난 늘 상처를 입고, 그 이유는 내 안에 있어. 나는 내 생각을 끝까지 밀어붙이지 못하고 오해를 키우거든.

당신이 말했지. "사랑하는 걸 두려워하지 마." 난 당신 말을 따랐어.

우리 삼촌이 숙모한테 했던 얘기가 떠오르는군. "뱃멀미를 두려워하지 마." 숙모가 뱃멀미가 심했거든.

뮤리엘 언니와 가까워졌어.

두 달 뒤에 파리로 갈 거야.

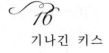

기나긴 키스

1906년 뮤리엘의 일기

1906년 1월 1일, 섬

현재 나와 클로드가 어디에 와 있는지 글로 써보고, 나의 감정에 명칭을 붙여볼 것이다.

내가 정상적인 시각 기능을 상실했던 것이 20개월 전이고, 그 뒤로 클로드에게 아무것도 쓰지 않았고 클로드한테서도 **편지다운** 편지를 받은 적이 없다. 그저 앤에게 소식을 전해 들었을 뿐.

1904년 여름, 나의 발견(내 **고백**을 참조)에 따른 회한과 내적 투쟁으로 나는 망신창이가 되었다. 9월엔 100퍼센트 채식 생활을 했고, 11월엔 클로드의 마지막 진짜 편지를 받았다. 이어지는 겨울 내내 내 삶은 영적으로는 강렬했지만, 육체적으로는 무기력했다. 내게 고기를 먹이려는 엄마와 끝없는 투쟁을 벌여야 했다. 3월엔 눈이

악화되어 복잡한 치료가 시작되었다. 5월엔 앤이 돌아왔고, 앤의 부축을 받으며 눈을 가린 채 산보를 나갔다. 클로드에게 맹인 아내를 주지 않은 신께 감사드렸다. 나는 모든 것을 배우겠다는 교만한 욕심으로 눈을 혹사시켰고 시력을 상실했다.

지난 두 해 동안 나는 아무것도 하지 않았다. 이것이 내게 큰 가르침을 주었고 나는 균형을 되찾았다. 안과의가 자주 왕진을 했다.

1904년 여름, 앤이 스위스로 떠났다. 왼쪽 눈에 처음으로 찌르는 듯한 고통이 느껴졌다. 양 눈을 모두 잃을 위기였다. 나는 철저한 어둠 속에서 석 달을 보냈고, 극도로 예민해졌다. 거리에서 들려오는 거친 언쟁에도 눈물을 흘릴 정도였다. 혼자서 클로드의 이름을 중얼거릴 때도 있었다. 나는 불평하지 않았고, 회복에도 기뻐하지 않았다. 내 눈이 더는 세상을 이해하지 못했기 때문이다. 엄마가 내게 큰 울림을 주었던 책인『무한과의 조화 속에서』를 소리 높여 읽어주었다. 신이 아주 가까이 느껴졌고, 클로드도 신에게 종속된 존재일 뿐이라는 생각이 들었다. 꿈을 멈출 수 있게 되었다.

이후 나는 다시 클로드와 상상의 만남을 이어가고 있다. 결코 멈출 수 없는 것일까? 클로드가 섬에 와서 엄마와 심각한 결과로 이어진 저 대화를 나눈 것이 벌써 4

년 전이다.

1906년 1월 25일

앤이 부활절에 나를 파리로 데려갈 것이다. 내 옷차림에 조언을 하더니 어제는 이렇게 말했다.

"언니, 클로드 씨와 만날 거지, 그렇지?"

"그래야 할까?"

"당연하지!"

나는 수락했다. 앤이 클로드 얘기를 다시 꺼낸 것은 이번이 처음이다. 두렵고도 설렌다. 비현실적으로 느껴진다.

달콤한 꿈: 클로드가 내게 자개단추를 달아달라고 부탁했다. 내 이마가 그의 볼을 스쳤고, 우리의 입술이 닿을락 말락 가까워졌다. 나는 성 영성체를 마친 듯한 기분을 느꼈다.

1906년 5월 3일, 파리

드디어 파리!

앤이 클로드를 만나서 나와 만날 의사가 있는지 물었다. 그가 대답했다. "모르겠어." 나는 충격을 받았다. 그가 더는 나를 사랑하지 않는다고 확신하던 터였다. 그런데 그의 망설임이 내게 이렇게 속삭였다. '어쩌면 아직 불씨가 남아 있는 게 아닐까? 클로드는 네가 그 불씨에 바람을 불어넣을까 봐 겁내는 거야.'

감히 상상해보았다. 이것이 그에게 해가 되지는 않을 테니까. 나는 비밀을 간직할 터였다.

칠흑 같은 밤이다. 앤이 멀지 않은 곳에서 잠들어 있다. 잠결에 몸을 뒤채며 구시렁거린다. 무슨 일일까?

추억의 장소인 뤽상부르 공원에 갔다. 내가 혼자서 미소를 흘리자 사람들이 나를 쳐다보았다. 나는 미래에 대해 생각했다. 미소가 멈추었다.

앤이 말했다. "내일이야."

나는 창문가에 혼자 서 있었다. 그가 들어오더니 소파에 모자를 휙 던지며 곧장 내게 다가왔고, 말없이 나를 바라보았다. 마침내 그의 입술이 소리 없이 모양만으로 내 이름을 그렸다. 내 입술도 그를 똑같이 따라 했다. 우리는 누가 먼저랄 것도 없이 서로에게 천천히 팔을 내밀었다. 그가 나를 부둥켜안았고, 내 꿈속에서처럼 내게 키스했다. 이번엔 진짜였다. 그 키스, 우리는 그것을 끝낼 수 없었다.

키스를 멈추지 않은 채 그가 나를 안고서 커다란 소파로 가더니 나를 무릎에 앉히며 소파에 앉았다. 그가 간간이 신음을 흘렸다. 나는 우리의 만남에 한 시간을 배정했고, 그 한 시간이 그렇게 흘렀다. 우리는 잠자코 그 키스 속을 여행했다. 흠씬 두들겨 맞은 기분이랄까. 그는 내 입술에서 수락을 느꼈겠지만, 변함없이 지속된 내 사랑은 알지 못했다. 그것이 중요하다.

우리에게 시간이 좀 더 많았더라면 어떤 일이 벌어졌을까?

내가 그에게 모든 것을 밝히지 않은 채 얘기를 나눌 수 없었으리라.

앤이 문을 두드린 뒤 창백한 얼굴로 들어와서 몇 초 뒤에 말했다.

"언니, 기차가 50분 뒤에 출발해."

클로드가 말했다.

"안녕히, 뮤리엘."

내가 대답했다.

"안녕히, 클로드."

1906년 5월 18일, 섬

섬으로 돌아왔다. 나는 아무짝에도 쓸모가 없다. 클로드를 **전에** 있던 자리로 다시 내려보내려고 무진 애를 썼건만. 어려운 일이었다. 그가 내 안에 전속력으로 달려 들어왔다. 그가 이야기하기를 간절히 바랐었는데. 그는 내 삶이다. 그는 내게 아무 말도 하지 않았다.

5월 22일

온종일 노동을 한 뒤 알렉스와 함께 난로 앞에 앉아
있었다. 네가 불쑥 나타나 내 블라우스 소매의 단추를
끄른 뒤, 천천히 소매를 걷어 올리고는 내 맨팔을 손가락
끝으로 가볍게 붙잡고 있어, 난 행복으로 숨이 막혀와,
이어 네가 사라져버려. 아, 이 얼마나 유치한 몽상인지!

이 신기루는 무고하고 신이 주신 것이지만, 나는 그
것을 즐겨선 안 된다. 그랬다간 내 사랑이 너무 날카로워
질 테니까.

너에게 내 모든 걸 바칠까? 네가 요구하지 않은걸.
네 마음과 상관없이 난 널 사랑해.

나의 영혼이 원하는 곳에서 풀을 뜯어 먹기를!

5월 27일

내일이 당신 생일이군요, 클로드. 당신의 손가락은
내 목에 둘러진 목걸이예요. 난 목걸이를 풀기 위해 당신
의 손을 잡아요. 당신의 입술이 내 입술에 날아와 박히
죠.

우리의 기나긴 키스의 의미는 나중에 밝혀질 거예
요. 아직은 부지불식간에 벌어진 일일 뿐이죠.

4년 전, 나는 앤과 너를 잃었어. 실은 네가 내게서 앤을 빼앗았지. 난 앤을 되찾을 거야. 앤은 내 비밀의 그림자만을 알 뿐이고, 넌 전혀 몰라.

5월 28일

만일 내가 네 생일 선물로 나를 바친다면? 그 뒤에 우리가 헤어진다면 그건 아무것도 아닐 거야.

너에게 나는 여러 여자들 중 하나에 불과하지만, 내게 너는 목적이고 전부야. 지상에서 내게 일어날 수 있는 최악의 불행은 너의 부재지. 넌 내게 인간의 비참함을 일깨웠어. 난 너 없이 내가 아니야. 나의 손, 나의 발, 나의 이마가 널 기다려. 난 네가 필요한 순간에조차, 나를 필요로 하는 이들에게 달려가고 싶어.

밤이 되면 난 네게로 날아가. 네가 글을 쓰고 있으면 땅바닥에 주저앉아 네 무릎에 내 볼을 가만히 얹고, 네가 날 바라보면 네게 기어올라 매달리지.

이 일기, 이건 언젠가 네가 읽게 될 거야!

앤이 혹시 내가 굉장히 큰 글씨만 읽을 수 있다는 걸 얘기했어?

우리의 기념일들. 6년 전, 스위스의 숲 속에 내가 꾸며놓은 거실로 네가 들어왔던 날도 그중 하나야.

5년 전, 처음으로 네 꿈을 꾸었어. 4년 전, 우리는 한

밤중에 산책을 했고, 네가 나를 움츠러들게 했던 오해를 속 시원히 풀어주었지.

1906년 6월 18일, 섬

내일이면 난 스물아홉 살이 된다. 엄마에게 고약하게 굴고 있다.

내 성경에 '너 자신이 네가 한 일보다 더 중요하다'라는 말이 있는데.

그것을 잊다니!

넌 내 눈을 치료할 수 있어. 오직 너만이 거기에 키스했으니까.

네가 한 번에 잡을 수 있도록 난 두 손을 한데 모으고 있어.

지난 6개월 동안 우리의 시중을 들어준 아가씨가 여드레 뒤에 떠난다. 앤한테 그녀에 대해 이야기하지 않았다. 대단히 부끄러운 일이다!

6월 24일, 섬

오늘 아침, 수업을 엉망으로 이끌었다. 학생들이 처음으로 밖을 쳐다보았다. 아이들이 옳다.

클로드, 대체 날 언제 부를 셈이지? 내가 죽은 후에?

네가 아내의 사랑을 아직은 피해가기를!

7월 1일

내가 다녔던 기숙사의 예전 내 방에 누워 있다. 8년 전, 이곳에서 잠을 잤고 다른 여자아이들에게 대표로 선출되었던 어린 뮤리엘을 다시 보고 싶다.

내가 가장 사랑했던 원장 선생님의 침실로 달려가 침대 속의 손을 꼭 잡고서 이렇게 외치고 싶은 욕구가 미친 듯이 밀려든다. "전 클로드를 사랑해요."

예전 기숙생들을 위한 수도원의 배려. 예배당의 기도석이 변하지 않았다. 예배당 궁륭 아래 내 안에서 클로드의 이름이 발음된다.

7월 3일

내가 어디에 있는 줄 알아, 클로드? 딕과 마르타 부부의 소파에 누워 있어. 넌 커다란 벽난로 앞에 앉았다가 이윽고 땅바닥에 드러누웠지. 마르타에게 우리의 키스에 대해 이야기하며 나는 불행하지 않다고 했어. 마르타가 대답했지. "우리는 세상 만물의 단편에 불과해. 만일 사랑이 우리를 찾아온다면, 비록 대답이 늦을지라도 즐겨야 한다고."

우리의 키스가 과거를 되돌렸어. 하지만 눈이며 두

통, 감기, 변덕스러운 기분, 우유부단함 등 이 모든 것이 네게 날 여자로 보이게 하지 않아.

너의 선언 이후로 난 하루에 두 번씩 네게 '당신을 사랑하지 않아요'라는 편지를 씀으로써 널 회복시키려 했어. 하지만 네겐 빨간 깜부기불이 남아 있었지. 바로 내가 그걸 가졌어.

7월 16일, 루체른

나는 단지 네 품에 안기는 꿈을 꾸었던 것일까? 오늘 아침, 너는 내게 닿지 않아. 나를 바라보던 눈빛, 나를 스치던 손길, 내 이야기를 듣던 귀가 있었건만…… 나는 급류를 바라보다가 너의 물살에 떠내려가고 있어.

내 눈은 회복될 것이고 나는 네가 바라던 대로 열정적으로 일할 거야. 하지만 네가 바라던 일이 아닌 내 일, 엄마가 바라는 일을 할 거야.

예전에 네가 나의 셰익스피어식 말투를 인용까지 곁들이며 비웃은 적이 있지. 마을의 무대에선 박수까지 받은 말투인데 말이야. 네가 이렇게 말했지. "당신의 방식을 찾아요!" 난 발끈했지만 이어 멋진 것을 되풀이하는 나를 보았지. 넌 내가 노래하는 동안 시선으로 내게 내 목소리에 대한 믿음을 주었어. 대체 네가 하지 않은 일이 무엇이지?

난 널 사랑하는 것을 사랑해. 현재는 그 자체로 즐거움이지.

연필로 쓴 이 편지의 여기저기에서 문장을 뚝뚝 끊는 빈 줄이며 수평적이지 않은 행들을 보게 될 거야. 내가 눈을 가린 채 이 글을 쓰고 있거든.

8월 26일, 섬

바람에 머리가 잘려 버팀목을 잃은 홉(hop)의 줄기를 본 적이 있어? 덩굴은 금방이라도 힘차게 위로 뻗을 기세지만 그럴 수 없는 운명이지. 덩굴과 버팀목 사이에 넘을 수 없는 공간이 생겨버렸거든. 덩굴은 계속해서 자라나지만 아무것도 붙들지 못한 채 맥없이 휘면서 허공에 나선을 그리다가 땅바닥에 쌓여버려. 생각을 바꾸지 않은 채 그렇게 죽어가는 거지. 버팀목이 홉을 붙들어주기만 하면 그 주위로 다시 생명을 이어갈 수 있을 텐데 말이야.

넌 나의 버팀목이야.

난 완전히 정직하지도 강하지도 아름답지도 않지만, 그 모든 것이 내 사랑이야. 넌 그걸 모르고 있어.

8월 30일, 섬

예전엔 재앙이 일어나지 않는 한 내가 네 아내가 될

거라고 믿었어. 지금은 널 사랑하는 것으로 만족해. 널 사랑해, 내가 필요해서가 아니라 네가 의식하지 못한 채 사랑을 필요로 하니까. 사랑이 넘치는 법이란 없어. 내가 네게 선물을 할게. 원치 않는다고? 하지만 사랑이 존재하고, 결국 네게 닿게 될 거야.

1906년 10월 28일, 섬

두 달 전, 지혜를 엿보았다 싶었는데 사라져버렸어. 나는 거의 행복해. 내 머리는 네 어깨에 얹혀 있고, 너의 팔이 내 팔을 두르고 있지. 난 네가 모르는 온기야, 그것이 없으면 넌 추워질 거야. 또한 네 방 창문으로 스며드는 향기이기도 해. 내 존재의 이유지.

앤이 네게 편지를 썼어? 우리가 스위스에 갔던 것 알고 있어? 엄마가 석 주 동안 밤낮으로 보살핌이 필요했던 것도? 넌 내가 엄마와 멀어질 수 있는 일을 하길 바랐었지……

12월 4일, 섬

부활절에 널 만나러 가기로 결심했어. 난 회복되었고, 집안일을 도맡고 있어. 내 삶이 그렇게 흘러가. 누가 그걸 아쉬워할까? 아무튼 난 아니야!

……아니, 나야! 우리의 키스는 아무것도 해결하지

못했어. 난 널 만나는 위험을 무릅쓸 거야…… 절벽은
자기를 때리는 파도를 좋아하는 법이지……

1906년 12월 7일

네가 내게 말했지. "당신은 수월하게 프랑스어를 습
득했어요. 이제는 나폴레옹의 군대처럼 유럽 전역으로
자신을 퍼뜨려봐요."

눈이 망가지는 신호가 처음으로 나타나기 전에, 나
는 다윈 연구를 위해 밤 시간의 대부분을 책을 읽으며
보냈고 독일어를 배웠지. 너와 함께 여행하며 그 이상을
공부하고 싶었는데.

엄마가 돌아왔어. 내 얼굴엔 다시 분노의 가면이 드
리워졌어. 엄마는 별 뜻 없이 내게 이런저런 일을 시키지
만, 네 덕분에 난 내 천성을 거역할 줄 알게 되었지. 우
리 아버지도 우리와 생각이 같았어. 난 애원하기도 하고
가끔씩은 폭발하기도 해. 만일 다른 누군가가 내 앞에서
내가 말하는 식으로 엄마를 대했다면 나는 그를 후려쳤
을 거야.

이젠 일주일에 한 번만 수업을 해. 예전엔 엄청나게
활발했는데. 나는 쪼그라들고 있어. 두뇌가 아니라 지혜
로운 선의가 결여됐거든.

내가 좋은 사람일 때 나는 정말 행복해.

네가 말했지. "절대 길가에 앉으면 안 돼요."

나의 피로는 비겁의 산물이야.

나는 우리가 키스했던 시간에 살고 있어. 네가 그걸
알게 될까 두려워서 네게 감히 그걸 부인하는 차가운 편
지를 보냈었지.

두 자매

1907년 뮤리엘의 일기

1907년 1월 2일

달이 최고로 둥글고
그 달빛이 주위의 별빛들을 가려버리네
차가운 바람이 몸속으로 스며드는 겨울 밤
나의 새 친구, 나의 아름다운 개 플래시가
앞서 달려가다가 이따금 다시 돌아오네
내가 잘 있는지 확인하기 위해서
신이 나와 같은 커다란 사랑을 내게 주셨네
편지도 쓰지 않는 클로드를 위해서

얼어붙은 들판을 가로지르며 즉흥적으로 꾸며낸 음에 이 가사를 붙여 노래를 흥얼거렸어. 난 네게 미소를 보내고, 너와 함께 있어.

집안에 내가 돌보아야 할 환자가 둘이나 돼. 그들에게 크림수프를 만들어주기 위해 집으로 돌아왔어.

1월 21일

아침 식사를 마친 뒤 편지를 쓰기 위해 앤의 시간을 15분 남짓 훔쳤다. "클로드가 편지를 쓰지 않아." 이 핵심 사항은 숨긴 채.

집안의 모든 것을 단순화하고 싶다. 비록 그것이 전쟁을 유발한다 해도…… 하지만 실행에 옮기지는 못했다. 내 망설임에 대해 지적한 클레르 여사가 옳았다.

나는 공중을 떠도는 먼지 알갱이이고, 손에는 왼쪽이나 오른쪽으로 끌어당길 작은 고삐를 쥐고 있다.

무엇을 끌어당긴단 말이지?

"나를."

"어느 방향으로?"

"그게 문제야."

2월 17일

가정부를 구했다. 이제 내 시간을 좀 더 자주 가질 수 있을 것이다. 무엇을 할 것인가?

정원 가꾸기, 플래시와 산책 두 번, 피아노, 마을 두 번 방문하기, 클럽의 사내아이들과 '자연관찰'을 위해 소풍 떠나기, 매일 15분 동안 엄마와 함께 성경 공부하기. 남는 시간도 없구나!

3월 4일

돌발 사건. 앤이 나를 파리로 불렀다.

1907년 3월 8일, 파리

나는 앤의 집에, 작업실에, 앤의 러시아 친구들 분위기 속에 있다.

3월 10일, 파리

혼자서 로댕의 〈키스〉를 보러 갔다. 한참 동안 작품을 관찰했다. 신이 클로드를, 있는 그대로의 모습으로 창조했다. 그가 내게 느낀 끌림까지도. 신이 나를, 있는 그대로의 모습으로 창조했다. 그리고 조금 늦게 내가 클로드를 사랑하게 만들었다.

내 앞에 하얀 대리석 석상이 있다. 벌거벗은 두 존재가 순수하고 우직하게 서로를 사랑한다. 바로 이것이 신이 우리 두 사람, 클로드와 내게 선사한 것인데, 우리는 거부했다. 가히 광기라 할 만하지 않은가?

우리의 사랑이 충분히 강하지 않은 것인가? 나는

내 의지와는 반대로 클로드가 나를 사랑한다고 믿는다. 나도 그를 사랑한다. 그런데 왜 우리는 망설이는 것일까?

만일 클로드가 지금 당장이라도 구애한다면 나는 '예스'라고 답할 것 같다. **하지만 확신할 순 없다.**

남들의 시선이 두려운 걸까? 그건 아닌 것 같다. 혹시 그가 지금보다 더 많이 필요해지는 것이, 그래서 내 모든 일을 포기하는 것이 두려운 걸까? 모르겠다. 당장 아이가 생기는 것에 대한 두려움? 절대 아니다! 다른 사람들이 내게 어떤 이름을 갖다 붙인다 해도 어쨌든 나는 그의 아내일 것이 아닌가.

거울을 들여다보았다. 안색이 좋지 않았다. 그것이 나의 질문들을 차단했다.

⋯⋯앤이 돌아와 나를 바라보더니 키스하고는, 혹시 클로드를 만나고 싶은지 물었다. 그때 앤의 친구들이 우르르 도착했다.

앤은 지금껏 이토록 아름다운 적이 없었다. 나는 그 애 곁에서 행복하다. 유제품을 판매하는 작은 식당에서 그 애가 그 애한테 반한 듯한 러시아인과 진지하게 이야기하는 것을 보았다.

3월 17일, 파리

집으로 돌아오니, 클로드의 편지가 보였다. 앤이 클로드에게 소식을 전한 듯했다. 그는 병석에 있었다. 편지 내용은 이러하다. 〈우린 이야기할 우리의 세계가 있어요. 내가 회복하는 대로 함께 브르타뉴로 가서 일주일을 보냅시다.〉 맙소사! 아찔해진다. 생각을 해야만 한다…… 내가 과연 거리를 유지할 수 있을까? 생각지도 못했던 일이다! '그래, 넌 믿을 수 없겠지, 넌 그를 만나게 될 거야. 그의 집은 네가 있는 곳에서 불과 10분 거리인걸.'

3월 20일, 파리

클로드는 아직 병석에 있다. 클레르 여사 집이 아니라, 파리 전체가 조망되는 아주 작은 자기 거처에서. 그가 앤에게 영국 약을 가져다달라고 부탁했다. 앤이 약과 함께 내 편지도 전달할 것이다. 내용은 이러하다. 〈좋아요, 클로드, 당신과 함께 브르타뉴에 가서 일주일을 보낼게요.〉

앤에 따르면 그는 창백하고 여위었으며, 열이 있는데도 불구하고 일에 매진하고 있다.

또다시 거울을 들여다보았다. 그와 멀리 떨어져 있고 내 모습이 마음에 들지 않을 때면 그런 만큼 클로드가 나를 사랑하지 않는 것에 대해 신께 감사를 드린다. 그와 가까이 있을 때면 여왕이 된 기분이 든다.

1907년 3월 21일, 파리

클로드의 집 문 앞까지 앤을 바래다주기로 했다. 앤은 모자를 비스듬히 썼고 제비꽃을 다는 것도 잊었다. 차림이 말쑥하지 않았지만 미모가 모든 것을 보완했다. 앤이 나를 거의 뜯어보듯 앞으로 옆으로 이상스럽게 바라보았다. 전에 없던 일이었다. 나의 외교사절이 되기 전에 나를 좀 더 잘 이해하고 싶었던 것일까?

우리는 팔짱을 낀 채 말없이 걸었다. 앤의 사랑이 느껴졌다. 돌연 우리의 눈앞에서 집 한 채가 허물어지며 높은 담장이 덜컹거리더니 둔탁한 굉음과 함께 무너져 내렸다. 미세한 먼지구름이 우리에게 훅 끼쳐왔다. 폐허 안에 한 석공이 어린아이의 도움을 받아 허리에 기다란 빨간색 허리띠를 두르고 있었다.

클로드의 집 앞에 도착했다. 앤이 나를 승합마차에 태웠다. 나는 승합마차 안에서 앤이 커다란 문으로 들어가 클로드의 방으로 향하는 계단을 오르는 모습을 바라보았다. 앤의 등에서 수심이 느껴졌다.

석양이 아름답게 저물고 있었다. 우리 둘, 클로드와 나의 예배. 나는 태양에서 눈을 떼지 못한 채 길을 건넜다. 내가 플랫폼을 폴짝 뛰어넘자 운전수가 웃으며 손가락을 위협적으로 흔들었다.

나는 허기가 져서 작업실로 돌아와 차를 마셨다.

문 두드리는 소리가 들렸다. 하지만 네 번이 아니었다. 앤이 그 경우가 아니면 문을 열지 말라고 했다. 다시 문 두드리는 소리가 들리더니 이윽고 잠잠해졌다.

앤이 늦은 시간까지 돌아오지 않았다…… 클로드와 함께 있으면 시간이 금세 지나가니까…… 나는 어둠 속에서 로댕의 〈생각하는 사람〉처럼 손으로 턱을 괸 채 커튼 뒤에 서서 마당을 지켜보았다. 맞은편 창에서 빨간색 갓을 씌운 커다란 전등이 켜졌다. 깜빡 잠이 들었던 듯하다. 거칠게 문을 두드리는 소리가 들렸다. 클레르 여사? 안 될 말이다, 나는 클로드와 함께 브르타뉴로 떠날 거란 말이다!

나의 개 플래시에게 돌진하듯, 나의 온 사랑을 다해 그에게 돌진하리라.

마침내 앤이 돌아왔다! 나는 완전히 잠에서 깨어났다. 앤은 고개를 꼿꼿이 든 채 경직된 자세로 걸었다.

우리의 저녁 식사 시간. 앤이 클로드 소식을 전했다. 목 상태가 호전되기 시작했으며, 수프를 데울 수 있는 '호사의 극치 알코올 버너'도 공수했다. 이어 앤이 내 편지를 전달하자 단숨에 읽더니 행복한 표정이 되었다.

앤이 침묵하더니, 한참 만에 가까스로 말문을 뗐다.

"내가 전에 언니한테 내 삶에 대해 얘기하고 싶다고 편지에 쓴 적 있지?"

"응."

"혹시 그게 무슨 내용일지 생각해본 적 있어?"

"전혀. 때가 되면 네가 말하지 않겠니?"

"난 언니가 조금은 짐작하는 줄 알았어…… (앤이 침을 삼켰다.) 어려운 얘기야…… 한마디로 말할게, 언니. 나 사랑을 알게 됐어…… 지난 3년 동안 연애했고, 아무 후회 없어. 외려 그 반대지! 세 명의 애인이 있었어."

"너한테 이렇게 직접 듣지 않았더라면, 믿지 않았을 거야."

"내가 직접 얘기하고 있잖아. 언니가 꼭 알았으면 했어…… 니콜라에 대해 어떻게 생각해?"

"그 사람하고 있을 때 네가 달라 보이기는 했어…… 그 사람이 너를 쫓아다니는 줄만 알았지…… 다른 생각은 못 했어."

"쫓아다녔지…… 그게 성공했고."

"불가능한 일이라고 생각했어."

"전혀 불가능하지 않아, 언니."

허심탄회한 미소가 앤의 얼굴에 번졌다. 마르타가 앤이 자유분방한 삶을 사는 것 같다고 의심했지만, 나는 결단코 아니라고 부정했었다.

문득 클로드와 함께할 나의 일주일에 위협이 느껴졌다. 어떤 형태일지도 알 수 없고 그 모든 것이 나와도 클로드와도 아무 상관 없었지만, 앤이 이야기를 시작한 순간부터 어쩐지 내가 클로드와 함께 떠날 수 없으리라는 예감이 엄습했다.

"왜 하필 오늘 밤에 그 얘길 하는 거니, 앤?"

"언니가 클로드한테 전달시킨 편지 때문이야. 언니는 클로드가 언니에 대해 하는 말을 내가 죄다 아는 걸 허락했어. 클로드는 언니와 함께 바닷가에 가고 싶어 하고 언니는 승낙했지. 그게 언니와 클로드 두 사람에게 의미하는 바가 무엇인지 잘 알아. 그렇기 때문에 내가 지금 어떤 상태인지 언니한테 이야기해야 한다고 생각했어."

침묵.

"계속해, 앤."

"언젠가 내가 런던에서 소개시켜준 무프라는 사람 기억나? 그 사람도 내가 사랑했었어."

"어떻게 그럴 수가 있었니?"

"겪지 않은 일은 상상하기 쉽지 않은 법이야."

그때 누군가 문을 두드렸다. 앤의 러시아 여자 친구였다. 30여 분 뒤 그녀가 떠나고 나자 앤이 몹시 피로해 보였기에 나는 고백은 내일 계속하면 어떻겠느냐고 제안했다. 앤이 대답했다.

"아니, 끝내야 돼."

앤의 침대에서 앤은 눕고 나는 앉았다. 앤이 집 안에서 가장 큰 전등 두 개 중 하나를 끄고는, 이해하려는 나의 욕망에 자신을 활짝 열어 보였다. 앤이 나의 언니가 되었다. 설명이 이어졌다.

"나에게나 다른 많은 사람들에게나, 사랑은 오직 한 존재만을 바라보는 독점적이고 결정적인 열정이 아니야. 그보다는 자유롭게 즐기다가 더러 완전한 결합에 이를 정도로 커지는가 하면, 충족되었다가 약해지기도 하고, 그러다가 적절한 때 또 다른 누군가를 향해 다시 살아나는 감정이지. 어떤 사람들한테는 뜨거운 우정으로 남을 수도 있고 말이야. 사랑받는 각각의 존재는 별개의 보물이며 각기 다른 세상의 열쇠라고나 할까. 그토록 이혼이 잦은 부자들은 그걸 알고 있지. 예술가들에게 이혼은 너무 돈이 많이 드니까. 그래서 우리 예술가들은 오직 아이를 원할 때만 결혼이란 걸 해. 언젠가 내게도 닥칠 수 있는 일이지."

"그러길 바라."

"두고 보자고. 사랑은 무조건 유일해야 한다고? 아니야! 그럼 관능적인, 순간의 욕망일까? 그것도 아니야! 사랑은 자연스러운 기간 동안 지속되는 시험이야. 언니와 나, 우리가 진정한 대화를 나누지 않게 된 지 4년이나 됐으니, 언니가 놀라는 것도 무리는 아니야."

앤은 자신이 지내온 삶을 조곤조곤 차분하게 설명해 나갔다. 사랑의 해방감이며 자신의 조각에 비춰진 조명이며 매시간 내가 살아온 것과 정반대의 삶을. 하지만 나는 내 삶이 더 좋았다. 우리는 더 이상 같은 신앙을 갖고 있지 않다. 앤이 맬서스의 『인구론』에 대해 이야기했다.

아이를 갖는 것을 피하라니! 목적을 피하라니! 나는 어떤 지적도 하지 않고 듣기만 했다. 말하는 사람은 분명 앤이었지만…… 그것은 혹시 클로드의 생각이기도 하지 않을까?

앤이 말을 멈추었다. 오늘 밤이 아니면, 결코 기회는 다시 오지 않을 터였다! 이제는 내가 이해해야 할 차례였다. 한 시간 동안 오직 앤의 시각만 제시되었지 않은가.

의혹이 뇌리를 스쳤고, 애써 물리쳐도 다시 똬리를 틀었다. 나는 앤을 응시했다. 앤이 나를 뚫어져라 바라보며 말했다.

"어서 질문해!"

"앤, 애인이 세 명이라고 했지? 세 번째는 누구야?"

"언니도 알잖아……"

"아니, 몰라!…… 무프, 니콜라, 그리고……"

"알잖아…… 알잖아……"

"아니!"

"내 입으로 말할 수 없어."

"그렇다면 클로드?"

"응."

내가 이를 덜덜 떠는 소리가 앤에게까지 들릴 만큼
컸다. 앤이 말했다.

"이만 자는 게 좋겠어. 겁이 나. 언니가 해골 소리를
내고 있다고."

앤이 커다란 전등을 다시 껐다.

나는 내 침대로 가기 위해 일어나려고 했지만, 몸이
뻣뻣하게 굳은 채 그대로 앞으로 쓰러지며 둥근 의자에
이마를 부딪쳤다. 이가 덜덜 맞부딪치는 것을 멈출 수 없
었다. 오한이 났다.

앤이 피가 흐르는 내 이마에 붕대를 둘렀다. 이어 나
를 눕히더니 내 발을 비벼주고는 침대 속에 보온 물주머
니 두 개를 넣었다.

자신을 그리도 엄격하게 통제했던 내가(**나는 그렇게
믿었다**), 그 모든 몇 해 동안 철벽같이 속을 보이지 않았
던 내가, 한순간에 비밀을 놓아버렸다. 그것도 너무나 요
란스럽게!

앤을 통하여

뮤리엘이 클로드에게

1907년 3월 23일, 파리

잠이 든 앤의 곁에서 이 글을 쓰고 있어요. **앤과 당신**에 대해 알게 된 것이 불과 몇 시간 전이죠. 앤이 내게 상처가 되리라는 걸 모른 채 끝끝내 고백했어요.

내게는 세상이 뒤바뀌는 일이었죠. 처음엔 끔찍한 나머지 숨이 턱턱 막혔지만 이제는 진정됐어요. 우리의 키스는 작별의 키스였어요. 내겐 이제 완전히 받아들이는 일만 남은 거예요.

앤은 내가 암시만으로 이미 알아차렸을 거라고 믿었어요. 하지만 그렇지 않았죠. 난 충격으로 정신을 잃었어요. 예전엔 당신과 사랑을 이룰 가능성을 고려했지만, 이젠 아니에요.

앤은 당신에게 자신을 내주었어요. 처음엔 앤이 당

신에 대한 무한한 애정으로 당신한테 육체적 사랑이 무엇인지 배우는 것을 승낙한 줄로만 알았어요. 그러다가 정말로 다른 남자보다 당신이 더 좋아진 거라고. 상대적으로 가벼운 그런 이유 때문에 어쩌면 당신과 함께 꾸려갈 수도 있었을 내 삶의 기회가 박탈당한 줄 알았죠. 하지만 그 모든 게 사실이 아니에요!

이제는 앤이 당신을 사랑한다는 걸 알아요. 나는 그 사실을 받아들일 뿐만 아니라 그 사실에 행복하기까지 해요. 내가 앤의 성격을 간과했어요. 그 애의 관대함을 무시해버렸죠.

앤은 처음부터 당신을 사랑했는데, 웨일스에서 우리가 함께 있는 것을 보고는 한마디 말도 없이 포기했던 거예요. 나는 이기심에 눈이 멀어 그 사실을 알아차리지 못했죠. 앤은 당신을 갖는 대신 내게 데려왔어요. 충직한 사냥개가 주인한테 자고새를 물어오듯. 스위스에서 혹시 앤이 당신을 사랑하는 것이 아닌지 의심했던 적이 있는데, 그때도 앤의 선머슴 같은 털털한 태도에 속아넘어갔었죠. 앤은 우리를 거의 약혼시키다시피 하는 데 성공했어요. 그 뒤로 우리는 한시적 이별을 했고, 이어서 당신이 결단했죠.

앤은 아름다운 아이이고 그래서 당신이 언젠가 그 애를 사랑할 수도 있다고 생각했어요. 그게 바로 내가 좀 전에 그 애가 보는 앞에서 폭발시킨 당신에 대한 내 감정을 그 애한테 털어놓지 않았던 이유죠. 당신은 이 글을 언젠가 내 일기에서 읽게 될 거예요. 그 애가 당신에 대해 자유로울 수 있도록 해줘야 해요.

작년에 당신의 품 안에서 당신이 여전히 날 사랑한다는 걸 느꼈을 때만 해도 나는 당신과 앤 사이의 사랑을 염두에 두지 않았어요. 그래서 본의 아니게 내 사랑을 조금 내비치기도 했을 거예요. 앤은 내 행복을 바랐고, 내게 장애물이 되고 싶지 않았겠죠. 이제는 앤도 **알고**, 상황은 최악이 되었죠. 하지만 이런 영역에서는 본능이 중요하죠. 그 본능이 앤을 당신에게로 밀어붙일 거예요. 물론 앤은 내게 자기는 상관하지 말고 하고 싶은 대로 하라고 큰소리치겠지만요. 앤은 자기의 감정이 즉흥적이 아니라는 것을 인정했고, 따라서 **우리**는 불가능해요.

생각해봐요, 클로드. 앤이 지난 몇 해처럼 가끔씩 당신과 함께 지내고, 나도 당신을 열렬히 사랑하니까 두 사람의 상황이 허락하는 대로 당신을 나눠 갖는다 쳐요, 당신은 우리를 번갈아가며 차례로 받아들일 건가요? 다른 사람이 불행할 때 자기 혼자만 행복할 수 없을 우리는요? 비록 우리가 머리로는 무고하다고 생각하더라도 막상 실행해보면, 실현 불가능하다는 것이 드러날 거예요.

당신을 더는 다시 못 보겠다는 말은 못 하겠어요. 다만 우리는 더는 키스할 수 없어요.

내 기도에서 당신과 앤은 늘 한 묶음일 거예요. '클로드와 앤' 아니면 '앤과 클로드'로. 그대들은 내 가슴속에서 하나예요.

여기서 멈춰요.

앤은 우리를 이별시키는 것이 아니라 이어주고 있어요. 난 그 애 곁에 있을 거예요, 당신과 멀어지지 않은 채, 당신보다 더 그 애 가까이에. 그리고 내킬 때 그대들을 바라볼 거예요.

그대들과 함께 이렇게 말해보려고 해요. "나는 이미 일어난 일이 좋다."

앤도 기진했어요. 내일 온종일 앤과 함께 지낼 거예요.

앤이 내게서 아무것도 빼앗지 않았다고 믿게 해줘요.

비록 잠시 동안 당신을 만나는 걸 멈출지라도 당신을 사랑하는 것은 멈추지 않을 거예요.

마침내 당신과 가까워지는가 싶었는데, 닿을 수 없는 이 마지막 장벽에 부딪혔군요.

그동안 당신에게 지켜지지 않은 수많은 작별 인사를

보냈어요. 어쩌면 평생토록 당신을 바라보면서 살겠지만, 오늘 밤 나의 한 부분이 당신을 떠납니다.

앤은 자고 있어요. 이따금 입술 사이로 옅은 숨소리를 흘리면서요.

1907년 3월 24일, 파리

우리를 이별하게 했던 보이지 않는 그 힘, 그것은 양가 어머니들의 개입도, 물질적 어려움도, 우리가 꾸며낸 장애물도 아니었어요. 바로 당신을 향한 앤의 사랑이었죠.

앤이나 나 같은 여자가 한 남자에게 자신을 준다는 건, 그 여자가 곧 그 남자의 아내라는 뜻이에요. 당신은 두 여자를, 그것도 자매지간인 두 여자를 아내로 맞고 싶나요?

앤과 내가 같은 남자를 사랑하다니, 비극적이지만 놀라운 일은 아니죠.

난 아무것도 잃지 않았어요. 내가 기대했던 것은 존재할 수 없었으니까요.

나는 아무 회한도 없어요. 다만 유감이라면 좀 더 일찍 **알지** 못한 것이죠.

〈**너희는 진실을 알게 될 것이고, 그 진실이 너희를 뛰어넘을 것이다.**〉 성경의 가르침이죠.

이제 끝났어요.

나는 한 시간 뒤에 영국으로 떠나요.

뮤리엘의 일기

1907년 3월 27일, 섬

집에 돌아왔다. 봄이다. 끔찍하다. 이제 나는 앤의 행복 속에서 내 행복을 찾을 것이다. 앤은 나를 위해 클로드를 떠났던 것이다. 내가 그 애한테 그를 돌려줄 차례다. 내가 받은 아픔과 똑같은 강도로 내가 그 애를 후려쳤다. 다른 두 남자는 그 애한테 기분전환용일 뿐이다.

지난 6년간의 내 인생이여, 안녕히. 나는 런던에서 일할 것이다.

3월 28일

앤, 나는 너에 대해 아무것도 알지 못했어. 그리고 이제 클로드와 네가 서로 사랑한다는 것을 알게 됐지. 왜냐하면 너는 "그를 여전히 사랑하니?"라는 내 물음에 대답하지 못했으니까.

내가 어떻게 그 사실에 만족하지 못할 수 있겠니? 이제 클로드에 대한 내 감정은 애정이야. 애정과 사랑 사이에는 내가 짐작했듯, 구렁이 아닌 다리가 있어.

3월 30일

앤, 좀 전에 네가 내게 고백한 날 네 작업실에서 내가 입고 있던 블라우스를 꺼내 입었어. 옷이 숨통을 죄기에 다시 벗어 개어놓았지. 앤, 너를 위해 내가 무언가를 해야 할 것 같아.

클로드가 파리에서 내게 보낸 편지들을 불태웠어. 클로드와 관련된 것을 태우기는 처음이야.

클로드의 품속에서 보냈던 시간은 유일하게 내가 부끄러워지는 시간이야. 그에게 용서를 구해야겠어.

난 서른 살이야. 예수님이 공적인 삶을 시작하셨던 나이지. 나도 내 식대로 내 삶을 공적으로 만들어볼 테야.

4월 2일

나의 '**나를 잊지 말아요**'가 내게 묻는다. "클로드를 위해 우리를 심은 거 아니었어? 그는 어디 있니?"

문이 찰칵 소리를 냈다. 나는 혹여 클로드인가 해서 돌아보았다. 습관은 단번에 버릴 수 있는 것이 아니다.

과거로부터 내게 남은 것은 마음의 평정이다. 장님이 된 내 눈도, 우리를 위한 그 애의 희생도, 앤과 클로드가 서로 사랑하는 것을 막지 못했다. 그들은 강물이고, 나는 거친 급류다.

클로드, 나는 이제 앤의 언니로서만 널 보게 될 거야. 아, 그런데 또 이렇게 네게 말을 건네고 있군!

날짜를 뒤져보았어. 내가 뮌헨의 공원에서 앤을 기다리던 날, 앤은 미술관으로 달려갔어. 내가 널 사랑하지 않는다고 믿게 된 그날, 그 애는 널 생각했고 주저 없이 널 사랑했던 거야. 나는 풋사랑만을 했을 뿐인데. 내 사랑을 감추기를 얼마나 잘한 것인지!

나는 어떻게 그 지경까지 장님일 수 있었을까? 나의 육체적 실명은 정신적 실명에 비하면 하찮기 이를 데 없어. 아무튼 앤을 위해 잘 마무리되었으니 모든 것이 잘된 거야.

클로드, 너 자신으로 오롯이 남고, 주저하지 않은 네가 감탄스러울 따름이야. 나는 너와 함께 살고 싶은 욕망에 숨이 막히지만, 완전한 이별은 정말 견딜 수 없을 거야.

4월 3일, 여명을 맞으며

앤이 내일모레 도착한다! 나는 신이 나서 무겁다고 여겼던 장화를 신었다. 피아노도 다시 연주하기 시작했다. 나는 되살아나고 있다. 무엇 때문에 앓는 소리를 하겠는가? 내겐 희망뿐인 것을. 앤이 클로드를 갖게 될 것이다.

저녁

꽃으로 뒤덮인 이 초원에서 앤을 어린애처럼 애지중지하리라. 내가 사랑하는 이를 앤에게 주지 못할 이유가 무엇이란 말인가? 나는 왜 앤의 작업실에서 쓰러졌던 것일까?

내가 내 진실을 감췄는데 왜 그대들이 내게 그대들의 진실을 고백해야 한단 말인가?

1907년 4월 5일

앤과 둘이서 손금 점을 보았다. 요약하자면 앤은 성공이었고, 나는 실패였다. 내 엄지손가락의 십자가가 불행한 사랑을 의미한다는 것이었다. 손금 보는 이가 말했다. "가만, 어쩌면 다른 쪽 엄지손가락으로 운명이 뒤집힐 수도 있어요."

그런데 다른 쪽 엄지손가락에도 십자가가 있었다. 손금 보는 이가 말했다.

"아가씨는 같은 남자와 두 번 약혼할 운명이에요. 걱정을 많이 하는 경향이 있고요. 직업적으로는 성공하겠지만 경력이 종종 중단될 거예요."

앤에게는 이렇게 말했다. "무질서한 성격인 것이 역력하군요. 아가씨는 건설하는 사람이에요. 자신이 하고 싶은 일을 서서히 발견하고 그 길로 나아가죠. 애인이 여럿이겠어요. 아가씨에게 남들의 의견은 중요하지 않죠. 행복한 결혼 생활을 하게 될 거예요."

나는 우리의 방에서 앤이 분주히 몸을 놀리는 것을 지켜보았다. 내가 앤이 목욕하는 것을 도왔던 아기였을 때와 마찬가지로 앤은 내 시선을 거북해하지 않았다. 앤의 목에 걸린 메달의 뒷면에 A. C.라는 이니셜이 새겨져 있었다. 내게는 '앤과 클로드'로 읽혔다.

저녁에 앤이 예전처럼 탁자에 앉아 팔에 얼굴을 묻은 채 잠들어 있었다. 시골 생활이 나보다 앤에게 더 고단하리라. 나는 앤을 침대로 데려가 옷을 벗겼다. 앤이 베개에 한숨을 흘리더니 바로 곯아떨어졌다. 나는 앤의 원피스를 다림질했다.

아니, 앤은 자신이 한 일에 의해 훼손되지 않았다. 앤은 나보다 더 깨끗하다. 클로드가 언젠가 나는 무엇보다 청교도적이라고 말했다. 앤이 잠결에 뒤척이며 무언가를 꼭 쥔다. 눈물이 흐른다.

1907년 4월 6일

나는 그 운명적 시간에 클로드의 키스를 받고서 믿을 수 없을 만큼 나약해진 채, 키스를 되돌려줌으로써 앤과 클로드에게 죄를 지었다.

더러 머릿속 한구석에 끔찍함이 밀려든다. 클로드와 앤에게 그것에 대해 말할 수 있다면 잊을 수 있을 것이다. 하지만 말하는 것 또한 그들에게 상처가 될 수도 있다.

나의 과거엔 망자들, 즉 클로드와 나의 아이들이 포함돼 있고, 클로드는 그것을 모른다.

나는 죽은 아이들을 바라본다. 그중 자그마한 아이 하나가 피를 흘리며 침대에 엎드려 가로누워 있고 두 손은 차갑다. 저기 다른 아이들도 보인다……

내가 저 아이들을 얼마나 사랑했을지!

4월 7일

나는 내 집에서 추방자가 되었다.

나를 가로막는 것은 벽이 아니다. 그것은 열쇠로 잠근 문이다.

만일 클레르 여사가 안다면 어떻게 나올까?

4월 8일

우리는 이해하지 못한 채 현재를 바라본다. 미래는 모든 거푸집을 깨부술 것이다. 아무것도 예측하지 말자. 과일처럼 무르익자.

더는 이렇게 기도하지 않을 것이다. "신이시여, 절대

혼자서 클로드를 만나지 않도록 절 도와주소서." 대신
이렇게 기도할 것이다. "아버지시여, 클로드를 위해 평온
한 누이가 될 수 있도록 도와주소서, 앤에게 어떤 상처
도 입히지 않도록 우리를 도와주소서."

1907년 4월 9일

클로드가 어느 날 사랑에 빠졌던 새끼 돼지 우리 앞
을 지났다.

나는 단념 쪽으로 다가가고 있다.

만일 완전한 결합이 불가능하다면 육체를 붙들어
매어놓아야 한다. 영혼은 육체가 사라지기까지 사랑할
것이고, 그 뒤에도 사랑할 것이다.

육체적 사랑의 비명은 영혼을 바라보지 않는다.

클로드, 그는 육체와 영혼을 구분하고 싶어 하지 않
는다.

우리는 인생에서 소용돌이치는 강물을 따라 흘러
내려가는 나무줄기와 같다. 나무줄기 뭉치에 달라붙는
가 하면 더러 얼마간은 떨어져나가 소외되기도 한다. 우
리가 특별히 좋아하는 나무줄기가 있을 수도 있고, 그
나무줄기와 우리 사이에 끌림이 형성될 수도 있으며, 떨
어져나가는 고통을 느낄 수도 있다. 나무줄기 뭉치는 그

렇게 계속해서 강물을 따라 흘러 내려간다…… 그런데 어디로?

뮤리엘이 클로드에게

1907년 4월 11일, 섬

우리의 기나긴 키스에 대해 다시 한번 용서를 구할게요. 그 사실을 지우고 싶을 따름이에요.

당신의 편지. 당신은 장벽에 대해 이야기했죠. 장벽이 있으려면 길이 있어야 하는데, 우리 사이엔 더 이상 길이 없다고 말이에요.

어느덧 당신을 사랑해온 지 7년이 됐군요.

첫 두 해는 누이로서 사랑했어요. 당신은 그보다 넘치는 사랑을 주었지만 내가 거절했죠. 이어지는 다섯 해 동안엔 내가 빠져들었고요. 당신은 인식하지 못한 채 구명줄로 나를 끌어당겼고, 나는 당신에게 끌려갔어요. 그런데 거기엔 앤이 있었죠, 가슴속에 불을 품고서. 당신도 있었어요, 가슴속에 불을 품고서. 결국 그 불에 구명줄이 활활 타버렸죠.

순수한 사랑은 살아남아요.

우리는 채 서른 살이 되지 않았어요. 언젠가 앤과 당신과 내가 여전히 다시 뭉칠 수 있을 거예요.

앤은 이제 나를 벗어났어요. 나보다 한 남자를 더 사랑하죠. 그런데 그 남자가 그 보물을 깨닫지 못해요. 그 남자는 바로 당신이에요. 당신의 내면조차 당신에게 그걸 숨기고 있죠.

1907년 4월 12일

알겠지만, 나는 모든 것을 뒤흔드는 충만한 사랑을 느끼지 못했어요. 그것은 사실이고, 중요하죠. 앤, 그 애는 그런 사랑을 알아요. 앤은 나와 마찬가지로 이렇게 생각하죠. 〈여자는 예식을 통해 한 남자의 아내가 되는 것이 아니라, 기다림과 포기를 통해 한 남자의 아내가 되는 것이다.〉

내 눈에도, 그 애의 눈에도, 앤은 당신의 아내예요.

우리 셋 사이에 더 이상 비밀은 없어요.

앤이 (뮌헨의) 클로드에게

1907년 4월 13일, 파리

바이에른이 마음에 든다니 기뻐. 뮤리엘 언니가 내게 편지를 자주 써. 정리가 된 것 같아. 언니에게 더 일찍 털어놓는 것이 쉽지 않았어. 언니를 위해 집으로 돌아가려고 해.

그 전에 당신을 만나고 싶어. 할 말이 있어서라기보다는, 뮤리엘 언니와 있을 때 내 머릿속에 당신을 선명하게 간직하고 싶어서야.

어제는 요란한 러시아 파티가 있었는데, 나는 남자 변장을 했어. 당신이 그리워. 무프도 그립고.

난 당신의 앤이야. 날 만나고 싶어?

1907년 4월 22일(섬에서 뮌헨의 클로드에게)

뮤리엘 언니한테 당신이 날 파리로 불렀는데 엄마가 안 계신 동안 언니 옆에 있어야 하니 보름만 기다려달라고 요청했고 그사이 당신은 일 때문에 빈으로 떠나야 했다고 말했어.

언니가 어찌나 절망하고 화를 내던지 당신은 상상조차 할 수 없을 거야. 나한테 다시는 그러지 않겠다는 약속을 받아냈어. 자기가 혼자 되는 것에도 불구하고 날 무섭게 혼냈지. 그리고 당신과 나에 대해 자세히 이야기해달라고 했어. 나는 우리가 함께 보냈던 열흘에 대해 최선을 다해 이야기했지만 언니가 바라는 만큼 속속들이 털어놓지는 않았어.

나는 지금 당신이 잠을 잤던 침대 속에 들어와 있어. 뮤리엘 언니는 옆방에서 글을 쓰고 있고. 우리는 다시 가까워졌어. 당신에 대한 언니의 사랑이 나를 통해 계속되고 있어. 언니는 당신과 나, 우리가 서로를 위해 살아가기를 바라.

무프의 부인한테서 예쁜 편지를 받았어.

나의 클로드, 곧 만나기를!

5월 1일, 섬(형가리의 클로드에게)

우리에겐 또 다른 기회가 있을 거야, 그렇지? 당신은 또 그렇게 멀어졌군.

당신을 오랫동안 못 만난 탓에, 당신이 더는 나를 욕망하고 사랑하지 않을까 봐 두려웠어. 그랬는데 어느새 두려움이 사라지더군. 당신한테서 새로운 발견을 했거든.

1907년 5월 2일, 섬

클로드! 내가 잘못 생각했어! 뮤리엘 언니가 불행해. 이따금 아무것도 아닌 일로 불행의 증거를 흘리고 있어. 언니한텐 마르타 언니와 나뿐이야. 당신과 나, 우리가 서로 사랑하는 한, 언니는 당신한테 가는 것을 자신에게 절대 허락하지 않을 거야.

내가 질투한다면 아마 나와 닮은 여자일 거야. 뮤리엘 언니는 나와 닮지 않았어.

만일 언니의 행복이 내가 더는 당신 것이 아닌 거라

면, 분명히 말하지만, 나는 준비가 됐어.

언니는 날 너무 사랑해. 그런데 당신 때문에 이미 넘치는 사랑에 사랑을 더 보태야 했지. 언니가 날 조금 덜 사랑했으면 좋겠어. 공평하지 않으니까. 난 언니가 필요로 하는 만큼 언니를 사랑하지 않거든. 나는 다른 어떤 존재와도 내 생각을 온전히 나눌 수 없고, 내 시간 전부를 함께 보낼 수도 없어. 사랑에 빠졌을 때 일정 시간을 나누는 것을 제외하고 말이야.

1907년 5월 3일

뮤리엘 언니가 안정을 되찾은 것 같아. 가정부를 새로 들인 덕에 언니가 좀 더 자유로울 거야. 언니는 무얼 할지 아직 몰라. 하지만 언니의 상태에 대해 이러쿵저러쿵할 사람이 **우리**가 아니라는 입장은 확고해.

언니와 당신과 언니에 대해 이야기를 나눴어. 당신과 언니가 함께 브르타뉴 여행을 하지 못한 것을 내가 얼마나 안타까워하는지 이야기했지. 언니가 힘겹게 내린 결정인 만큼 두 사람이 완전히 가까워질 수 있는 기회였는데. 언니가 말하더라. "그럴지도! 하지만 이젠 절대 그럴 일이 없으리라는 걸 확신해."

내 작업에 대해서 이야기하자면, 난 내 얼굴을 조각

하고 있어. 고개를 들어 올린 채 생각에 잠긴 얼굴을.

올여름에 당신 곁에 있지 못한다면 고통스러울 거야.

1907년 5월 9일

뮤리엘 언니가 과연 다시 당신의 영향력 있는 누이가 될 수 있을지 의문을 갖더라. 당신은 수락하겠어? 언니는 그 옛날 당신과 언니의 사랑은 당연히 부추김을 당한 거라고 말했어.

언니는 끝도 없는 규칙을 쏟아내며 번번이 내게 그걸 강요하고 있어. 그러곤 불가항력적인 이유로 늘 규칙을 바꾸지. 그리고 난 언니와 마찬가지로 거기에 조금은 속아 넘어가고 있고.

너무 거창한 주장들은 의문을 불러일으키는 법이지. 난 언니의 가장 단호한 주장들이 특히 의심스러워.

여름에 만나, 클로드!

(섬의) **뮤리엘이** (파리의) **클로드에게**

1907년 5월 10일

내 운명은 이제 네 운명과 상관없다는 말을 헛되이 뇌까리고 있어. 왜냐하면 우리 둘은 앤과 너무 깊이 연결

돼 있으니까. 비록 직접적인 영향을 끼치지 않는다 하더라도, 앤 때문에 너는 내 인생의 지주가 될 거야. 앤은 내게 남은 전부거든. 나는 느릿느릿 살아가고 있어.

앤은 나와 거리를 두려는 경향이 있어. 물론 내가 우는 걸 보면 위로해주지만, 나를 자기의 커다란 침대로 부르는 경우는 극히 드물어. 나는 모든 것이 무서워지는 극심한 공포에 휩싸일 때면 손을 뻗어 잠자는 앤을 스치듯 어루만지고, 그 애의 기쁨과 슬픔을 함께 나눠. 그 애 몰래, 생각으로 너의 존재를 느끼며, 너희 두 사람 덕분에 덜 비참해지지.

밤에는 모든 욕망의 부재가 날 짓눌러.

나의 평온, 그것은 너를 갖기를 바라지 않으면서 너를 필요로 하는 데서 비롯된 거야. 넌 내 가슴속과 내 집에 살고 있고, 그곳을 환히 비추고 데우는 빛이자 온기야. 차가운 그림자 그 이상이야.

나를 위한 욕망은 그 애를 위한 거야. 더러 그 애가 호숫가 근처에서 누렸던 너희의 밀월에 대해 은밀히 말하게 하는 데 성공할 때가 있어.

5월 21일

나는 반쯤 졸고 있어. 달빛이 앤을 깨우지 않도록 커튼을 쳤어. 장미나무의 가지 한 줄기가 창문을 가볍게 두

드리고 있어.

네게로 날아가려던 찰나였는데. 마침내 우리가 서로에 대해 알 수 있었을 텐데……

너희 두 사람에게 내가 무엇을 줄 수 있을까? 혹시 내 사랑이 넘친다고 느낄 만큼 너희는 사랑으로 충만한 거니?

세상에 어떤 여자가 나와 같은 여동생을 두었을까?

나는 너희들을 가졌어. 나는 부자야.

……나는 바다 깊숙이에서 뽑혀 나온 해조류야, 나는 뿌리 없이 바다를 조용히 떠다니고 있어.

1907년 5월 22일

앤과 함께 바닷가에 갔어, 단단한 모래밭에서 너와 함께 춤을 추었지.

나는 흰 빨래 바구니를 쏟아 다림질을 하고, 앤은 반죽을 주물러. 우리는 함께 달걀을 찾으러 가곤 해. 따라서 모든 것이 명확해졌어. 더는 이해하려 하지 않으면 그 즉시 이해가 된다고 할까.

나는 "언제 끝나게 될까?"라고 말하는 대신, "서른 살은 아름다워!"라고 말하고 있어.

내 삶, 그건 앤-클로드야.

너는 대체 누구지, 우리를 감동시키는 너는?

앤이 클로드에게

1907년 5월 23일

당신의 편지들. 당신에게 키스를 보내!

뮤리엘 언니에게 언니의 '습관'에 대해 물었어. 지난 18개월 동안 아무 일 없었다가, 두 번 재발했다더라고. 하루는 건초 보관 작업을 도왔을 때, 다른 날은 피로로 쓰러졌을 때, 그렇게 이틀. 그래서 지금은 물리적 요인이 크다는 결론을 내렸어.

1907년 6월 1일

뮤리엘 언니가 자제하지 못한 것에 절망했던 날, 언니의 배 위로 내 손을 쫙 펼쳐서 뻗어볼까도 생각했어. 언니가 아무 심각한 잘못도 저지르지 않았다는 확신이 있었거든. 그런데 도저히 엄두가 나지 않았어. 설사 잠깐이라 하더라도 그런 접촉은 우리 사이에 불가능하니까. 언니로서도, 나로서도.

만일 내가 여자한테 욕망을 느꼈다면, 망설이지 않았을 거야. 하지만 그런 욕망은 한 번도 느껴본 적이 없어.

뮤리엘 언니한테 키스하고 싶지 않아. 마치 내 팔에 키스하는 것 같거든.

어제는 한 바르바리아 오르간 연주자가 우리 집 앞에 와서 연주를 했어. 뮤리엘 언니가 그에게 동전을 주고는, 집 뒤의 잔디밭에 가서 혼자 춤을 추었지. 내가 내 방 창문가에 있다는 걸 언니는 몰랐어. 언니의 춤 동작은 느리고, 유연하고, 고고했지. 나는 끝까지 언니를 지켜보았어. 그 모습을 석상으로 만들어볼까 해.

6월 19일

뮤리엘 언니는 미소 지으려 애쓰며 서서히 죽어가고 있어……

언니는 평생 오직 당신만을 사랑했을 수도 있어.

나와는 경우가 다르다고!

우리의 여름휴가를 포함해서 나의 모든 계획을 수정할 거야!

당신이 이해할 줄로 믿어.

6월 20일

무프가 답신을 하지 않아서 괴로웠어.

여행을 했다더군. 편지를 받았는데, 무프와 그의 부인이 날 캅카스로 초대했고, 수락했어.

7월 중순에 파리를 경유하며 이틀간 머무를 거야.

1907년 6월 21일

언니의 미래가 걱정돼.

당신과 언니 사이에서 나를 지우고 싶어.

당신은 왜 언니의 사람이 될 수 없는 거지?

파리에 들르게 되면 당신과 하나가 될 수 있을지 모르겠어. 아무튼 당신을 만나고 싶어.

뮤리엘이 클로드에게

6월 22일

우리의 앤이 내 곁에서 잠자고 있다가 한쪽 눈을 떴어. 내가 말했지. "축하해!" 앤이 문득 내 생일과 너희의 밀월 기념일을 떠올리며, 잠결에 밝은 미소를 지어 보였어.

1907년 6월 29일

잠든 앤과 함께 커다란 침대에 누워 있었어. 잠이 오지 않았지. 나는 조용히 일어나 정원으로 갔어. 서늘하고 캄캄한 밤이었지. 정원의 아치형 입구가 바람에 나부끼는 장미꽃들로 뒤덮였어. 무언가 부드러운 것이 내 입술을 쓰다듬더군. 너의 입술이었을까? 나는 입술을 지

그시 깨물었어. 꽃잎에서 씁쓸한 맛이 배어 나왔지……
나는 네게 더 바짝 닿기 위해 발끝을 들었어. 하지만 더
는 아무것도 만나지 못했지.

6월 30일

새벽 5시야. 내가 어디 있는지 맞혀볼래? 정원 구석
의 작은 다리 옆 버들가지 의자에 앉아 있어. 농가의 지
붕에서 연기 한 줄기가 피어올라 남쪽으로, 네게로 곧
장 흘러가고 있고, 왼쪽으로는 옅은 안개 속에 꿀벌 통
열세 개가 일렬로 놓였어. 앤과 너와 내가 잡은 꿀벌떼
도 거기 포함돼 있었지. 지금은 꿀벌떼가 어찌나 대단하
고 영리한지. 어제 벌들의 위치를 파악했고 오늘 아침엔
잠든 채로 발견하겠거니 했는데, 천만에! 밤에 작업해야
한다는 것을 잊은 채, 한 시간 남짓을 고생한 끝에야 비
로소 하얀 천에 우글거리는 벌떼를 떨어뜨렸어.

벌들이 갈색 거적처럼 납작하게 퍼졌지만 태양이 비
치자마자 어디론가 날아가버렸지. 나는 여왕벌이 그 작
은 머리로 결정을 내린 뒤 신호를 보내기만을 기다리고
있어. 그때 뒤쫓으려고 말이야.

앤을 위해 스웨터를 떴고, 일요일에 있을 수업 준비
를 했어. 새벽에, 나는 너희와 더욱 가까워져.

앤이 네 편지를 주었어.

뮤리엘이 클로드에게

1907년 7월 1일, 섬

올해 앤의 바이올린 연주를 들어본 적이 있어? 연주하는 앤이 어디론가 사라져버렸어. 학교 때 선생님이 전교생 중에 가장 재능이 있다고 단언했었지.

우리의 오랜 유모가 내게 말했어. "두 사람은 쌍둥이처럼 늘 붙어 다녔어요. 뮤리엘 아가씨가 우위에 있었고 더 많은 주장을 내세우긴 했지만, 두 사람의 의견이 일치하지 않을 땐, 앤 아가씨가 조곤조곤 설명을 했고, 그러면 뮤리엘 아가씨가 양보했지요."

우리의 유년 시절이 담긴 사진 상자를 뒤져보았어. 그리고 찾아낸 두 장. 네 살짜리 앤이 웃음을 짓게 해. 앤은 그때부터 이미 앤이었지. 나중에 이것들을 엄마에게 돌려줘.

난 존엄하지도 신비롭지도 않은, 아기를 좋아하는 모든 사람들의 그저 그런 귀염둥이였다고 할까.

앤이 내성적인 걸까? 응, 대체로. 하지만 앤이 마음을 열면 얼마나 눈이 부신지. 동방의 나라가 우리에게 앤을 어떤 모습으로 돌려줄까? 여기 앤이 보낸 편지 네 통이 있어. 앤이 당신이 읽는 것을 허락했어.

1. 혹시 앤이 애석하게도 지난번에 이미 그랬던 것처럼, 내가 자기를 필요로 하기 때문에 너한테 갈 수 없다고 말한다면, 내게 알려줘.

　2. 혹시 너희가 함께 여행하는 데 돈이 부족하다면, 그 즉시 너희에게 돈을 보낼 수 있는 기쁨을 내게 주었으면 해.

7월 2일

　앤과 엄마가 런던에서 돌아왔어. 버나드 쇼의 연극을 감상했다더군. 앤이 연극 얘기를 하며 한참 동안 수다를 떨었어. 난 내용은 건성으로 들으며 그 애의 목소리에 집중했어. 실은 앤은 그 모든 걸 나에게가 아니라 너에게 이야기했던 거야. 앤이 머리를 얹고 싶었던 건 내 어깨가 아니라 너의 어깨였고. 너희 두 사람의 모습을 그려보았어. 내가 두 명의 자식을 사랑하는 성숙한 여인이라도 된 듯 말이야. 너의 머리칼은 더부룩했고, 너의 입술은 비밀스러운 언어를 간직하고 있었지. 일주일 뒤엔 너희 둘이 함께 있을 수 있어!

1907년 7월 4일

　내 마음이 너를 향해 부풀 때조차 나는 앤에게 의리를 지키기 위해 애썼어. 내 마음속의 어떤 것도 그 애에게 상처를 입혀선 안 돼.

나의 가장 최근의 꿈: 나는 평온한 얼굴로 청동 십자가 앞에 무릎을 꿇고 있었어. 너와 앤이 나를 못 본 채 들어왔지. 너희는 서로를 바라보며 웃었고, 나는 숨을 참았어. 그를 사랑하는 여자에게 상처를 주는 일 없이 잃어버린 내 사랑에게 키스할 수 있을까? 내가 앤에게 얼굴을 내밀자, 앤이 늘 그렇듯 몸을 숙여 내 볼에 가볍게 키스하고는 깨물었어. 너의 팔이 앤의 어깨를 두르고, 앤의 팔이 너의 허리를 둘렀지. 나는 너에게 얼굴을 내밀었어. 내가 너보다 한참 아래에 있었기에 높이 솟은 네 얼굴을 향해 고개를 쳐들었지. 내 입술이 갈증으로 타들어갔어. 네 얼굴을 둘러싼 안개가 짙어졌지. 넌 원하지 않았던 거야. 문득 주위를 둘러보니 어둡고 텅텅 빈 커다란 방에 나 혼자였고, 앤의 눈부신 초상화들이 차례로 벽 속에 들어가 박히고 있었어. 이윽고 천상의 궁륭과 법칙 아래 나만을 남겨둔 채 초상화들이 자취를 감추었지.

그리스도마저 내게 너를 빌려줄 수 없었던 거야.

앤이 클로드에게

7월 4일

월요일에 파리에 도착해. 우리 둘 다 좋다는 판단이 서면 파리에서 당신과 함께 이틀을 보낼 거야.

뮤리엘 언니를 떠나고 싶지 않아.

우리가 자매인 것이 당신 잘못은 아니지.

우리 셋 모두 담대함이 부족해.

당신은 당신을 위해서 어떤 것도 강요하지 않고 아무것도 요구하지 않아. 우리가 당신을 잠시 떠날 때조차 우리를 자유롭게 해주니까. 그런 점에서 당신이 감탄스러워. 그럴 때면 당신은 곧장 국립도서관으로 가서 위로를 받지. 당신은 우리보다 도서관을 더 좋아한다니까.

새끼 돼지들과 놀던 시절에, 언젠가 우리 셋이 하늘이 보이는 방의 커다란 침대에 함께 누워 밤에도 수다를 떨 수 있을 것이고, 그것에 대해 우리가 어떤 교육도 받지 않았으니 자연스러울 수 있을 거라는 생각을 한 적이 있어.

그 뒤로 그것이 실현되는 상상을 하기도 했지만, 얼마 못 가 당신과 언니를 단둘이 있게 해주기 위해 내가 물러나야겠다는 생각이 들었지. 지금 뮤리엘 언니도 틀림없이 당신과 나를 단둘이 있게 해주어야 한다고 생각할 거야.

그 모든 것이 언니의 방식대로 이행되었으니까.

나는 당신이 같은 날 우리 둘에게 키스하는 것에는 고통스럽지 않을 것 같아. 반면에 당신이 일어날 일을 향해 나아가면서 한 사람과 몇 주를 보낸 뒤, 이어 다른 사람과 몇 주를 보낸다면 고통스러울 거야.

내가 알기 위해서 노력해야겠지.

2주일 동안 당신과 무프를 동시에 만난 적이 있어. 내겐 똑같지도, 동시적이지도 않았어. 일부러 그랬던 건 아니야. 길을 달리다가 급커브를 만난 것과 같다고 할까.

1907년 7월 12일, 빈

파리. 당신이 기차역에서 날 기다렸다가 내가 정해놓은 이틀 내내 나와 붙어 지냈지. 난 예전처럼 날짜를 정해놓았고, 그걸 후회하기도 했어…… 하지만 익숙해지지 않기 위해선 방지책이 필요하니까.

그건 우리의 여름 대신이었어……

우리는 신이 우리를 만든 대로 높은 곳에 올랐고 자유로우니까, 우리의 방식대로 현명함을 추구하기로 하자. 그 점에서 당신은 나의 스승이야.

내 안에 자라난 생각에 대해서는 착각했지만, 당신에 대해서는 아니야.

날 멀리 보낸 것을 후회하지 마.

난 당신이 내게 준 당신의 일부분을 뮤리엘 언니를 위해 희생시킬 수 있어.

만일 당신이 더 많은 부분을 준다면, 아마 그럴 수 없을지도 모르지만.

7월 13일, 빈

당신이 알려준 '예술가들의 카페'에 와 있어. 이곳의 카페오레는 내가 알던 것과 달라. 한 젊은 오스트리아 남자가 내 테이블로 다가와 앉아도 되느냐고 물었지만 거절했어. 혼자가 더 좋거든.

유쾌한 젊은 여자들 셋(그중 특히 한 명이 아주 예뻐)이 내 옆에 자리 잡더니 익살맞고 실례되는 질문들을 던졌어. 당신과 팔짱을 끼고 외출할 때면 난 늘 인기가 좋았었는데. 당신이 내 눈에 여간해서는 꺼지지 않는 재기 발랄함을 심어주었거든. 지배인이 아까 그 젊은 남자가 전달시킨 저녁 식사 초대장을 갖고 왔기에, 돌려보냈어. 정성 들인 글씨로 쓴 초대장이었지.

아무래도 당신의 앤이 이 카페에서는 편지를 쓸 수도 음악을 들을 수도 없을 것 같아. 나는 카페를 나와 다른 카페를 찾았어. 거리에서 아까 그 젊은 남자가 쫓아와 동행해도 좋겠느냐고 정중하게 부탁했지. 내가 여전히 단호하게 거절하니까, 손을 들어 올려 커다랗게 원을 그리며 인사하고는 가버리더군. 조금도 두렵지 않았어.

난 당신으로 충만해. 머지않아 무프로 충만할 테고.
다르게 말이야.

1907년 8월 24일, 캅카스

산들이 꼭대기부터 발치까지 피부의 주름처럼 골짜
기에 습곡을 형성하는 야트막한 수풀들로 뒤덮였어. 대
초원 또한 놀랍고 나한텐 특별할 따름이야.

무프가 점점 좋아져. 무프의 아내도 곧 도착할 거야.
그녀를 곧 알게 된다는 생각에 신이 나. 그래도 사건은
사건이지.

무프의 모친은 기운이 넘쳐. 우리는 그녀의 운동장
만 한 방에서 친구들과 함께 다 같이 모여 식사를 해. 이
곳에서 우리는 옷을 입지 않은 채 수영을 하지.

당신한테 더 자주 편지를 쓸 수도 있지만, 상상하는
것도 나쁘지 않을 거야.

뮤리엘 언니가 슬퍼하고 있어. 언니에게 편지를 써.

1907년 10월 26일, 캅카스

무프의 아내가 마음에 들어. 그녀도 날 마음에 들어
하는 것 같아.

판단이 확실하고 독립적인 여장부야. 자기 남편처럼 다부진 몸으로 머리칼을 어깨에서 찰랑거리며 사내애처럼 뛰어다니지. 처음엔 그녀의 등장에 고통스러웠어. 무프의 사랑이 미심쩍었거든. 하지만 아니었어, 이미 과거였지. 그들 부부는 서로 사랑하고, 서로를 완전히 자유롭게 내버려둬. 나는 그것에 대해 깊은 존중심을 느껴. 어느 정도냐 하면 그들 부부에게 동의하고 무한한 우정을 간직한 채 그들의 삶에서 완전히 물러나기까지(11월 4일) 했지.

이곳에 갓 도착한 그들의 친구 중 하나가 내게 관심을 보이고 있어.

뮤리엘 언니가 편지를 보냈어. 언니가 괴롭지 않다는 걸 내가 당신한테 확인시켜주길 바라더라.

알렉스가 엄마와 뮤리엘 언니와 함께 데일 씨의 시범 농장을 운영하기로 했어.

뮤리엘이 클로드에게

8월 15일, 섬

너는 멀리 있고, 거의 편지도 쓰지 않아. 너는 어릴 때 내가 상상했고 나를 살게 했던 애인처럼 비현실적이야. 늦든 빠르든 너와 만나게 되겠지. 그때 나는 마음으로도 행동으로도 너의 누이일 거야.

1907년 9월 25일, 섬

앤이 멀리 있어. 나는 네게 무얼 써야 할지도 모른 채 손에 연필을 쥐고 앉아 있어. 손가락 끝으로 널 만지고 싶어. 네 곁에서 좀 느슨해질래. 온종일 집 안에 나 혼자뿐이거든. 그야말로 축제야. 헛간 위로 달이 떠오르고 있어. 어쩌면 저쪽에서, 앤도 나처럼 달을 바라보고 있을지도 몰라. 클레르 여사도 달을 좋아했는데. 앤에 대해 클레르 여사가 마음을 바꿀 수 있다면……

바닷가까지 자전거를 달렸어. 수영을 하고 난 참이야. 작은 파도 소리가 들려? 우리 셋이서 이곳에 함께 있었으면.

1907년 11월 1일, 섬

칠흑 같은 밤, 새벽이 멀지 않았어. 꿈을 꿨어. 나는 난롯가의 낮은 테이블에 앉았고, 너는 땅바닥에 앉아 테이블에 등을 기댄 채 난롯불을 바라보고 있었지. 공간을 지배하는 침묵과 고개를 돌린 너의 옆얼굴이 마냥 좋았어. 검은 비단 외투를 걸친 너의 실루엣이 여성스러웠지. 하지만 분명 너였어. 네가 나한테 무얼 원하는지 물었고, 나는 몸을 굽혀 네 쪽으로 한 손을 미끄러뜨렸어.

순간 나는 소스라치며 벌떡 일어나, "앤! 앤!"을 외치며 왼손으로 오른손을 저지했어.

들판에서 암소들의 울음소리며 네 번을 울리는 교회의 종소리가 들려와.

만성절이야. 우리 아버지가 신과 함께 하늘에 계셔. 당신의 두 딸을 내려다보고, 이해하시지. 넌 아버지의 초상화를 마음에 들어 했어. 너와 아버지 간의 대화가 상상이 돼. 미소 짓는 두 사람의 모습이 눈앞에 아른거려.

앤이 클로드에게

1908년 1월 2일, 캅카스

두 달이 지났어. 새로 등장한 남자와 진도가 나갔어.

그야말로 파란만장해. 아직은 아무것도 모르겠어.

뮤리엘 언니가 내 여행담 편지들을 당신한테 빌려주고 싶어 해. 원한다면 읽어도 좋지만…… 당신을 시간 낭비하게 하고 싶지 않아.

언니는 내가 오직 당신만을 내 온 영혼을 다해 사랑

하길 바라. 그래야 언니도 포기가 쉽겠지. 하지만 클로드, 당신은 내 인생의 목적이 아니고, 나는 우리의 미래에 대해 아무것도 알지 못해. 우리는 뜸하게 만나고 있고, 나는 때로 당신한테 부당하게 굴어. 그럼에도 우리의 마지막 만남은 기억 속에 생생하게 남아 있지.

내게 내밀한 편지를 써줘.

뮤리엘이 클로드에게

1908년 2월 23일, 데일 씨의 시범 농장
일요일이야! 여명을 보았어! 너는 아니겠지!

나의 개 플래시가 문 앞에서 그르렁거려. 문 뒤에 아무도 없다는 걸 두 번이나 보여줬는데도 소용이 없어. 또 그르렁거리고 있어. 무슨 일일까?

앤은 늘 여기저기에 물건을 잃어버리고 다녀. 정리정돈을 익혔지만 그 애한텐 도무지 자연스럽지 않은 일이지. "앤은 너무 예술가예요." 재봉사 할머니의 말씀이야.

학교에서는 수영장에 들어가기 전에 한참 동안 생각에 잠기곤 했어. 다들 무서운가 보다, 라고 짐작하고 있으면, 그제야 앤은 가장 높은 다이빙대로 올라가 뛰어내리곤 했어.

2월 27일

주어지는 많은 것들을 어떻게 추려야 할까? 이해하려고 노력해야 할까, 아니면 그저 그렇게 되는대로 살아야 할까? 선택이란 얼마나 힘든 일인지!

네가 내 생각 속에 스며들면 나는 파도처럼 부풀며 넘실거리게 돼.

먼지로 돌아가기 전에 세상의 쓰임이 되고 싶어.

나는 암탉들을 관리하고 있어. 지금으로서는 엄마와 알렉스와 영국의 시골과 혼연일체가 되었다고 할까.

런던에 있는 나의 가엾은 어린 친구들이 그리워.

1908년 4월 2일, 데일 씨의 시범 농장

우리의 소중한 섬을 떠난 건 실로 엄청난 변화야.

우리는 정식 초대를 주고받는 소위 **상류층**과 인접해 있는데, 만일 일하는 중에 손님이 오면 나는 그냥 작업복을 걸친 채로 그들을 맞아.

내겐 지금 앤도 없고 너도 없어. 너희 외에 다른 누구도 원하지 않아.

내가 너희들이 진실한 걸 알지 못했다면 좌절하고 말았을 거야.

앤이 결혼하다

뮤리엘이 클로드에게

1908년 5월 5일

믿기지 않는 소식. 우리의 앤이 약혼을 했어. 남자의 이름은 이반이야.

앤이 이곳에 와서 보름 정도 머물게 될 거야.

그가 앤에게 합당한 사람이기를!

1908년 5월 6일

네가 만일 우리가 함께 상상했던 너의 젊은 북구 지역 아내에게 언젠가 그럴 것처럼 내게 손을 내민다면, 나는 떨면서 너에게 달려갈 거야.

그럴 일은 없겠지. 그럼에도 내 삶은 알차고 만족스러워.

클로드, 네가 내게 상처를 주었다는 생각일랑 절대

하지 않았으면 해. 너는 내게 사랑의 왕관을 주었으니까.

1908년 5월 9일

침대로 몸을 던지며 실컷 울었어. 울면서 널 불렀지. 앤이 아니라 너를. 왜냐하면 널 슬프게 하는 것이 덜 두려웠거든.

내게 무슨 일이 일어났는지 알아? 나의 귀여운 새끼 칠면조가 죽었어. 이놈의 가금류 사육장이 비극의 장으로 변해버렸어. 기형이거나 병을 달고 태어나는 녀석들은 꼭 있기 마련인데 나는 그 녀석들을 전부 구할 수가 없어. 어떤 녀석들은 내가 생명을 연장시키기도 하지만, 다른 녀석들은 내 조수가 안락사시키거든. 만일 병아리 한 마리가 어미를 잃고 헤매고 있으면, 다른 어미가 다가와 병아리의 머리를 부리로 쪼아 죽이는 경우도 왕왕 있어. 나의 귀여운 새끼 칠면조의 경우, 제 어미의 발에 깔렸어. 내가 하룻밤 동안 암탉한테 맡겼다가 회복되었기에 어미한테 돌려줬는데, 어미가 다시 발로 밟아버렸지. 어미로서는 이유가 있었는데 그 녀석이 너무 굼떠서였어. 내가 간신히 다시 회복시켜 조수한테 맡겼는데, 조수가 너무 뜨거운 부화기 안에 넣었던지…… 오늘 아침에 내 침대 위 이불로 질질 기어 나오다가 끝내 숨이 끊겼어.

잡아먹히게 하기 위해 짐승들을 기르는 꼴이라니!

1908년 5월 10일

일요일이야! 나는 숲에서 앤과 너와 함께 셋이서 한 시간을 보냈어. 우리는 각자 너도밤나무에 기대어 앉았지⋯⋯ 너도 아는 색깔의 낙엽 카펫⋯⋯ 그 사이로 가늘고 곧게 솟은 진 초록색 잔디⋯⋯ 그리고 야생 제비꽃들!

그거 알아, 클로드? 내 마음속 깊은 곳에는 아직 우리를 위해 할 일이 한 가지 남아 있다는 거⋯⋯ 바로 태양에 바들거리는 투명한 나뭇잎들이 나무를 감싸듯, 우리를 사랑으로 감싸는 일이야.

이제껏 이토록 호되게 일해본 적이 없었어. 오늘 밤, 앤과 너에게 편지를 쓰고 있어. 내일 아침이면 녹초가 되겠지. 알렉스와 엄마와 나는 조만간 이곳을 떠날 거야. 이곳은 지나치게 현대적이거든. 우리는 이제 서로 얼굴을 볼 시간조차 없어. 서로 보고 싶어 하는데도 말이야. 나의 가금류들도 포기할 거야. 이건 남자 일이야. 알렉스는 새벽 6시부터 밤 11시까지 밖에 나가 있고, 아직도 장부에서 헤어나지 못하고 있어. 탁자에서 잠들기 일쑤고, 우리 집 개한테 더는 말도 붙이지 않아. 그런 것만 제외하면 알렉스의 농장 경영은 성공적이야.

네 편지들을 타자로 쳐서 보내줘. 엄마가 불필요하게 고생할 필요는 없잖아.

빽빽한 숲이여, 너의 그늘을 두 배로 드리워다오.
그래도 충분히 어두울 수 없을 거야
나의 불행한 사랑을 숨겨줄 수 없을 거야……

이 가사에 입힌 장 바티스트 륄리의 곡을 기억해?

공작들이 나를 부르고 있어. 시간이 달아나버렸군.
한바탕 소나기가 휘몰아칠 거야. 핵심을 이야기하지 않
았어. 실은 앤의 약혼을 행복해하는 너의 편지가 이해되
지 않아. 내게 설명할 필요는 없어.
어차피 삶은 들어맞지 않는 조각들로 이루어졌으니
까.

1908년 5월 17일
오래된 스코틀랜드 노래를 흥얼거리고 있어.

오! 모래언덕으로 가고 싶은 이 누구인가?
오! 나와 함께 말을 달리고 싶은 이 누구인가?
오! 멋진 여자를 차지하기 위해
뛰어오르고 달리고 싶은 이 누구인가?

나의 어머니가 문을 잠갔다네

나의 아버지가 열쇠를 가졌다네
허나 자물쇠도 빗장도 문도
나를 나의 조니에게서 멀어지게 하지 못한다네

앤이 이반과 함께 이곳에 왔어. 두 사람은 서로 사랑해. 오늘은 두 사람이 마지막으로 함께 보내는 일요일이야. 이반이 생활을 위해 잠시 고국으로 돌아가야 하거든. 네 생각은 어때?

이반은 행복을 맛보았겠지만, 이제 곧 허전함도 알게 될 거야……

1908년 5월 22일

클로드, 오늘의 기도를 들어보겠어? 〈신이시여, 죄인들에게 당신이 결정한 것을 사랑하도록 허락하소서.〉

내가 가진 것을 사랑하기, 내가 갖지 않은 것의 노예가 되지 말기.

그럼에도 고통 속에서 행복이 존재한다는 걸 목도하는 건 버거운 일이야.

1908년 5월 24일

하마터면 파리에 갈 뻔했어. 정말 아슬아슬했지. 만일 혼자 있는 나를 보게 된다면, 클로드, 예전에 내가 너를 대했듯 날 대해줘. 매정하게. 나는 너를 남동생처럼 대하려고 노력하겠지만, 더는 누이가 될 수 없을 것 같은 심정이야.

너도 알 거야…… 아니! 너는 모를 거야!

앤이 너희 두 사람에 대해 이야기했을 때, 실은 우리 세 사람의 이야기를 드러냈던 거였어.

나는 네가 두려운 게 아니라, 내가 두려운 거야.

네가 말했지. "만일 우리가 끝까지 서로 사랑할 수 없다면, 아예 만나지도 맙시다."

나를 네게 주기 위해 브르타뉴에 가는 걸 수락했었어. 정신적으로 나는 너의 애인이었으니까. 나를 위해서였더라면 나는 너의 아내가 되었을 거야.

대체 사랑이란 무엇일까, 클로드?

너의 편지를 읽으며 현기증을 느꼈어. 나의 팔이 너를 감싸고 있어. 네게 신의 가호가 있기를!

나는 너 없이도 살아갈 수 있어…… 눈이나 다리 없이도, 살아갈 수 있듯이.

너 없이, 라는 건, 말이 그렇다는 거야, 왜냐하면 너는 늘 나와 함께 있으니까. 하지만 예전에 그랬던 것처럼 너는 더는 **나의 것**이 아니지.

러시아 혁명가이자 사상가인 크로폿킨의 책을 읽고

있어. 이 여자들 옆에서 난 한 마리 양이 된 것 같은 기분이야.

1908년 9월 22일

내가 어디에 와 있는 줄 알아? 가파른 언덕 꼭대기에. 좀 전까지만 해도 우리가 돌보았던 아티초크들 속에 파묻혀 있었어. 거기서 빠져나와 지금 이곳에서 점심을 먹고 있어. 플래시가 내 시선에서 내 뜻을 읽고는 컹컹 짖었지. 동의의 뜻으로. 사료 비스킷을 우적거리며 얼마간 내 곁을 지키는가 싶더니 토끼를 뒤쫓아 사라져버렸어.

연못이 보여…… 여기서 거의 내 마음대로 너를 독차지했었는데…… 온전히 나 혼자서…… 그때는 널 원하지 않았어.

앤이 클로드에게

1908년 7월 29일, 헝가리

당신한테 편지를 쓰지 않고서 다섯 달이 지났어. 내게는 지난한 투쟁의 시간이었지.

게다가 당신한테 쓴 내 장문의 편지가 전달되지 않았어. 당신이 여행 중이어서 유치우편으로 보냈는데 뭔가 잘못된 모양이야. 그것도 슬펐어. 편지를 찾으러 우체국에 가볼 생각이야.

당신의 침묵이 걱정스러웠어. 혹시 뮤리엘 언니한테 소식 들었어?

나 결혼하기로 했어. **석공**인 **이반**과. 예전에 파리에서 알던 사람이야. 프랑스어도 영어도 못하는데, 내가 작업장에 들어섰을 때부터 날 좋아했지. 그게 눈에 훤히 보였어. 이번에 다시 만나게 되었고, 사랑하는 데 오랜 시간을 망설였어. 그동안 내가 녹초가 되었지. 그이를 사랑했지만 결혼하고 싶지는 않았거든.

그이와 두 달 동안 한적한 시골구석에서 단둘이 살아본 뒤, 섬으로 돌아갔어. 거리를 두고서 그이를 바라보기 위해, 그이 없는 삶은 어떤지 알기 위해. 아무튼 그이한테는 우리의 사랑이 인생을 건 사랑이라는 걸 느꼈고, 그이와 결혼하고 싶어졌어.

우린 곧 결혼할 거야. 상상이 돼?

그이는 조국에서 산에 있는 채석장을 운영해. 시간이 나면 개인적으로 돌조각 작업을 하고, 첼로를 기가막히게 연주하지. 또 자기가 괴로울 땐 나한테 모든 걸 쏟아내. 여기 사진을 동봉할게. 오로지 그이 때문에, 나는 더는 당신 것이 될 수 없을 거야.

알렉스는 예식을 집에서 치러야 한다고 주장하고,

엄마는 예비 사위를 마음에 들어 해. 아마 당신도 그이를 좋아하게 될 거야.

1908년 12월 3일, 섬

내가 많이 사랑했던 나의 클로드.

드디어 유부녀가 되었어. 내가 그토록 오랜 세월을 한 남자에게 매이게 될 줄이야.

나는 행복하고, 가끔은 아주 행복해. 비록 내 미래가 과거 못지않게 가치가 있을는지 의구심은 들지만.

남편이 나를 거의 무조건적으로 사랑해줘. 만일 내가 다른 남자한테 나를 주기라도 한다면, 상처를 받을 거야. 절대 다시 그러지 않겠다고 나를 맹세시켰지. 어길 시엔 죽여버리겠다나. 그이는 내 마음속에서 일어나는 모든 일을 읽어. 정말 놀라운 사람이야.

족쇄이긴 하지만, 나쁘지 않아.

그이는 이기주의자이고, 교양으로 허약해지지 않은 자연인이야. 바로 그래서 나와 연결될 필요를 느끼는 것이고. 나는 있는 그대로의 그이를 사랑해.

이 상태가 지속되기를!

1909년 3월 15일, 폴란드

맹렬한 싸움 뒤에 조용히 휴식하고 있어. 그이가 정

말 진을 쏙 빼놨어.

그이 때문에 두 달 동안이나 아팠거든. 처음엔 심각했고, 아직까지 기운이 없어. 방에서도 간신히 움직이지.

뮤리엘 언니가 와서 요정처럼 날 간호해줬어. 언니가 없었더라면 난 어찌 되었을지! 이번엔 언니가 내게 책을 읽어주었지. 몇 시간이고 큰 소리로! 언니는 점점 더 다른 사람들을 위해 헌신하고 있어. 천성인 것도 있지만 강한 의지를 갖고 하는 일이야. 언니의 **요새**가 덜 견고해졌다고 할까. 언니가 관심을 갖는 것들은, 예전에 알았고 사랑했던 것들이야. 언니는 온종일 내 방에서 시간을 보내. 내가 몸을 추스르는 대로 바로 영국으로 돌아갈 거야. 언니는 심지어 우리 마을을 관광조차 하지 않았어. 극장도 콘서트홀도 미술관도 가지 않았지.

언니는 사실 더는 눈이 회복되기를 바라지 않았어. 그랬는데 기적이 일어났지. 그 뒤로 언니는 더욱 독실해졌어. 내가 만일 언니의 다른 미덕에 반하지 않았더라면 나와는 멀어졌을 일이지.

당신은 언니를 만나러 가지 않을 작정이야?

엄마가 이반을 좋아해, 이반이 날 애지중지하니까. 내가 어느 정도로 사랑받고 있는지 설명할 방법이 없어, 이런 사랑이 가능한지조차 몰랐으니까.

이반은 이제야 비로소 내가 자기를 사랑한다고 믿기

시작했고, 그것에 황홀해하고 있어.

하지만 내 목적은 사랑받는 게 아니야. 나를 너무 많이 사랑하는 사람을 좋아하지 않았는데, 그런 내가 터무니없으리만치 날 사랑하는 사람과 결혼하다니. 체념할 밖에.

당신, 당신은 날 사랑했지만, 절대 너무 많이는 아니었어!

당신은 우리에게 아무것도 요구하지 않으면서 우리를 필요로 했고, 바로 그런 태도가 우리를 사로잡았어.

언니와 이별한 동안, 당신이 수도사가 된다고 한 것도 우리를 매혹했지. 당신은 철저히 금욕할 수도 있었겠지만, 무언가가 허락되었다면 받아들였을 거야. 당신은 영구적인 수도사가 아니야.

우리의 관계는 내가 그 이상을 원하게 되기 전에, 당신이 그 이상을 원하지 않는다는 것을 느끼기 전에, 당신이 며칠씩 우리를 방문하여 함께 즐거운 시간을 보냈을 때가 절정이었어.

우리의 마지막 만남에 대해서 쓴 당신의 편지에 놀라우면서도 기뻤어.

나는 불꽃을 알길 원했고, 당신이 불씨를 당겼지. 그 뒤 당신은 본의 아니게 그 불씨를 등한시했어. 다른 세 남자가 거기에 바람을 불어넣었지.

불꽃은 행복을 가져다주지 못하지만, 불꽃이 없다면 죽은 거나 진배없어. 그게 바로 내가 뮤리엘 언니를 안타까워하는 이유야.

뮤리엘이 클로드에게

1909년 4월 7일, 섬

아, 클로드! 오늘 밤 너의 편지는…… 만세! 만세! 곧 갈게.

4부

뮤리엘

20
사흘

클로드의 일기

1909년 4월 15일, 파리

뮤리엘이 트렁크 두 개를 들고서 기차역에 도착했다.
하나엔 그녀의 옷가지가, 다른 하나엔 그녀가 자기 농장
의 밀로 직접 갈색으로 알맞게 구운 커다란 캉파뉴 빵이
들어 있었다. 아닌 게 아니라 새끼 돼지들과 놀던 시절
에, 그녀가 팔뚝까지 담근 채 반죽을 주무르고 밀가루를
뿌리는 것을 본 적이 있다. 나도 직접 반죽을 주물러보았
는데, 녹록지 않은 노동의 강도에 놀랐었다. 그때 뮤리엘
의 온 근육이 팽팽해져서 몸의 형태가 연상되었고, 그녀
의 살에 달라붙은 반죽 조각을 입술로 떼어내고 싶은 충
동을 느꼈었다. 나는 그저 그녀의 체취와 빵 냄새를 들
이마셨다. 둥근 화덕 입구에서 새어 나오는 불빛에 눈이
부셨다. 뮤리엘이 빵에 이상한 모양을 냈고, 포대기에 싸

인 아기 같다는 말이 오갔던 기억이 있다.

내가 빵에 코를 대고서 진지하게 냄새를 맡자 뮤리엘이 웃었다.

그녀가 지갑을 꺼내더니, 그 속에서 자신의 친구 플래시와 함께 찍은 자기 사진을 찾아보라고 청했고, 나는 바로 찾아냈다. 귀가 기다랗게 늘어지고 다리가 퉁퉁한 개였다. 개가 뮤리엘을 동지처럼 바라보고 있었다.

지갑에서 작은 잡지 조각이 떨어졌다. 나는 그것을 읽었다.

〈이 땅에 빈궁하고 버려진 아이들이 있는 한, 그들을 보살피고 또 다른 아이들을 만들지 않는 것이 기독교도의 의무다. —톨스토이〉

나는 그것을 제자리에 도로 두었다.

우리에겐 사흘의 시간이 주어졌다. 밖은 추웠고, 안에선 난롯불이 탁탁 소리를 내며 타고 있었다. 뮤리엘은 땅바닥에 앉아 커다란 소파 겸용 침대에 등을 기댄 채 양말을 벗더니, 맨발을 불 쪽으로 바짝 붙이고는 더 잘 데우기 위해 발가락을 쫙 벌렸다. 나도 발을 데웠지만 뮤리엘처럼 발가락을 쫙 벌리지는 못했다.

우리는 어깨를 맞댄 채, 불꽃을 바라보았다. 우리에게 주어진 그 모든 시간 동안 우리는 무엇을 할 것인가? 얌전히 있을 것인가?

　　나는 빵을 집어 들어 크게 한 덩이를 잘라낸 뒤 진갈색이 될 때까지 불에 구웠다. 우리는 식탁에 차려진 간단한 식사엔 손도 대지 않은 채, 빵덩이를 덥석 베어 물었다. 빵을 칼로 얇게 썰어 그릴에 구울 수도 있었지만, 그러려면 뮤리엘한테서 어깨를 떼어야 했다. 우리는 같은 유리잔 하나로 물을 마셨다.

　　미로 속을 더듬던 그녀 손등의 오목한 자국들이 눈에 어른거렸고, '레몬즙 짜기'를 하던 그녀의 등이 느껴졌다.

　　불 앞이라 너무 더웠다. 나는 일어나서 재킷을 벗어 의자 두 개 중 하나의 등받이에 걸쳤다. 뮤리엘도 나를 따라 작은 재킷을 벗어 나머지 의자의 등받이에 걸쳤다. 나는 넥타이를 끄르고 스웨터도 벗어 그것들을 개어 의자 위에 놓았다. 뮤리엘도 저지 원피스를 벗어 나의 행동을 그대로 따랐다. 나는 베이지색 셔츠를 벗었고, 뮤리엘은 나를 쳐다보지 않은 채 연녹색 블라우스를 벗어 나를 따라 개었다. 우리는 묵묵히 꼭 필요한 일만을 했다. 요컨대 우리를 갈라놓는 것을 벗는 일을. 뮤리엘이 나를 따라 끝까지 가리라는 것이 명확해졌다.

나는 알몸이 될 때까지 계속해서 옷을 벗어 그것들을 개어나갔다. 뮤리엘도 마찬가지였다. 마치 한 편의 서커스 같았다고 할까. 불빛이 방 안을 부드럽게 밝혔다. 북유럽의 어린 비너스가 언뜻 뇌리를 스쳤다.

나는 침대 커버와 이불을 들췄지만 가장자리를 침대에 어찌나 꼼꼼하게 접어 넣었던지 이불의 절반쯤은 꼼짝도 하지 않았다. 뮤리엘이 침대 속으로 파고들어 발을 끝까지 뻗치려고 무진 애를 쓴 끝에, 이불이 활짝 들리며 내가 파고들 자리가 생겼다. 우리는 이불을 덮고서 몸을 웅크렸다.

나는 7년이 지난 뒤에야 비로소, 뮤리엘을 품었다. 필라와 앤의 아름다움이 희미해졌다. 뮤리엘은 갓 내린 새하얀 눈이었다. 나는 그것을 두 손에서 부드럽게 뭉쳐 공을 만들었다. 점도가 가늠이 되지 않았다. 뮤리엘은 내게 한 가지 목적, 즉 그녀만을 내주는, 물질의 또 다른 상태였다.

그녀는 아무것도 보여주지 않고, 내가 하는 대로 내버려두었다. 나는 완전히 자유로웠…… 마치 현미경 밑의 곤충처럼. 그녀의 귀는 내 것보다 더 예민했다. 그녀가 갑옷을 걸쳤다면 바로 이 부분 때문이다.

나는 늘 그녀의 목덜미를 열망했다. 그녀에게 들키

지 않고 마음껏 쳐다볼 수 있는 그녀의 유일한 맨살. '저기에 내 입술을 댈 수 있는 날이 과연 올까?'라고 생각했었다. 나는 그곳에 입술을 대지 않았다. 더는 그럴 필요가 없었다. 이젠 그녀 전체가 목덜미였다.

그녀는 기나긴 고행 뒤에 일어난 기적이다. 우리는 시간을 볼 필요도 없었다. 그녀의 허리를 감싸려는 내 팔을 저지하는 못도 더 이상 없었다. 그녀 또한 자신의 꿈들을 되새기고 있으리라. 나는 입술과 이로 조심조심 그녀를 음미하기 시작했다. 그녀를 바라보는 것을 멈출 수 없었다. 우리는 느린 소용돌이 속의 유일한 구름이었다. 그녀는 서른 살이었지만 스무 살로 보였고, 새로웠다. 그녀의 젖가슴은 앤의 예쁜 젖가슴보다 섬세했다. 그녀를 갖는 일이란 있을 수 없었다. 언젠가 먼 훗날…… 그녀가 청한다면 몰라도.

이 되찾은 태아의 자세 속에서, 내 안에 소용돌이가 형성되었다. 느린 내면의 물결이 뾰족한 돌출부로, 클레르 여사가 등장했던 나의 예전 꿈속에서처럼 천천히 나를 관통했다. 나는 뮤리엘의 옆구리에 몸을 밀착시키며 그녀의 고개를 뒤로 젖힌 뒤 두 손으로 그녀의 입을 벌렸다. 그녀는 내가 하는 양을 내버려두었다. 나는 입을 한껏 벌린 채로 그녀의 연분홍색과 붉은색 동굴로 바짝 가져다가, 그 안에서 낮게 포효했다. 그녀의 옆구리에서 우리의 아이들이 흘러나왔다. 그토록 오랜 세월 동안 내포되었다가, 마침내 터져 나온 것이다. 나와 아무 상관 없이. 다행스러운 일이다. 뮤리엘이 나중에 그것에 대해 곰곰 생각해보리라.

나는 북극에 있다. 나한테 적대적이지는 않지만 표지판이 없으면 길을 잃기 십상인 무심한 고장에.

뮤리엘과 나는 우리 집 맞은편에 있는 작은 상점으로 과일을 사러 갔다. 우리는 불빛이 새어 나오는 우리 방 창문을 바라보며, 저녁 식사를 하기 위해 집으로 올라갔다.

"앤은? 앤에 대해 말해줄래? 호숫가에서 둘이 어떻게 보냈는지 얘기해봐. 앤이 네가 전부 다 말해도 좋다고 허락했어."

"앤은 당신이 나를 사랑하지 않는다고 확신했어. 나도 마찬가지였고. 우리는 처음엔 당신하고 셋이서 놀 때처럼 놀았어. 사물들이며 동물들과……"

나는 뮤리엘에게 최선을 다해 우리가 나누었던 대화와 행동을 묘사해주었다. 앤이 자신의 섬 생활에 대해 나한테 어떻게 이야기했으며, 우리가 나흘째 되던 날까지 어떻게 얌전할 수 있었는지를.

"왜 기다렸는데?"

"그냥 때가 되었고, 그걸 따랐던 거야."

"앤이 그러는데 네가 망설였다던데? 자기가 너를 결심시켰다고."

"사실이야."

"너희는 어떻게 서로 사랑한다면서, 영원한 사랑은 아니라고 말할 수 있었지?"

"앤이 말했어. '당신의 이별 일기를 읽었어. 당신이 인용한 철학이 설득력이 있더라. 당신이 확실히 이해가 됐어. 난 당신의 일부분이 필요해. 당신 전체가 아니라. 그리고 우리의 관계에선 우리의 일이 먼저가 될 거야.'"

"열흘 동안만 함께 있었어?"

"앤한테 기간을 연장하자고 제안했지만 원치 않았어. 그러면서 하는 말이, **거리를 두고서 우리를 보아야 한다**나. 그 얼마 뒤에 벨기에에서 만나기로 했는데, 앤이 도착 예정일 전날에 편지를 보냈어. 당신 어머니도 병환 중이어서, 앤이 당신과 당신 어머니 둘 다를 보살피러 섬으로 가야 한다는 거였지. 앤은 크리스마스가 지나서야 돌아왔어."

뮤리엘이 양손을 서로 비틀어 꼬며 말했다.

"응, 맞아, 우리가 아팠어. 하지만 너희에겐 너희 자신을 위한 의무가 있었어. 결혼하는 것. 그랬더라면 그야말로 모든 것이 간단했을……"

"우린 그건 꿈도 꾸지 않았어, 아마 앤이 나보다 더 결혼 생각이 없었을 거야."

"확신해?"

"응."

"앤도 그렇게 말했어. 나로서는 결코 이해할 수 없을 거야."

"앤이 이런 말을 했어. '우린 연인보다 더 단단한 관계야. 우리가 지금 하는 일은 우리의 첫 키스에다 아무것도 더 추가하지 않아.' 하지만 크리스마스에 파리로 돌아왔을 때 앤은 진짜 여자가 돼 있었고, 우리는 화려하고 뜨거운 석 달을 보냈어."

뮤리엘이 말했다.

"드디어! 그 뒤에는?"

"그보다 더 높이 올라갈 수 없었어."

"앤이 나한테 '행복, 그것을 우리는 나중에서야 알아차려'라고 말했지."

"그 무렵부터 내가 앤한테 충분하지 않게 됐어. 시간이 더 여유로운 다른 남자가 필요했지. 과중한 나의 업무가 장애물이 되었던 거야. 앤은 내가 부담을 느낄까 봐 두려워했어. 이어서 손금 보는 사람의 예언처럼 앤의 호기심이 다른 쪽을 향해 눈을 돌렸지. 손금 보는 사람 애기는 앤이 직접 해준 거야."

뮤리엘이 말했다.

"그만둬, 불경스러우니까. 너희 둘 다 그것에 대해 벌을 받게 될 거야. 앤이 네가 자기를 붙잡지 않았다고 고백했어."

"나로서는 그건 생각도 못 했어. 나는 앤이 무프를 만나도록 도왔어. 앤은 우리 둘 다 사랑했으니까."

뮤리엘이 대꾸했다.

"아니야."

"무프하고 떠났는걸."

"무프란 사람은 나도 런던에서 한 번 봤는데, 끔찍했어."

"나도 그자가 영 탐탁지 않았던 데다, 질투까지 하게 됐지. 그자에 대한 앤의 사랑이 구체화되는 걸 내 눈으로 똑똑히 보았거든. 본의 아니게 우리 둘이서 이반을 위해 앤을 준비시킨 셈이 됐어."

"여전히 앤을 품에 안고 싶어? 물론 실제로 그러진 않겠지만, 마음은 있느냐고?"

"우리가 아직 서로를 원하느냐고? 앤은 이반을 사랑해, 나는 당신에게 돌아섰고."

"그건 가톨릭교회에서 명령하는 것이고, 너희 두 사람은 다르잖아."

"앤과 나는 위험을 무릅쓰기를 좋아하지."

"그리고 다른 사람들도 위험에 빠뜨리고?"

"응, 불가피하다면. 대신 위험을 예고하면서."

"앤은 2년 전에, 또다시 나 때문에 너와의 밀월을 망쳤어. 너희는 또다시 그런 일을 감당할 만큼 성숙했던 거야. 앤한테 얻은 게 뭐야?"

"사랑. 내 생각엔, 지금도 크게 변한 건 없어."

"작년에 앤이 너와의 여름휴가를 갑자기 포기하고서 무프한테 갔었잖아. 내가 널 사랑한다는 걸 알았기 때문이었어! 자신을 희생했던 거라고."

"나도 같이 희생당했지. 난 그 휴가를 기대했으니까."

"난 네가 앤을 사랑하는 것이 좋아. 앤은 네가 우리 둘 다 사랑할 수 있을 거라고 생각했어. 우리도 동시에 널 사랑할 수 있고. 너와 나, 우리는 마침내 솔직할 수 있게 되었어. 앤은 워낙에 천성적으로 솔직한 아이고 말이야. 그 애는 어디서나 잠이 들고, 지루하면 바로 하품을 하지. 너 웃고 있구나, 나도 마찬가지야. 앤은 감정이 내달리는 대로 내버려두어야 하고, 진심 어린 시험은 전혀 나쁠 것이 없으며, 우리 셋이 모든 것을 시험해볼 수 있다고 생각해. 아마 다시 금욕적이 되어야 했겠지만……그게 과연 자연스러운 것일까? 결국 너희는 무프의 존재에도 불구하고 점점 더 사랑하게 됐잖아."

"응, 각자의 삶에 끼어들지 않는 선에서, 우리 식대로."

"네가 그걸 원하지 않았기 때문이야. 강제로 밀어붙인 이반에게 져준 거라고. 우리는 강제로 밀어붙여지길 바라. 난 네가 나를 납치하는 해적 선장이기를 꿈꾼 적도 있는걸. 난 외모도, 생각도 항해사였던 아버지를 닮았고, 앤은 엉뚱하기로 유명했던 고모를 닮았어. 난 너희 둘이 인생을 낭비하고 있지만, 그럼에도 나보다 더 순수하다고 생각해."

한 시간 뒤.

"난 네가 여전히 앤을 사랑하기를 바라고, 또 그것이 두려워. 그래도 바라는 마음이 더 크지."

"앤은 내게 작별을 고했어."

"남편 때문이야. 속마음은 그렇지 않아. 너희 둘하고는 무슨 일이 일어날지 전혀 알 수 없으니까."

"당신 머리가 둥글다면, 앤과 내 머리는 기름해. 당신은 우리보다 똑똑하고 열정이 넘치고 계획적이지만, 직감은 부족하고 직감을 그리 존중하지도 않아. 당신은 종종 당신 논리의 희생자가 될 때가 있어."

"그래, 그래서 내가 불만스러워?"

"당신이 자신에 대해 확신할 땐."

"앤한테도 그런 얘길 했어?"

"당연하지."

"우리 둘한테만?"

"둘한테만."

"그래서 우리가 네 얘기에 귀를 기울이는 거야. 앤도 불만스러워? 아니면 부러워?"

"난 앤을 아끼고, 앤이 잘되기를 바라."

이 이야기들 사이에, 뮤리엘의 피부라는 사막의 양식과 함께 침묵의 산이 있었다. 우리 둘 다 시간이 흐르는 것도 몰랐다. 우리는 똑같은 호흡으로 잠이 들었다.

서로의 품 안에서 천국이었지만, 뮤리엘이 떠나기 전에 해야 할 무언가가 있는 듯한 느낌이 점차로 은근하게 머릿속을 파고들었다.

그게 무엇일까?

뮤리엘은 내가 그녀에게 청혼한 순간부터 6년 동안, 나도 모르는 채로 내게 의존하고 있었고, 그만큼 나도 그녀에게 의존하고 있었다. 이 관계를 멈추어야만 했다. 동등한 관계를 설정해야 했다. 내가 뮤리엘을 해방시켜야 했다. 그러려면 한 가지 방법뿐이었다. 내가 앤에게 했던 것을 그녀한테도 해야 했다. 앤에게는 그것이 성공적이었다.

물론 경우가 달랐다. 앤은 두려워하면서도 그것을 원했다. 뮤리엘은 자신이 원하는지 아닌지 알지 못했다.

나는 혹여 뮤리엘이 원한다면 피할 수 있도록, 분명해진 내 의도를 서서히 드러냈다. 뮤리엘은 피하지 않았다. 나는 조심스럽게 시도했다. 그녀는 준비가 되었다. 나는 겨우겨우 동작을 이어나가며 다시 한번 그녀의 방어를 기다렸다. 전혀. 우리는 우물 안으로 내려가지 않은 채 현기증도 없이 그저 우물 바닥을 들여다보고 싶어 하는 사람들 같았다…… 우리는 우물의 테두리를 벗어날 터였다. 뮤리엘이 나를 맞아 가까스로 몸을 미끄러뜨렸다. 나도 똑같이 움직였다. 친밀감의 시초가 미세하게 감지되는가 싶더니 이어서 바로, 잊을 수 없는, 선명하고 유연하며 도발적인 띠의 저항이 느껴졌다. 알 수 없는 자석이 우리 둘 안에서 동시에 흔들거리며 우리를 밀어냈다. 띠가 앤에게서보다 더 생생한 저항 끝에 끊어졌다. 나는 북극의 우물 밑바닥이었다. 행복감이라든가 오래 끌기가 중요한 게 아니었다. 뮤리엘을 나에 대항할 여자로 무장시키는 것이 중요했다. 목적이 달성되었다. 이제 할 일은 퇴각뿐이었다. 나는 그렇게 했다.

침대가 빨갛게 물들었다.

이제 원한다면, 뮤리엘은 내게서 벗어날 수 있었다.

필라와 앤은 나를 매혹시켰다. 하지만 나는 뮤리엘과 함께 모든 것을 발견하는 편을 택할 것이다.

뮤리엘이 말했다.

"우리가 아이를 원하게 될 때, 네가 나한테 아이를 줄 수 있도록 내가 도와줄게."

나는 걸을 때 좌우로 흔들리는 그녀의 엉덩이를 눈에 그리며 대답했다.

"응."

"난 너의 아내야."

나는 그렇다면 앤도 마찬가지라고 생각하며 대답했다.

"응."

"너의 금욕주의는 어떻게 됐어, 클로드?"

"금욕주의가 여전히 호시탐탐 나를 노리고 있지."

"좀 전에 네가 한 일도 금욕적인 거야?"

"좀 전에 **우리**가 한 일? 그럼, 우리 둘한테는 금욕적이고 영웅적인 행위였지."

"우리가 지금 같은 언어로 얘기하고 있는 거 맞아?"

"우리가 같은 언어를 쓰지 않았었나?"

나는 뮤리엘에게 기억나는 일화를 이야기했다. 내용은 이러하다.

커다란 동물원에 함수호가 있었고, 함수호 한가운데엔 바위들이 솟아 있었다. 호수엔 이미 위풍당당해진 젊고 아름다운 수컷 바다표범 한 마리와 자매처럼 보이는 젊은 암컷 바다표범 두 마리가 살았다. 나는 매일 동물원을 지나며 그놈들을 구경했다.

수컷 바다표범은 미세하게 더 통통한 언니 바다표범을 좋아했다. 동생이 모지라져 뭉툭한 지느러미로 경사진 바위를 기어올라 두 바다표범이 있는 평평한 바위에 이르면, 두 놈이 합세하여 동생을 호수에 빠뜨렸다. 동생이 선한 얼굴로 화를 내며 신음을 흘리면 그 소리가 어찌나 사람의 것과 흡사한지, 구경꾼들이 동정을 하거나 재미있어하며 웃었다. 얼마간 시간이 흐르면, 동생 바다표범은 다시 바위를 기어올랐다.

커플이 새끼를 낳았고, 새끼는 움직일 수 있게 되자마자 바로 부모를 도와 지치지도 않는 동생 바다표범을 호수로 밀어버렸다. 평평한 바위 위의 단란한 가족은 새끼를 가운데에 두고 서로에게 몸을 밀착시킨 채 잠이 들었고, 동생은 밑에서 홀로 지냈다.

한 달 뒤, 수컷 바다표범이 동생의 동굴로 찾아가 조용히 오랫동안 머물렀다. 보름 뒤, 수컷 바다표범은 동생 바다표범과 함께 살면서, 이따금 이제는 매우 차분해진 언니 바다표범과 무럭무럭 자라나는 새끼를 보러 갔다.

이번에는 동생이 새끼를 낳았다.

뮤리엘이 물었다.

"그래서 결론이 뭐야?"

"아무것도. 사정거리에 수컷이 한 놈뿐이었다고."

뮤리엘이 결론지었다.

"하다못해 바다표범조차 두 자매를 동시에 사랑할 순 없구나."

소용돌이

(섬의) **뮤리엘이** (파리의) **클로드에게**

5월 1일, 아침

응, 함께 이야기하고 잠들기 위해 나도 너와 동시에 옷을 벗었어. 너를 놀라게 하는 것이 재미있었지. 난 나에 대한 확신이 있었거든.

우리가 서로에게 몸을 맡겼다니 도무지 믿기지 않아. 우린 서로에게 사랑의 묘약이었고, 서로를 믿었어. 경사를 따라 바퀴 쪽으로 물을 흘려보내는 물레방아처럼 평온했다고 할까.

우리는 **누구**의 감옥들일까? 우리 자신의 감옥들은 나름대로 독립적이고, 우리는 그것을 똑똑히 보았어!

악마는 변장을 하고, 뱀은 우리를 현혹한다는 걸 알았어. 나는 그것들을 알아보지 못했지. 우리는 아담과 이브였어. 신께서 현실에 적응 가능하도록 다듬으셨지만, 계율도 만들어주셨어. 아담이 먼저 시작했지.

우리의 사흘이 너와 앤의 이야기에서 내가 살짝 엿보았던 것에 대해 눈을 뜨게 해주었어.

1909년 5월 1일, 밤

너에게 내 혼란을 고백하고 싶어.

네가 경고했었지, 내가 더 이상 내 주변 사람들이 생각하는 나, 즉 처녀가 아닌 것에 고통스러울 거라고. 나는 이제 더는 수업도 할 수 없을 거라고 생각했어.

이 한 가지는 확실해. 내가 하지 않겠다고 결심했던 도덕적으로 중대한 일을 저질러버렸다는 것.

너에 대한 나의 사랑은 내 육체와 함께 기쁨과 자부심과 즐거움 속에서 완성시킬 준비가 완벽하게 되었다고 느낄 때까지, 정신적인 것으로 남으리라 결심했었어. 그래야 이별들이 아무리 길었다 해도 불행이 아니었다는 걸 누구에게도 감추지 않은 채, 내가 내 눈에도 너의 아내였을 테니까.

나는 기대어 살아갈 아무 새로운 삶 없이 예전의 삶과 단절되었다가, 다시 예전의 삶으로 역류하고 있어. 나는 성경을 읽어.

우리는 같은 부족이 아니야. 우리는 같은 의례를 주입받지 않았어.

자정

나는 네가 나를 **너의 사람**으로 여겼다고 감히 믿었을 뿐이야.

모든 것을 날려버리는 네 편지를 받았어. 얼마간은 모든 것이 기쁨이야!

나를 신앙심이 없다거나 까다롭다고 생각하지 마. 나는 방향을 잃었어. 우리 둘에 대해 확신했으니까. 성 바오로처럼 후회하지 않는 회개를 체험했지.

내가 너한테 행복과 힘을 불어넣었다고? 이렇게 기쁠 데가!

우리가 이별한 동안, 육체적으로 널 떠올리는 걸 결코 내게 용납하지 않았어. 난 내가 너에게 허락한 것으로 죄를 지었거든. 나의 이상이 너의 본성에 의해 휘우뚱거렸지. 그것을 제외한다면 우리의 사흘은 편안하고 좋았어.

은하수가 날 관능적으로 유혹하고 있어.

너와 함께 걸어서 여행을 하고 싶어.

오늘 아침, 새끼 양이 태어나는 것을 지켜보았어. 목동이 어미 양을 어떻게 도와야 하는지 가르쳐주었지. 어미 양이 부러웠어.

1909년 5월 2일

너는 내가 언젠가 앤처럼 다른 남자와 결혼할 가능
성에 대해 이야기하지만, 그건 간통이 될 거야.

앤이 완전히 너의 것이라는 걸(적어도 그때는 그렇게
생각했어) 알았을 때, 너에 대한 내 사랑이 꺼지지 않으
리라는 걸 알았을 때, 나는 내가 너한테 키스하고 싶다
는 욕망을 느낌으로써 앤에게 간통죄를 짓지 않도록 나
를 도와달라고 신께 기도했어.

내가 나의 입술로 너희의 키스를 상상하는 것조차
그리스도에 따르면 생각으로 간통을 저지르는 거였지.

네 곁에서 나의 질문들은 납작 엎드렸다가, 네가 멀
어지는 즉시 다시 몸을 일으켜.

불필요한 희생들이 있어. 만일 이 문제에 대해 네가
내 의견을 묻는다면, 나는 "아니"라고 대답할 거야.

내가 만일 앤이 그러했듯 예방을 하고서 나를 너에
게 주었더라면, 우리를 위해 좋을 것도 없이 내 성정에
어긋나는 일만 되었을 거야.

1909년 5월 3일, 섬

1902년 이별 당시의 내 일기를 다시 읽어보았어. 가

장 충격적으로 와 닿은 건 나의 우유부단함이야. 클레르 여사가 말했지. "그건 심각한 약점이에요."

네가 1906년에 파리에서 시골에 묻혀 조용히 살아가는 비겁함(그때 난 앞이 보이지 않았어)에 대해 이야기했던 것과, 최근에 시골 생활의 훌륭함을 예찬했던 말을 비교해봐!

너는 내 삶의 중심이었고(내가 장님이었을 때를 제외하고), 이제야 마침내 내가 너의 삶 속에 스며들었는데, 나는 어쩐지 너를 잃을 것만 같은 막연하고 이상한 느낌을 지울 수 없어.

조용히 두고 볼밖에. 내가 할 수 있는 일은 아무것도 없으니까.

아무튼 나는 계속해서 살아가겠지.

바람이 휙휙 불어와 내 머리칼을 잡아당기고 한 무더기의 낙엽을 이리저리 쓸어버리고 있어. 쌓인 집안일이 산더미야. 앤과 이반의 아이 또한 미래의 내 일일 것이고. 6월에 태어날 거야. 앤은 여기서 우리와 함께 아기를 기다릴 거야.

5월 7일

여기 우리 집의 포장 상자며 대팻밥 주머니가 보관

된 커다란 창고에 화재가 났었어. 나는 2층에 혼자 있었는데, 냄새가 느껴졌어. 채광 환기창을 통해 붉은 기운이 엿보였지. 토미를 내 자전거로 마을로 보내 도움을 요청하게 한 뒤, 나는 내 나름의 도구들로 불길을 잡으려고 했어. 우물에 적셔 물을 짜낸 잠옷과 베레모, 커다란 안경, 호스 등등.

문을 열고는 창고로 들어갔어. 열기가 훅 끼쳤지. 빨간 불이 나를 보더니 불꽃을 뱉어내며 번쩍이는 검은 연기구름으로 변신한 채 내게 다가왔어. 나는 투우사처럼 살금살금 걸어가 불을 맞으며 호스로 여기저기 찔러댔어. 연기가 나를 휘감았지. 뜨거웠어. 코로 숨을 쉬는 것이 여간 어렵지 않았어. 가슴께에 죽음이 느껴졌지. 나는 외쳤어. "엄마!" 그러고는 안간힘을 다해 도구들을 들고서 간신히 도망쳤어.

밖으로 나와 눈이 안 떠지는 채로 콜록거리며 초췌해져서는 땅바닥에 주저앉아 기다렸어. 집이 불타 없어지길 기다리는 건지, 소방관들을 기다리는 건지 모르게. 드디어 저쪽에서 헬멧과 마스크를 쓴 누군가가 내 자전거를 타고서 아코디언 음악 소리를 내며 나타났어. 그가 마스크를 물에 적시더니 다시 쓴 뒤, 호스를 들고서 창고로 들어가 불을 완전히 진압했어.

불에는 사랑처럼 촉수가 있어. 소용돌이치며 어른거

리는 연기의 촉수로 우리를 쓰다듬는가 싶다가, 어느새 죽여버리지.

우리 집 침대엔 불 끄는 데 필요한 마스크가 없어.

1909년 5월 10일, 섬

호산나! 너의 편지!

클로드, 날 토닥여줘. 날 감싸줘. 나는 너의 턱 밑에 내 이마를 기대고 있어. 부탁건대 우리의 사흘 이후로 내가 보낸 편지들을 불태워줘. 부디 그것들을 잊고, 용서해. 날 사랑해줘. 내가 바라는 건 오직 그것뿐이야.

악몽이 석 주 동안 지속됐어. 그동안은 네게 편지를 쓰지 말았어야 했는데.

나의 사랑은 밀밭처럼 고요하고, 나는 종달새처럼 감사의 노래를 지저귀고 있어. 나의 오만이 땅에 떨어졌지. 나는 여전히 우리의 방에서 너의 품에 안겨 있고, 우리는 잠이 들 거야, 안녕, 나야, 뮤리엘. 똑같은 **나**는 이제 없어, 나는 네 속에 녹아들었으니까.

1909년 5월 12일

앤이 네가 어느 날 부지불식간에, 확신으로 선택한 아내의 묵직한 존재감이 없고 그녀와의 모든 일이 갑작스레 벌어진 무게감 없는 여자와 결혼할 거라고 했어.

그래, 난 우리의 첫 키스를 부인했어, 그래, 난 우리의 사흘을 부인했어, 그래, 이어서 난 그것들을 신께 가져갔어.

네가 내게 말했지. "당신의 미소는 찬란하고 표정에는 장난기가 어려 있어. 당신은 어딜 가든, 시선을 한 몸에 받지. 그런데 갑자기 그런 면이 쑥 들어가고, 얼굴이 강퍅해졌어. 16세기 궁정화가 루카스 크라나흐가 그린 독일의 신학자 멜란히톤의 오래된 초상화를 닮았다고 할까. 아니 그보다는 미켈란젤로의 모세 석상이거나. 특히 턱뼈가 어떤 각도에서 보면 거의 남자 같아. 이 두 상태 모두 인상적이긴 하지만……"

난 사랑에 빠진 청교도주의자이고, 그게 다야.

넌 날 사랑해, 왜냐하면 살짝 돌았으니까.

1909년 5월 16일

클로드, 신께 영광을! 나 임신했어…… 여덟 달 뒤, 그러니까 앤의 아기가 태어나고 다섯 달 뒤에 우리의 아기가 태어날 거야……

내가 계획을 세웠으니까 네가 따랐으면 해. 들어봐. 다섯 달째에 난 내가 잘 아는 브르타뉴의 작은 남쪽 마을에 가서 살 생각이야. 너는 매주 이틀씩 날 만나러 와.

양가 어머니들도 아기에는 굴복할 거야. 우리는 가능한 한 빨리 결혼식을 올릴 것이고, 나는 바닷가의 작은 집에서 아기를 낳을 거야.

1909년 5월 20일

너의 기쁨이 나에게까지 와 닿아. 믿기지 않았지? 네가 아닐 거라고 확신했잖아! 너처럼 나도 우리의 조심성을 후회했어. 우리가 원했다는 걸 내가 알았더라면 널 붙들었을 거야. 응, 클로드, 네가 부르는 즉시 너한테 달려갈게.

1909년 5월 23일, 섬

나는 네게 어둠이 드리워진 편지를 쓰고 있어. 아니, 나 임신하지 않았어. 어제 알게 된 사실이야. 내게 남은 건 임신이기를 바라는 극도의 갈망뿐이지.

신이 나의 죄에 상을 내릴 리는 없을 거야.

한 육체만으로도 혼외로 스스로와 섞임으로써 죄를 지을 수 있어.

1909년 5월 24일

앤이 우리에게 왔어. 안색이 창백하지만 몸이 예비 엄마의 고귀한 형태가 되었어. 나 또한 그럴 수 있었더라면.

앤과 엄마가 온종일 한 무더기의 옷을 꿰매고 있어.

　나와 함께 올챙이들을 옮기던 거 기억나? 반쯤 말라붙은 늪에 수많은 올챙이들이 죽어 있었잖아. 우리가 그 중에 살아남은 놈들을 냄비에 담아 연못으로 옮겼지. 너무 많은 것에 슬퍼하면서.

　그래서 내가 너한테 이렇게 말했잖아. "끝끝내 개구리가 되지 못할 작은 올챙이들 때문에 상심할 필요 없어. 그러느니 차라리 개구리들을 돌보자."

　이어서 나는 나의 고아원 아이들에 대해 이야기했어.

1909년 5월 25일, 섬

　들판을 거닐었어. 문득 내가 네 아내가 된 기분이 들었지. 난 이제 더는 아가씨가 아니라 부인네야. 나는 고개를 꼿꼿이 세운 채 차분하게 걸었어. 1분쯤 그 자세를 유지했으려나. 그때 왕이라도 된 듯했던 기억을 간직하고 있어. 버드나무 가지로 내 손가락에 맞는 반지를 만들었어.

　클로드, 난 지금 너의 무릎을 껴안으며 거기에 머리를 기대고 있어. 너를 이해시키고 싶어. 너한테 이렇게 말하면 내가 배교자인 걸까? "넌 아내가 필요 없어. 내가 애인이 될 수는 없을까?"

클로드, 너의 이름은 나에게 거의 신이나 다름없는 거였어.

'피에르 없는 클레르'가 어느새 '클로드와 함께하는 클레르'가 되었지. 클레르 여사는 너의 집에서, 집안을 관리하고, 네가 마침내 자기 마음에 드는 책을 쓰기를 기다리고 있어. 너를 위해 네 결혼을 지연시키고 있지.

너는 자손이 많지 않을 거야. 너는 자손을 퍼뜨리기보다는 네 사상을 통해 세상에 더 쓰임이 될 수 있을 거야.

그래도 네게 아기를 만들어주고 싶어.

1909년 5월 26일

내 발이 너의 발을 건드려. 난 너를 정면으로 응시하고 있어. 나인 너를.

다음번엔 우리는 낮 동안은 함께 지냈다가, 밤에는 별처럼 멀어질 거야. 내가 인도자의 임무를 저버릴 뻔했어. 부끄럽기 짝이 없어.

너의 편지를 찢어버렸어. 그 편지는 네가 쓴 게 아니라, 우리의 침대에서 네가 어느 순간 내게 드러냈던 너의 무시무시한 일부분이 쓴 거야.

만일 너와 네 작품이 내가 기대하던 것이 아니었다면 끔찍했을 거야.

두 사람 중 한 명이 결혼 전에 원할 만큼 충분히 사랑하지 않는다면, 그건 사랑이 아니야.

언젠가 과연 네가 나에게 손을 내밀며 "이리 와요, 나의 아내여!"라고 말할 날이 올까? 신은 아시겠지. 나는 죽을 때까지 기다릴 거야.

사랑은 순결하게 남을 수 있어.

우리가 바랐던 대로…… 우리가 함께 어린애들처럼 잠잘 수 있었더라면…… 모든 것이 좋았을 거야.

육체적 결합(비록 처녀는 아니지만 나는 이것이 무엇인지 몰라)은 목적이 아닌 왕관이 되어야 해. 클레르 여사는 피에르 씨와 전혀 아무것도 느끼지 못했지만, 그녀는 그것에 조금도 구애받지 않았어.

나는 수동적인 태도를 취함으로써 죄를 지었어.

너에게 모든 것을 말했고, 이제야 안도감이 들어.

나는 너의 입술이 아니라, 손에 키스를 해. 입술엔 너무나 많은 내가 있거든. 기억날 거야.

앤이 아기의 울음소리를 들을 날이 머지않았어. 앤

은 무척 아름다워. 이반은 더 여위었지. 엄마가 다이어트를 시켰거든.

1909년 5월 26일, 섬

난 네가 모르는 어떤 걸 알고 있어……! 바로 내가 엄마가 되기 위한 사람이고, 그렇게 되리라는 거야…… 우리 코르누아이의 동굴에 함께 가자, 거기서 신의 은총으로 네가 내게 아기를 갖게 해줘……

그런 다음에는, **네가 원한다면**…… 가버려도 좋아!

1905년 5월 27일

내 엄마가 날 강제로 너에게 보냈어.

네 엄마가 날 너와 단절시켰어.

오늘 밤엔 네가 내 처녀성을 가졌다는 것에 행복감이 들어. 왜냐하면 누구도 아닌 너였으니까, 그리고 네가 원했으니까.

너는 내 안에 심어졌고 거기에 뿌리를 내렸어. 찰나의 순간이었지. 달아나고 싶어? 난 느리고 단단한 종족이야. 넌 도망갈 수 있어. 우리에게 상처를 주겠지만. 그래도 뿌리째 뽑힐 수는 없을 거야.

나의 개가 나의 침묵을 이해해. 차가운 코로 내 손

을 킁킁거리며 핥더니 턱을 올려놓았지.

1909년 5월 28일, 섬
네 생일이야.
너에게 나의 입술을 내밀어.
나중에 너의 북유럽 아내를 만나게 되면, 너는 **너희** 가정을 위해 일하게 될 거야.

1909년 8월 2일
7년 전에 내가 일했던, 너에게서 멀리 떨어지지 않았던 곳의 고아원에서 일주일 동안 지도교사로 일하기로 했어.
처음으로 외과의 보조사 자격증도 땄어. 쓸모가 있었으면 해. 여기 보조사 작업복을 입은 내 사진을 동봉할게.

내가 파리의 영국 병원으로 일하러 간다면?
우리는 단둘이 되기가 무섭게 저항을 멈춰버려. 나는 너의 애인이 되지만, 그걸 원하는 건 아니야. 그 뒤에 회한에 휩싸이니까. 내가 그런 여자야.
나는 지금 다시 네가 내게 청혼했을 때 널 바쳤던 것과 같기를 원해. 네가 내 조국을 받아들이고 나의 색깔

로 머리끝부터 발끝까지 무장한 채 달려오는 젊은 기사
이기를.

현재 너의 발은 파리를 떠나기 힘겨워하고, 내 발은
런던을 떠나기 힘겨워해.

나는 너의 북극이야.

너는 나의 대륙이야.

우리는 멀리 떨어져 있어.

나는 더 이상 파리가 좋지 않아. 그런데 어떻게 거기
서 살 수 있을까?

1909년, 10월 1일, 코르누아이

나는 지금 네가 내게 우리의 아이를 갖게 해주길 꿈
꾸었던 장소에 있어. 이곳은 아름다우면서 무시무시해.
화강암 절벽과 돌기둥들, 갈라져 터지고, 층층이 계단을
형성한 바위들, 그리고 휙휙 스치는 갈매기들의 그림자.

나는 절벽 위 잿빛 이끼 위에 앉아, 높아지는 바다에
서 훌쩍 떨어져 나와 교회처럼 높이 솟은 바위를 응시하
고 있어. 바람에 휩쓸려온 하얀 파도 거품이 부글거리며
철썩 솟아오르면, 그 뒤에 실려 온 물결이 바위에 잿빛
바다의 얇은 막을 씌우고는 다시 떨어져내려. 바위는 다
시 반짝거리며 다음 파도를 기다리지.

엄청난 파란이야! **너와 나**처럼.

지난 아름다웠던 몇 해 동안 나는 네게 진격하여 오르고 또 오르며 나를 바쳤고, 너는 너 자신에게 충실하고 솔직한 채, 내가 몇 번이고 떨어져 내리도록 내버려두었어.

같은 장소에 다시 왔어. 나는 절벽 발치의 낮은 늪지대에서 바위들 사이로 걷다가, 둥근 파도가 넘실대는 해변에 이르렀어. 태양 빛에 투명해진 파도가 모래사장에서 힘없이 부서지기를 반복하고, 갈매기들은 물고기를 찍어 올리고 있어. 나는 명상에 잠길지 풍경 속에 녹아들지 고민하다가, 해조류를 스카프처럼 목에 두른 채 춤을 추었어. 아무래도 좋은 그림이 아니었지. 나는 춤을 중단했어.

첫 번째로 눈에 띈 커다랗고 낮은 동굴 속으로 들어갔어. 궁륭에서 짙은 초록색 물이 고인 땅바닥으로 퍼런 물이 뚝뚝 떨어지면서 잠시 미세한 물보라를 일으키다가, 이윽고 물속으로 잦아들었지. 동굴 안쪽은 칠흑 같은 어둠 속으로 스며들어 보이지 않았어.

바위와 바위 사이를 건너, 천장이 높고 모래가 깔린, 범선 모양의 두 번째 동굴로 들어갔어. 나는 환한 불빛이 새어 들어오는 구멍을 향해 기어올랐지만 그곳에 닿을 수 없었어. 이번엔 동굴의 단단한 모래밭이 나를 부추겼지. 춤을 춰, 춤을 춰. 나는 이번엔 애원이라도 하듯 춤을 추었어. 목구멍에서 노랫가락이 흘러나왔어. 동굴의 메아리 덕에 평소보다 아름다운 소리가. 나는 놀라서 내 목소리에 귀를 기울였어. 나는 너로 충만해진 채, 우리가 사랑한다는 취지의 용감한 노래를 부르기 시작했지만, 무언가 서걱거렸어. 따라서 내 입술에서는 다시 몇 마디 어휘가 반복되는 단순한 찬송가가 흘러나왔지. 나는 신과 대화를 나누다가 잠이 들었어. 우리의 사흘 동안에도 하마터면 네 앞에서 노래를 부를 뻔했어. 창피스러워라! 이어서 나는 네 이름을 외쳤어.

그리고 또 외쳤지. "아듀!"

비극적인 기분이 잦아들었어. 나는 유연하고 활발해진 기분으로, 나를 위한 자리가 없이 너무 **빽빽한** 너의 삶 또한, 결국은 신의 계획에 따라 움직이는 것임을 깨달았어. 구멍을 통해 태양의 열기가 스며들며 등을 따갑게 내리쏘았지. 나는 옷을 벗고서 바다로 달려가 파도의 이불에 몸을 묻었어. 등 뒤에서 나를 주시하던 선명한 나의 작은 그림자와 함께 머리칼을 비틀어 물기를 짰지.

너도 여기로 와서 혼자서, 순례를 떠나. 마음이 그렇게 시킨다면.

1909년 10월 3일

내가 너를 전적으로 사랑했을 때는, 오직 네가 너의 일기에서 '노'라는 대답이 나의 '예스'의 여파로부터 우리를 보호해줄 거라고 말했을 때야.

만일 네가 내가 닿지 않는 곳에 머물렀다면, 내 사랑은 영원히 지속되었을 거야[클로드는 생각했다. 'O my prophetic soul!(오 나의 예언적 영혼이여!)'].

내게 여성성이 부족했던 것일까? 그것은 실패였지만, 수치는 아니야.

1909년 10월 5일

클로드, 나의 소중한 사랑, 널 만나고 싶어. 우리의 인연을 단단히 묻기 위해서.

원칙적으로는 끝났어. 오직 원칙적으로만.

1909년 10월 10일

앤과 이반의 아기 사진이야. 앤이 사진을 종종 내게 빌려줘. 잘생기고 의젓하고 유머가 넘치는 녀석이야. 혼자서 웃고, 말을 하기도 해.

1909년 10월 12일

나는 파리의 너의 작은 방이 두려워. 우리 루앙에서 만나면 어때?

만남을 기대하는 달콤함과 그 뒤를 잇는 고통이 끝나기를.

1909년 10월 13일

너에게 작별을 고하기 위해 하룻밤 시간을 내달라고 청할 거야. 너도 내가 옳다고 생각하게 되겠지. 우리의 사흘이 우리의 마지막 행위로 남아선 안 돼.

나는 울지 않을 거야. 7년 전, 내가 사랑이 내 안에 태동한 것에 대해 네게 말했을 때처럼, 다시 한번 내 말에 오랫동안 귀 기울여주겠어? 네가 잘할 수 있는 일이기도 하잖아. 이번엔 그 사랑이 내가 살아갈 수 있도록…… 어떻게 죽게 될 것인지 말할게.

너를 생각하면서 슬프지는 않아. 너는 내가 필요 없으니까.

1909년 10월 22일

내 아이들의 아버지가 네가 아닌 다른 남자일 수도 있다는 생각이 들기 시작했고, 그 생각이 구체화되었어.

굴복하게 만드는 힘이 서린 목소리가 속삭이고 있

어. "클로드에게 작별을 고해. 이미 시들어버린 그 사랑을 끝내."

1909년 10월 23일

나는 앤의 아들의 둥그런 무릎이며 손이며 발에 키스하듯, 너에게 키스해. 예를 들자면 말이야.

좀 전에 저녁 식사를 위해 채소 바구니를 가져왔어. 노동자의 아내이자 여러 아이들의 엄마가 된 기분이었어. 나의 기쁨은 너한테서 오지 않아.

성 아우구스티누스가 말씀하셨지. "주여, 당신은 당신을 위해 우리를 만드셨나이다. 우리의 마음은 당신 안에서 휴식할 때까지 불안으로 요동칩니다."

파리에 있는 앤의 작업실에서, 나는 세상 무엇보다 너의 키스를 원했어. 네가 내게 키스했을 때 '신이 허락하는 것'이라고 느꼈지. 너 또한 그렇게 느꼈어. 하지만 그 뒤로 나는 뒷걸음을 쳐야 했지.

나는 아직도 너의 목에 매달리고 있어. 나는 너를 숭배했거든.

1909년 10월 24일

나는 누이처럼, 하녀처럼, 너의 삶 속에 머물고 싶었고, 너는 나의 7년의 사랑과 처녀성을 가졌어. 너의 아내

가 아닌 애인이 되겠다는 생각이 나를 황폐하게 만들었
어. 너는 내가 그게 무엇인지 모르며, 무엇보다 네가 그
걸 원치 않는다고 말했지.

난 다른 사람들 앞에서, 공표하지 못한 채 너와 함께
있는 것이 고통스러웠어. 너의 아파트 건물을 나서기 위
해 수위실 앞을 지날 때도 불안에 떨어야 했지.

앤과 아기와 나, 우리는 헝가리로 떠날 거야.

나는 너 없는 삶이 더 이상 두렵지 않아.

1909년 10월 25일

너는 내게 개혁가처럼 보였고, 그래서 나는 너를 사
랑했어. 너는 오래된 규칙들에 조용히 의혹을 심었고,
우리 자매에게 새로운 비전을 제시했으며, 우리의 해결
책을 경계했지. 우리 셋이서 대중의 안녕을 논하는 작은
위원회를 결성했다고 할까. 나의 무지(내 **고백**을 참조해)가
네게 네가 결코 언급하지 않았던 승리를 안겨주었어.

네 옆에서 나는 너의 생각에 자극과 감동을 받았고,
네가 보이지 않을 땐 너의 생각과 내 종교의 충돌을 겪어
야 했어.

때로는 네가 나를 두려워했고, 때로는 내가 너를 두
려워했지.

우리의 길은 섬을 둘러싼 강의 상류처럼 두 갈래로 나뉘었어.

(섬의) 앤이 (파리의) 클로드에게

1909년 11월 17일

당신 생각을 했어. 그동안 아무한테도 편지를 쓴 적이 없어.

내 아들이 태어났는데, 늘 방실거려. 내가 전적으로 수유하고 있지.

녀석은 내 삶의 중심이자, 내 살과 피야. 나는 세상 그 무엇을 위해서라도 녀석을 떠나지 않을 거야. 그 전 같으면 생각지도 못했던 일이지.

뮤리엘 언니도 나와 아기와 함께 카르파트로 갈 거야.

이반이 거기서 우리를 기다려.

편지를 쓰고, 궁금한 게 있으면 질문을 해. 뮤리엘 언니에 대해 이야기해줘.

22
4년 뒤

뮤리엘이 클로드에게

1913년 1월 1일

클로드, 나 미첼 씨와 결혼하기로 했어. 네가 1901년에 런던에서 알았던 그 미첼 씨. 그동안 우리는 자주 만나왔어. 미첼 씨가 결정을 내리는 데, 4년이 걸렸어. 내가 슬퍼 보여서 마음을 먹게 된 거야. 미첼 씨는 우리에 대해 알고 있어. 나한테 이렇게 말했지. "클로드 씨가 나한테 당신네 자매 얘기를 했을 때부터 난 그이가 당신네 자매 중 한 사람을 사랑한다고 느꼈소. 만일 클로드 씨가 런던에 살았더라면, 두 사람이 결혼했을 거요. 당신의 소명의식이 당신과 그이를 갈라놓은 거요. 거기에 부끄러워할 일은 아무것도 없소."

클로드가 뮤리엘에게

1913년 1월 5일

당신 소식에 가슴이 철렁했어.

약 12년 전에 당신이 내게 미첼 씨를 소개시켜주었지. 그 뒤 그이가 내 방에 꽃다발을 놓아둔 적이 있어. 한번은 연못가에서 내가 당신과 앤에 대해 이야기한 적이 있었는데, 그이가 당신 자매를 어쩌나 적확하게 표현하던지 친구 같은 느낌이 다 들더라고.

웃음이 맑고 호탕했던 걸로 기억해. 자기의 일을 중시하고, 거기서 창의력을 발휘하는 사람이었지. 두 사람이 함께 있는 모습을 상상해보았어.

나는 여전히 클레르 여사와 함께 생활하고, 책에 파묻혀 살고 있어.

앤이 클로드에게

1914년 3월 8일, 섬

당신한테 사진들을 줄줄이 보냈어. 우리 아이들 넷, 이반과 나, 그리고 내 조각 작품들 사진이야.

당신이 그렇게 해서라도 행복한 모습 그대로의 우리 가족을 익혔으면 해서야. 엄마는 손자 손녀들 틈에 파묻혀 흐뭇한 나날을 보내고 있어.

여기선 누구도 '클로드'라든가 '파리'라는 단어를 입에 올리지 않아.

당신을 만나고도 싶었지만, 이반이 괴로워할 것 같았어.

뮤리엘 언니는 예쁜 딸과 아들을 낳았어. 이름은 각각 미리엄과 톰이야. 형부는 정말 훌륭하고 선량한 분이야.

알렉스는 아프리카의 숲 속을 탐사하고 있어. 아내와 두 딸과 함께.

찰스는 선원이 되었고, 여기에 한 번도 온 적이 없어.

23

13년 뒤

앤이 클로드에게

1927년 7월 10일, 캐나다, 온타리오

우리 모두 세인트로렌스 강의 천 섬(Thousand
Islands)에 살고 있어. **이전**보다 백배는 더 큰 것 같아.

뮤리엘 언니는 형부를 문화인으로 개종시켰어. 부부
가 함께 연구와 발견을 하고, 톰 녀석이 부모를 돕는 식
이지.

우리 아이들은 이 장엄한 천혜의 자연에 흠뻑 빠져
버렸어. 아무래도 예술가가 되기는 틀린 것 같아.

이반과 내가 깎는 돌과 나무가 박물관이나 개인들한
테 쏠쏠히 팔려나가고 있어.

혹시 뮤리엘 언니의 딸을 보고 싶어? 미리엄이 저보
다 나이가 더 많은 학교 친구와 며칠간 파리에 가거든.
내가 일정표를 갖고 있는데, 25일, 11시에 트로카데로의

주물박물관을 관람할 예정이야.

클로드의 일기

1927년 7월 27일

그 아이를 한눈에 알아보았다.

영락없는 열세 살의 뮤리엘이었다. 예전에 사진으로 보았던 쾌활한 선지자의 시선과 눈부신 얼굴.

말을 붙여서, 목소리를 들을까?

이렇게 말해볼까? "아가씨가 뮤리엘 미첼의 딸, 미리엄 맞죠?"

확인할 필요도 없었다. 너무도 분명했다. 나는 아이를 따라 박물관을 거닐었다.

아이는 뮤리엘처럼 쳐다보고, 멈추고, 생각했다.

나는 뮤리엘에게 결코 저런 딸을 줄 수 없었으리라.

박물관을 나섰을 때 바람이 불어와, 아직 어린애에 가까운 소녀의 밀짚모자를 벗기더니 내 앞에 떨어뜨렸다. 소녀가 내게 눈웃음을 보내며 모자를 뒤쫓았다. 달리는 모습이 제 엄마와 똑같았다. 현기증이 일었다.

뮤리엘이 잠시, 다시 나를 지배했다.

격정이 나를 잡아당겨 뮤리엘의 딸 쪽으로 이끌었다.

미리엄이 모자를 큰 폭으로 추월한 다음 뒤를 돌며 멈춰 서더니, 축구 선수처럼 모자를 마주한 채 기다렸다.

나는 소녀를 본다. 나는 뮤리엘을 본다.
그들이 뒤섞여 하나가 된다.
그녀의 손을 잡아보고 싶다.

길가에서 우연히 거울 속의 나를 보았다. 내가 휘청거리고 있었다.

집으로 돌아왔다.
클레르 여사가 말했다. "무슨 일 있니? 오늘따라 부쩍 늙어 보이는구나."

『두 영국 여인과 대륙』은 앙리 피에르 로셰가 『줄과 짐』에 이어 집필하고 발표한 두 번째이자 마지막 소설이다(세 번째 소설인 『빅토르』는 1977년에 미완성인 채로 출간되었다). 두 소설 모두 자전적 요소가 강하며 삼각관계의 사랑과 욕망을 그리는데, 『두 영국 여인과 대륙』이 출간 시기와는 반대로 연대상 앞서 있다. 따라서 『두 영국 여인과 대륙』은 『줄과 짐』의 폭발적으로 소진된 욕망과 원숙한 사랑 이전의 설익은 사랑, 요컨대 미지의 감정인 격정과 이 격정을 애써 잠재우려는 의식적인 억압의 되풀이 속에서 성장하고 발전하는 사랑을 이야기한다.

처음이고 청춘이기에 모든 것이 혼란스럽고, 이미 정립된 가치관과 불쑥불쑥 고개를 쳐드는 낯설지만 거부할 길 없는 욕망의 대립은 한층 치열하며, 육체적 모험은 실험적이고, 시작도 되기 전에 지레 끝을 냄으로써 함께 삶을 관통하지 못한 사랑의 회한은 아릿하기 이를 데 없다.

앙리 피에르 로셰는 1900년~1920년에 작성한 수첩과 일기와 편지를 토대로 1954년~1956년에 이 소설을 집필했고, 실제로 소설도 온전히 일기와 편지로만 구성되었다. 다분히 주관적이고 감상적일 소설의 태생적 한계를 구하는 것은 간결함과 속도감이다. 접속사와 형용사를 최대한 배제한 채 달리듯 이어지는 간략하고 단선적인 문장들로 로셰는 섣부른 설명을 피하며 등장인물들의 내밀하고 치열한 감정들을 객관적으로 묘사하는 데 성공한다.

프랑스인 클로드는 어머니 친구의 딸인 영국인 앤과 만나고 호감을 느낀다. 앤은 클로드에게 첫눈에 반하지만, 클로드를 동경의 대상이자 친언니인 뮤리엘에게 소개한다. 삼총사를 형성한 세 사람은 함께 산보하고 공동의 취미를 향유하며 모국의 문화와 언어를 서로에게 가르친다. 자유주의자인 클로드는 청교도적인 뮤리엘과 앤에게 새로운 시각을 불어넣고, 뮤리엘에 이어 앤과 차례로 사랑을 나눈다.

소설 속에서 인물들은 끊임없이 여행하고 이동하지만, 움직이는 것은 아무것도 없다. 격정과 자발적 억압이라는 도식이 되풀이될 뿐, 관계는 정체 상태를 유지하는 것이다. 클로드에게 이상적 여인이란 부재하는 여인이기 때문이다. 그는 실제로 만나기 전에 대체물(사진)로 이상적 여인(뮤리엘)을 인지하며, 실제가 된 이 여인에게 열정적이고 다정하지만 방임에 가까운 자유로운 태도와 솔직함으로 인해 의식하지 못하고 의도하지 않은 채 잔인하다. 그는 존재하지 않는 대상을 끝없이 찾아 헤매는 운명에 처하며, 그의 욕망은 결핍에 의해 작동된다.

> 넌 내게 말했어. "사랑해."
> 내가 대답했지. "기다려."
> 네게 이렇게 말하려고 했어. "날 가져."
> 네가 말했지. "가버려."

『줄과 짐』에 이어 『두 영국 여인과 대륙』에서도 반복되는 이 문단은 클로드의 욕망의 상태를 정확하게 대변한다. 클로드와의 사랑을 통해 성장한 뮤리엘과 앤이 다른 곳에서 정착하고 뿌리를 내릴 때, 채 어른이 되지도 못하고 늙어버린 그가 거울로 자신의 모습을 확인하며 휘청거리는 소설의 마지막 부분은 그래서 한없이 쓸쓸하다.

로셰가 남긴 단 두 권의 소설을 모두 영화화했으며,

로셰의 이름이 프랑스는 물론 전 세계에 알려지는 데 결정적 공헌을 한 프랑수아 트뤼포와 그의 동명 영화를 언급하지 않을 수 없다. 트뤼포는 로셰의 소설을 누구보다 사랑하고 깊이 이해한 사람이었기 때문이다.

트뤼포와 공동으로 영화의 시나리오를 쓴 장 그뤼오에 따르면 트뤼포는 "『두 영국 여인과 대륙』 촬영에 몰입함으로써 개인적인 문제를 해결했고, 그래서 이 영화는 그가 매우 영감을 받은 영화가 되었"다. 트뤼포는 『두 영국 여인과 대륙』의 편집을 위해 필름을 이리저리 돌려보다가 자신이 이 영화를 통해 '사랑을 레몬처럼 쥐어짜려 했다'는 것을 깨달았다. "사랑에는 더러 진짜로 폭력적인 감정이 존재하는데 나는 그것을 영화로 만들고 싶었다. 내가 날것 그대로 객관적으로 다루고자 했던 남녀의 부둥킴뿐만이 아니라, 등장인물들을 토하고 실신하게까지 만드는 고백이며 자백이며 파경에 대해서도 말하고 싶었다. 개봉 당시 평단과 대중으로부터 열띤 호응을 얻지는 못했지만 나는 어쨌든 이 영화를 찍으며 영화에 대해서뿐만 아니라 삶과 사랑과 폭력적인 감정과 서로 사랑하는 이들에게 의도치 않게 가해지는 잔인한 타격에 대해서도 많은 것을 배웠다."

영화의 명성에 비하면 뒤늦은 감이 있지만, 이제라

도 이 은근히 뛰어나고 풍성한 소설을 우리나라 독자들에게 소개할 수 있어 기쁘게 생각한다. 트뤼포가 『줄과 짐』 독일어판 서문에서 로셰를 소개한 문장들로 이 글을 마무리하고 싶다. "이제 당신들이 앙리 피에르 로셰와 때로 오싹하기까지 한 그의 부드러움을 발견할 시간이다. 이제 여러분이 그를 여러분의 삶에 들이고, 채택하고, 바라건대 사랑할 차례다."

장소미

두 영국 여인과 대륙

초판   1쇄 인쇄 2016년 11월 25일
초판   1쇄 발행 2016년 11월 30일

지은이   앙리 피에르 로셰
옮긴이   장소미
펴낸이   정상준
편집   이민정 김민채 황유정
디자인   박수연 김기연
관리   김정숙

펴낸곳   그책
출판등록   2008년 7월 2일 제322-22008-0000143호
주소   서울시 마포구 동교로13길 34(04003)
전화번호   02-333-3705
팩스   02-333-3745
facebook.com/thatbook.kr
facebook.com/openhouse.kr

ISBN   978-89-94040-96-7 04860
          978-89-94040-34-9 (세트)

그책은 (주)오픈하우스의 문학·예술 브랜드입니다.

* 책값은 뒤표지에 있습니다.
* 잘못된 책은 교환해 드립니다.
* 이 책의 전부 또는 일부 내용을 재사용하려면 반드시
  사전에 그책의 서면에 의한 동의를 받아야 합니다.

「이 도서의 국립중앙도서관 출판예정도서목록(CIP)은 서지정보유통지원시스템 홈페이지
(http://seoji.nl.go.kr)와 국가자료공동목록시스템(http://www.nl.go.kr/kolisnet)에서 이용하실 수
있습니다. (CIP제어번호: CIP2016027536)」